Melissa Foster

Geflüster in Seaside

www.MelissaFoster.com

DIE AUTORIN

Melissa Foster ist eine preisgekrönte *New-York-Times-* und *USA-Today-*Bestsellerautorin. Ihre Bücher werden vom *USA-Today-Bücherblog*, vom *Hagerstown Magazin*, von *The Patriot* und vielen anderen Printmedien empfohlen. Melissa hat mehrere Wandgemälde für das *Hospital for Sick Children*, eine Kinderklinik in Washington, D. C., gemalt.

Besuchen Sie Melissa auf ihrer Website oder chatten Sie mit ihr in den sozialen Netzwerken. Sie diskutiert gern mit Lesezirkeln und Bücherclubs über ihre Romane und freut sich über Einladungen. Melissas Bücher sind bei den meisten Online-Buchhändlern als Taschenbuch und E-Book erhältlich.

Melissa Foster

Geflüster in Seaside

Seaside Summers

LOVE IN BLOOM – HERZEN IM AUFBRUCH

Aus dem Amerikanischen von Janet König

Vorwort

Abonnieren Sie meinen Newsletter, um sich über die weitverzweigte »Love in Bloom – Herzen im Aufbruch«-Familie auf dem Laufenden zu halten und keine Neuerscheinung zu verpassen:

www.MelissaFoster.com/Newsletter_German

Auf die Leserinnen der Serie *Seaside Summers* wartet ein ganz besonderes Vergnügen! Nach so vielen Bitten nach mehr *Seaside-Summers*-Figuren habe ich beschlossen, eine Spin-off-Serie namens *Bayside Summers* zu schreiben, die ebenfalls auf Cape Cod spielt. Einige der witzigen, sexy Charaktere von *Bayside Summers* werden Sie in der Geschichte von Matt und Mira schon ekennenlernen, und natürlich sehen Sie unsere liebenswerten Freunde aus Seaside auch in der Bayside-Serie wieder (Immerhin sind sie ja Nachbarn!). Freuen Sie sich auf leidenschaftliche und unterhaltsame Abenteuer!

Die Reihe »Love in Bloom – Herzen im Aufbruch«

Die Serie *Seaside Summers* ist nur eine der vielen Serien aus der weitverzweigten Reihe »Love in Bloom – Herzen im Aufbruch«. Sie werden den Figuren aus jeder Geschichte immer wieder begegnen, sodass Sie keine Verlobung, Hochzeit oder Geburt verpassen. Eine vollständige Liste aller Serientitel sowie eine Vorschau auf den nächsten Band finden Sie am Ende dieses Buches und auf meiner Website:
www.MelissaFoster.com/Herzen-im-Aufbruch

Besuchen Sie auch meine Seite mit »Reader Goodies«! Dort finden Sie Serienübersichten, Checklisten, Stammbäume und einiges mehr:
www.MelissaFoster.com/Checklisten_und_Stammbaume

Matt Lacroux brauchte eine Dusche, Urlaub und eine Antwort auf die Frage, was zum Teufel er mit seinem Leben anstellen sollte – in dieser Reihenfolge. Und Sex. Sex wäre gut. Es war lang her, dass er eine warme, willige Frau in seinem Bett gehabt hatte und sich nicht mit Forschungsprojekten, Seminararbeiten oder Notizen für das Buch, an dem er schrieb, herumgeschlagen hatte. Obwohl, bei genauerer Überlegung … Eigentlich könnte er den Sex auf den ersten Platz seiner Liste setzen – wenn er nicht gerade das Blut eines anderen Menschen an der Hand gehabt hätte.

Er zog sein zerrissenes T-Shirt aus, warf es in den Wäschekorb und stellte die Dusche an. Noch keine drei Stunden war er wieder auf Cape Cod, und schon hatte er einen Streit zwischen betrunkenen Collegestudenten geschlichtet, die beim Bookstore Restaurant aufeinander losgegangen waren. Er hatte dort gegessen und gedacht, dass er eine Zeit lang schreiben könnte. Vielleicht hätte er das tun sollen, was so viele andere Professoren taten, wenn sie ein Sabbatjahr einlegten, und sich irgendwo in einer netten Ferienanlage einmieten oder sich in einer Berghütte verkriechen. Er hätte in seinem Sommerhaus auf Nantucket bleiben können, aber er vermisste seine Familie und sein Vater wurde auch nicht jünger. Außerdem fand in zwei Monaten schon die Dreifachhochzeit seiner Geschwister statt – in Gedenken an ihre Mutter an ihrem Geburtstag. Es wurde Zeit, dass sie sich als Familie wieder näherkamen.

Unweigerlich dachte er an einen anderen Menschen, dem er wieder näherkommen wollte: Mira Savage, die Mitarbeiterin seines Vaters, die Matts Gedanken eingenommen hatte, seit er sie im vergangenen Sommer auf der Verlobungsparty seines jüngeren Bruders Grayson kennengelernt hatte. Den ganzen Tag hatte er mit ihr und ihrem entzückenden Sohn Hagen verbracht, und seitdem hatte er sie während seiner kurzen Besuche zu Hause fünf oder sechs Mal gesehen. Gemeinsam mit Hagen waren sie in den Park gegangen oder hatten Ausflüge gemacht, auch wenn sie nie ein richtiges Date gehabt hatten. In den Wochen dazwischen hatten sie sich gelegentlich Nachrichten geschrieben, aber weiter war es nicht gegangen. *Es* – das war Matts Zuneigung zu einer Frau, die zu weit entfernt lebte, als dass er etwas mit ihr anfangen sollte. Er konnte ihr Leben nicht durch unregelmäßige Begegnungen komplizierter machen. Sie war selbstlos und stellte stets ihren Sohn und andere an erste Stelle. Sie war eine Frau, die errötete, wenn er ihr zu nah kam. Eine Frau, für die ein Mann sich Zeit nahm, um sie kennenzulernen – *fast ein Jahr, und das ist verdammt lang* –, damit sie sah, dass sie ihm vertrauen konnte. Eine Frau, die umsorgt und beschützt werden musste, ohne ihr die Luft zum Atmen zu nehmen. Und sie war die einzige Frau, die er gern langsam ausgezogen hätte, um jeden Zentimeter ihres unglaublichen Körpers zu lieben, bis sie vor Begehren zitterte. Es war einem Tanz auf heißen Kohlen gleichgekommen, sich die ganze Zeit über so zurückzuhalten, denn er hatte dauernd an die unfassbar attraktive alleinerziehende Mutter und ihren wissbegierigen

Sohn gedacht.

Er zog die Hosen aus und stieg unter die Dusche, die er sofort auf kalt stellte, weil er allein durch die Gedanken an Mira unerträglich erregt war. Er schloss die Augen und atmete langsam aus. *Eins nach dem anderen.*

Der Wasserstrahl wanderte unvermittelt von seinem Kopf auf seinen Rücken, und Matt schaute verwundert zu dem Duschkopf hinauf, der prompt herunterfiel und auf seinen Wangenknochen knallte.

»Aua! Was zum –« Er fasste sich an die Wange und versuchte, dem Wasser zu entkommen, das aus dem abgebrochenen Duschkopf in alle Richtungen spritzte. *Na klasse. Richtig klasse.* Er wusch sich das frische Blut von den Fingern und duschte sich schnell ab.

Nachdem er sich abgetrocknet hatte, nahm er die defekte Armatur in Augenschein. Das dämliche Teil hatte einen Riss im Gehäuse und im Inneren entdeckte er Rost. Er hatte das Ferienhaus in der Seaside-Siedlung für den Sommer von seinen Freunden gemietet. Das Haus war in tadellosem Zustand, aber solche Dinge wie Duschköpfe waren bei Renovierungen leicht zu übersehen. Es war nach neun Uhr abends und Amy und Tony hatten eine kleine Tochter. Matt wollte sie nicht wegen eines blöden Duschkopfs stören. Er zog sich frische Sachen an und rief seinen Vater an, der Inhaber eines Baumarktes war.

»Hey, Pop. Ist der Code zu deinem Laden noch immer Moms Geburtstag?« In letzter Zeit hatte sein Vater öfter darüber geredet, in den Ruhestand zu gehen. Der Baumarkt sollte eigentlich als Familienunternehmen erhalten bleiben und einem seiner fünf Kinder vererbt werden, nur wollte bisher keines von ihnen das Geschäft übernehmen. Doch in diesem Moment war Matt so glücklich wie noch nie darüber, dass seinem Vater ein

Baumarkt gehörte. Auf Cape Cod gab es nicht viele große Einzelhandelsketten. Der nächstgelegene Baumarkt oder Discounter mit solchen Artikeln lag gute vierzig Minuten Autofahrt entfernt.

»Ja. Was ist denn passiert?«

»Ich brauche einen Duschkopf für Tonys Ferienhaus.«

»Soll ich dir einen vorbeibringen?«

Neil Lacroux hätte alles für seine Kinder getan, obwohl sie mittlerweile erwachsen waren. Matt wusste, dass sein Vater einsam war, seit ihre Mutter vor ein paar Jahren unerwartet an einer Hirnblutung verstorben war, und das war auch ein Grund dafür, weshalb er sich entschieden hatte, seine Auszeit zu Hause zu verbringen. Er nahm sich vor, seinen Vater möglichst bald im Geschäft zu besuchen.

»Ich mach das schon, Pop. Tut mir leid, dass ich dich gestört hab.«

Die Fahrt nach Orleans dauerte nur wenige Minuten. Obwohl Matt auf dem Cape aufgewachsen war, brauchte er immer ein oder zwei Tage, um sich an das Leben hier zu gewöhnen, das ganz anders war als in der Stadt. Anzughosen und Oberhemden wurden durch Shorts und Tanktops ersetzt, die Menschen bewegten sich in einem entspannteren Tempo, und egal, wie weit man vom Strand entfernt war, der Sand war allgegenwärtig. Sand im Gras, Sand auf dem Boden, Sand auf seinen Autositzen – und dabei war er noch gar nicht am Strand gewesen.

Er gab den Sicherheitscode in das Tastenfeld ein, und kaum stand er in dem dunklen Laden, hörte er: *Klack, klack, klack.* Er hielt inne, jede einzelne Nervenzelle in Alarmbereitschaft, und lauschte. *Klack, klack, klack, klack.* Pause. *Klack, klack, klack.* Es kam aus dem Büro seines Vaters. Instinktiv hob er die Arme wie ein Boxer vor den Körper. Rasch und lautlos ging er zur Bürotür und lauschte dem anhaltenden Geräusch. *Dads Taschenrechner?*

Er schob die Tür auf, und mit seinem ganzen Körper nahm er wahr, dass Mira am Schreibtisch saß und ihre Finger über die Tasten des Taschenrechners flogen. Vielleicht war es doch sein Glücksabend.

Abrupt legte sie die Hand auf ihr Herz. »Matt ...?« Sie hauchte seinen Namen fast. »Hast du mir einen Schreck eingejagt! Ich hatte keine Ahnung, dass du überhaupt auf dem Cape bist.«

Weil ich dich überraschen wollte, wenn auch nicht unbedingt so.

»Tut mir leid, Sunshine. Bin erst vor Kurzem gekommen. Ich wollte einen Duschkopf holen.« Er betrat das kleine Büro, und sein Blick fiel auf das Bestandsbuch auf dem Schreibtisch, der von der alten Leuchte seines Vaters erhellt wurde, und auf die Familienfotos, die an die Wand gepinnt waren. Ein neues Foto in der Mitte fiel ihm auf, das Hagen mit einer Angelrute und einem kleinen Barsch am Haken zeigte. Er wusste, wie viel Mira und Hagen seinem Vater bedeuteten, aber ein Foto des Kleinen inmitten der Bilder seiner Familie machte das noch einmal viel deutlicher. Er schaute Mira an, und nachdem der Schreck über sein Eintreffen verschwunden war, breitete sich ein wunderschönes Lächeln auf ihrem Gesicht aus. Da war es, dieses Strahlen, das ihn vor all den Monaten schon in den Bann gezogen hatte. Dieser süße unschuldige Blick und dieses rebellische   Ich-nehme-es-mit-der-ganzen-Welt-auf-Selbstvertrauen in ihren hinreißenden Augen. Sie hatte ja keine Ahnung, was sie mit ihm anstellte.

»Sunshine«, flüsterte sie und schüttelte den Kopf.

»Du machst nun mal alles um dich herum heller.« Er hatte ihr den Spitznamen im letzten Sommer gegeben, weil sie eine so positive Sicht auf das Leben hatte.

»Du solltest mich mal morgens erleben, bevor ich meinen ersten Kaffee hatte.«

Das würde mir besser gefallen, als du ahnst.

»Einen Duschkopf brauchst du also? Ich zeig dir, wo die sind.« Sie stand auf und wäre in dem engen Raum fast gegen ihn gestoßen. Ihre kastanienbraunen Haare fielen über ihre Schultern, als sie so vor ihm stand und eine Hand auf seine Brust gelegt hatte, während sie mit der anderen seine Wange berührte. »Was ist passiert?«

Die gegenseitige Anziehung war gleich bei ihrer ersten Begegnung unvermittelt und intensiv gewesen und mit jedem darauffolgenden Besuch nur noch stärker geworden – das konnte er zumindest für sich behaupten. Monatelang hatte er jegliche Hoffnung darauf, ihre Beziehung weiter zu erkunden, unter Kursen und Seminararbeiten begraben. Jetzt, als sie ihm tief in die Augen blickte, stürzten all diese heißen Erinnerungen wieder auf ihn ein.

»Der alte hat mich angegriffen.«

»Aua.« Sie verzog das Gesicht und die Sommersprossen auf ihrer Nase hüpften mitfühlend.

Diese süße Eigenart hatte er nicht vergessen können, als er nach Princeton zurückgegangen war, und sie jetzt wiederzusehen, war verdammt schön.

»Das muss vielleicht genäht werden.« Ihre warmen, weichen Finger verharrten auf seiner Haut.

Er legte seine Hand auf ihre und drückte sie gegen seine Wange. »Es ist nicht schlimm, wirklich.«

Nervös knabberte sie auf ihrem Mundwinkel. »Ich geh nur

gerade …« Sie zeigte zur Tür hinaus und zog ihre Hand unter seiner hervor. Mit den Brüsten stieß sie leicht gegen seinen Arm, als sie sich an ihm vorbeischob, und sofort wurde diese geheimnisvolle Anziehungskraft noch stärker.

Matt mangelte es nicht an Frauen, die um seine Aufmerksamkeit buhlten. Ob unter den Studentinnen oder Kolleginnen, in Princeton konnte er sie sich aussuchen, und hier auf Cape Cod war das Angebot nicht weniger groß. Aber die einzige Frau, die er sah, wenn er nachts die Augen schloss, ging gerade den Gang Nummer sieben im Baumarkt seines Vaters entlang.

»Wo ist Hagen?« Er ermahnte sich, nicht auf ihre Hüften zu starren, die verführerisch in den spärlichen Shorts wackelten, doch das war angesichts ihrer hinreißenden langen Beine – *die sich um meine Taille gelegt herrlich anfühlen würden* – nur schwer zu beherzigen.

Um seine unanständigen Gedanken unter Kontrolle zu bringen, fragte er: »Und warum arbeitest du so spät noch? Ich dachte, du arbeitest tagsüber.« Er musste mit seinem Vater darüber sprechen. Orleans war eine sichere Kleinstadt, aber der Gedanke, dass Mira hier allein abends war, gefiel ihm nicht.

»Hagen ist auf einer Pyjamaparty«, sagte sie, als würde das alles erklären. Sie stemmte die Hände in die Hüften, während er sich die Auswahl an Duschköpfen ansah. »Wenn ich zu Hause herumsitze, mache ich mich nur verrückt vor Sorgen und frage mich, ob es ihm wohl gut geht und er genug Schlaf bekommt. Es ist besser, wenn ich mich mit Arbeit ablenke.«

»Ist das die erste Nacht, die ihr voneinander getrennt seid?« Er nahm eine Halterung in die Hand, betrachtete dann aber ihren gedankenverlorenen Gesichtsausdruck.

»Mit fast sieben? Um Himmels willen, nein. Also, wir sind nicht oft voneinander getrennt, aber er wird auch auf keinen

Fall ständig bemuttert. Das würde er niemals über sich ergehen lassen. Du hast ihn ja kennengelernt. Wahrscheinlich würde er einen Ratgeber darüber lesen, wie er Mommys Fuchtel entkommen könnte, und dann einen Plan schmieden.« Sie seufzte und blickte abwesend über seine Schulter, als schwelgte sie in Erinnerungen. »Witzig, wie sich alles so ändert. Als er noch ein Baby war, konnte ich es nicht ertragen, von ihm getrennt zu sein.« Sie zuckte mit den Schultern. »Aber das Leben ist manchmal verrückt, und ich glaube, um eine gute Mutter zu sein – insbesondere eine gute alleinerziehende Mutter –, muss man sich gelegentlich eine Pause gönnen und sich erholen. Hagen übernachtet unwahrscheinlich gern bei meinen Brüdern und meiner Freundin Serena. Wenn er bei Verwandten ist, mache ich mir normalerweise keine Sorgen, aber wenn er bei Freunden ist, dann schon. Es ist albern, ich weiß.«

»Das ist nicht albern. Es zeichnet eine liebende Mutter aus.« Er musste es wissen. Seine Mutter hatte ihn und seine Geschwister ebenso behütet.

Sie lachte und ging zurück ins Büro. »Bei dir klingt es normal, dass ich meine Nase die ganze Nacht ins Bestandsbuch stecke, nur weil mein Sohn bei einem Freund übernachtet.«

Er legte zwei Zwanzigerscheine für den Duschkopf auf den Schreibtisch.

Sie sah ihn ausdruckslos an. »Nicht dein Ernst, oder? Du weißt, dass dein Vater dein Geld nicht annimmt.«

»Dann steck es in die Kaffeekasse und erzähl ihm nichts davon.« Er ließ das Geld auf dem Tisch liegen. »Ich verbringe den Großteil der Abende mit der Benotung von Hausarbeiten und mit Recherchen, daher bin ich mir nicht mehr so sicher, was überhaupt normal ist. Aber wenn das heute deine Nacht der

Freiheit ist, dann lass sie uns genießen.«

Sie sah argwöhnisch zu ihm auf. »So was wie ein Mitleids-date?«

Er lachte und nahm ihre Handtasche von der Stuhllehne. »Auf keinen Fall. Eher so was wie zwei Freunde, die losziehen, um herauszufinden, was normale Menschen an einem Freitagabend so tun.« Er nahm ihre Hand. »Komm, Sunshine. Du kannst etwas Licht in diesen bisher sehr düsteren Abend bringen.«

Sunshine. Wie oft hatte sie seit letztem Sommer geträumt, dass er ihr das ins Ohr flüsterte? *Beschämend oft.* Stolz war sie darauf nicht, aber bei ihrem hektischen Leben hatte sie nur Zeit für Fantasien. Abgesehen davon, dass die Kerle, die sie normalerweise um ein Date baten, nicht zu dem Typ Mann gehörten, mit dem sie sich etwas Ernsthaftes vorstellen konnte. Einen Sohn zu haben, änderte alles. Sie brauchte einen Mann, der verlässlich und geduldig war, aber egoistischerweise wollte sie auch einen Mann, der sie wie eine Frau behandelte. Einen Mann, der verstand, dass sie seit Jahren keinen Sex mehr gehabt hatte, und den es nicht abturnen würde, sie mit den sündigen Freuden des Lebens wieder bekannt zu machen.

Sie versuchte, mit dem unverschämt gut aussehenden, heißen Hünen, der sie zur Hintertür hinauszog, Schritt zu halten. Matt war eine faszinierende Mischung aus einem zuvorkommenden Gentleman und einem flirtenden Draufgänger. Sie war ihm bei Grillabenden begegnet, wenn er am Cape war, um seine Familie zu besuchen, und sie waren ein paar Mal gemeinsam mit Hagen im Park oder im Kino gewesen. Gelegentlich hatten sie sich Nachrichten geschrieben, und Mira hatte oft gehofft, dass ihre freundlichen, mitunter vielleicht leicht flirtenden Chats zu etwas mehr werden konnten, doch das war nie geschehen. Was auch nicht unbedingt schlecht war, denn sein Leben war Welten von ihrem entfernt – sowohl was die Meilen betraf als auch ihren Alltag.

»Wohin gehen wir?« Sie lachte, als er sie mit sich mitzog.

Die Tür fiel hinter ihnen ins Schloss, und er ließ ihre Hand los, um zu prüfen, ob sie richtig verschlossen war. Mira hatte Gerüchte darüber gehört, dass Matt seine Abende damit verbrachte, bedürftige ältere Damen zu retten oder ähnliche verrückte Dinge anzustellen. Ihre Freundin und Matts zukünftige Schwägerin Parker nannte ihn den *heimlichen Retter*, und Mira wusste aus eigener Erfahrung von seinem Hang, zu beschützen und vorsichtig zu sein. Das erste Mal hatten sie sich auf der Verlobungsfeier von Grayson und Parker gesehen, und von dem Moment an, in dem sich ihre Blicke begegnet waren, hatten die Funken nur so gesprüht. Matt hatte Hagen so behandelt, als wäre es seine Aufgabe, ihn zu beschützen, und das hatte ihn für sie nur noch attraktiver gemacht. Mit Adleraugen hatte Matt über Hagen gewacht, als der Junge am Wasser gespielt hatte. Die beiden hatten sich ebenso auf Anhieb verstanden wie Mira und Matt. Und damit hatte es nicht geendet. Während eines anderen Besuches – bei einem Ausflug in den Park und in den Wald – hatte Matt jeden seiner Schritte im Auge behalten. Die ganze Zeit über waren die beiden in ein Gespräch über Käfer und Schlangen vertieft gewesen, was ihr eine Gänsehaut beschert hatte. Hagen war im Kleine-Jungen-Himmel gewesen. Endlich hatte er einen Mann kennengelernt, der ihn nicht so behandelte, als wäre er nur ein Kind, das

Unsinn redete, sondern ein wichtiger Mensch, der wusste, wovon er sprach. Und das war er auch. Noch bevor er selbst lesen konnte, wollte er lieber aus dem National Geographic und dem Lexikon vorgelesen bekommen als aus dem Märchenbuch. »Aber Mom!«, hatte er immer gesagt. »Du hast versprochen, dass wir Wörter nachschlagen, die wir nicht kennen. Also bring mir neue Wörter bei.« Dabei hatte er wie ein Zwölfjähriger geklungen, nicht wie ein vierjähriger Junge.

Matt deutete auf die andere Seite des Parkplatzes. »Das Chocolate Sparrow, das ist doch perfekt«, sagte er mit einem unglaublich sexy Lächeln. »Hattest du mir nicht mal erzählt, dass es eines deiner Lieblingscafés ist?«

»Das ist ein einziger Sündenpfuhl. Ich würde da drinnen am liebsten ein richtiges Schokoladenbad nehmen.«

Matts Augen wurden dunkler als die Nacht und Miras Körpertemperatur stieg um etliche Grade an. Er biss sichtbar die Zähne zusammen, nahm dann ihre Hand und führte sie zu dem Café, wobei er so schnell ging, dass sie fast ins Stolpern geriet. Dort angekommen, hielt er ihr die Tür auf, und sie atmete den himmlischen Duft von Kalorien ein, die sich auf ihre Hüften stürzen wollten. Als sich die Tür hinter ihnen schloss, wehte dazu noch der würzige, maskuline Duft von Matt zu ihr herüber. *Köstlich.*

Sie bahnten sich ihren Weg durch die Menge hin zu der Schlange vor den Backwaren. Kuchen, Brownies, Kekse, Feingebäck … Die Auswahl war endlos. Mira schaute an Matt vorbei zu dem Fudge, der auf der anderen Seite in einer Auslage präsentiert wurde. Er trat beiseite, damit sie besser sehen konnte, und ließ dabei ihre Hand los. Keine Schokolade der Welt war es wert, auf die Berührung dieser großen starken Hand zu verzichten. Ihr lang zurückliegender Zahnarztbesuch war die letzte nennenswerte Berührung durch einen Mann gewesen. Sie verdrängte diesen traurigen Gedanken sofort, und kurz darauf legte Matt seine Hand an ihren Rücken und kam mit seinem Gesicht ihrem Ohr ganz nah. Wenn sie sich umdrehte, könnte sie seine verlockenden Lippen kosten.

»Wie wär's mit einer Wanne voll Fudge, in der du später dahinschmelzen kannst?«, flüsterte er.

Als sie ihm in die Augen schaute, sah sie lodernde Hitze. Feuerflüssige Lava. Versuchungen der unanständigsten Art.

Bevor sie antworten konnte, sagte er: »Davon nehmen wir auch etwas.«

Wie sollte sie jemals wieder Schokolade essen können, ohne *diesen* Blick vor Augen zu haben? Wo war der hergekommen? Du meine Güte, sie sah bestimmt so lüstern aus, wie sie sich fühlte.

Sie traten an die Theke und Matt deutete auf die präsentierten Leckereien. »Was würdest du nicht essen, wenn du mit Hagen hier wärst?«

»Woher wusstest du, dass …?«

»Du hast gesagt, dass er nur eine bestimmte Menge an Zucker verträgt, bevor er sich in ein unerträgliches Plappermaul verwandelt und du es nicht aushältst. Um genau zu sein, ich glaube, du hast gesagt, dass seine Grenze bei einer Kinderportion Eis liegt.«

»Das weißt du noch?«

»Das war natürlich mit der Stimme einer liebenden Mutter gesprochen«, fügte er mit einem warmen Lächeln hinzu.

Sie stieß mit der Stirn gegen seine Brust, was sie schon öfters getan hatte. Sie waren Freunde, da war das ja nichts Besonderes. Doch jetzt fühlte es sich wie eine intime Geste an. Sie zwang sich, einen Schritt zurückzutreten. »Das weißt du auch noch?«

Er tippte sich an die Schläfe. »Einmal gehört, schon hier drinnen abgespeichert. So wie bei deinem genialen Sohn. Und jetzt such dir all die köstlichen Leckereien aus, die du möchtest, bevor die hungrige Menge hinter uns auf die Barrikaden geht.«

Sie wandte sich der Auslage zu, aber ihre Gedanken waren noch bei ihrem *genialen Sohn.* Menschen außerhalb ihrer Familie charakterisierten Hagen auf verschiedenste Art – streberhaft, ruhig, anders (was sie am meisten störte) –, aber *genial* wurde er nie genannt, außer von ihr, was nicht unbedingt zählte. Ihre Brüder fanden ihn klug, und sie versprachen, dass sie ihn zu einem richtigen Mann machen wollten, wenn er älter war. Auch wenn sie ihnen für ihre Bemühungen dankbar war, konnten sie doch nicht wissen, dass dieses Versprechen auch wehtat. Sie liebte ihren Sohn so, wie er war. Es gefiel ihr, dass er lieber Neues lernte, als Fußball spielte.

Matt drückte die Hand nun fester an ihren Rücken und holte sie damit in die Gegenwart zurück.

»Sollen wir zusammen etwas aussuchen?«

»Ja, bitte.« *Mir ist alles recht, um meine Gedanken zur Ordnung zu rufen.*

Er zeigte auf einen dekadenten Schokokuchen, mit dunkler Schokolade und weißen Schokostreuseln überzogene Erdbeeren und auf einen Himbeer-Käsekuchen. »Was meinst du?«

»Hm …« Ihr lief das Wasser im Mund zusammen, während sie versuchte, sich zu entscheiden. »Was davon hättest du denn gern?«

»Was davon? Ich dachte, wir nehmen alle drei und teilen.«

»Alle drei?« Sie stellte sich vor, wie sie sich die ganze cremige Masse auf die Hüften schmierte, wo sie ohnehin am Ende landen würde. Das wiederum rief in ihr die Fantasie wach, wie Matt die Süßspeisen auf ihren Hüften verteilte und mit seinen großen Händen …

Stopp.

Sie musste ihr Hirn zum Schweigen bringen.

»Und ein Stück Milchschokoladen-Fudge«, fügte er lässig hinzu und schickte ihr Hirn gleich wieder in die niedrigsten Abgründe.

»Oder sollte ich lieber gleich einen ganzen Eimer davon bestellen?«, flüsterte er ihr ins Ohr. Etwas lauter fragte er dann: »Und ein Wasser dazu?«

»Ja. Mit Eiswürfeln. Vielen Eiswürfeln, bitte.« Die Verbindung von Schokolade und Matt löste eine Lawine aus, die ihre Gedanken noch tiefer in den Abgrund riss. Und ein Blick etwas tiefer bot eine nette Sicht auf die beeindruckenden Konturen, die sich unter seiner Jeans abzeichneten.

Sie riss sich von dem Anblick los. Sie war eine gebildete, verantwortungsbewusste Mutter, und es war an der Zeit, sich wie eine solche zu benehmen. Das war das Problem, wenn er in ihrer Nähe war. Andere Kerle waren leicht zu ignorieren, oder zumindest war es einfach, ihnen zu widerstehen, aber bei Matt war es anders. Sie kannte seine Familie und seine Freunde. Sie hatte ihn mit ihrem Sohn erlebt. Er war der Inbegriff eines guten Freundes und ein verlässlicher, kluger Princeton-Professor – was wahrscheinlich für ihre unanständigen Studentinnenfantasien gesorgt hatte, auch wenn sie derartige Gedankengänge nie gehabt hatte, als sie am College gewesen war.

Um diese Bilder loszuwerden, musste sie ein paar Mal schwer schlucken, sich Katzenvideos heraufbeschwören und … an Hagen denken. Mit klarem Kopf konzentrierte sie sich nun darauf, einen harmlosen, vergnüglichen Abend zu verbringen.

Die Tische waren alle besetzt, also gingen sie hinaus auf die

Terrasse.

»Was meinst du, Sunshine? Würden die nicht am Strand noch besser schmecken? Oder hast du an einen anderen Ort gedacht?«

Ihr Mama-Hirn schaltete sich ein. »Am Strand funktionieren Handys nicht, und ich möchte erreichbar bleiben, falls Hagen mich brauchen sollte.«

»An die Probleme mit dem Empfang hier hab ich gar nicht mehr gedacht. Tut mir leid.« Die Hand auf ihren Rücken gelegt, führte er sie zum Parkplatz. »Provincetown? An den Stränden dort hat man Empfang.«

»P-town? So weit musst du nicht fahren. Wir können –«

»So weit? An deinem einzigen freien Abend? Da gibt es kein zu weit. Es sei denn, ich langweile dich jetzt schon?«

»Nein, sicher nicht. Ich bin es nur nicht gewohnt, frei über meine Zeit zu verfügen. P-town klingt großartig.«

Sie gingen zu seinem Auto. Mit ihrem Job im Baumarkt und der Buchhaltung, die sie zusätzlich erledigte, hatte sie ein anständiges Einkommen, aber ihr Subaru sah im Vergleich zu dem luxuriösen Mercedes, in den sie nun einstieg, ziemlich alt aus. Sie war schon einmal darin mitgefahren, doch das hier war nur eine weitere wohlwollende Erinnerung an ihre verrücktspielenden Hormone, nicht allzu sehr aus dem Häuschen zu geraten. Sie hatte Jahre damit verbracht, Kinderbetreuung und einfache Teilzeitjobs unter einen Hut zu bringen, bei denen ein Minimum an Flexibilität möglich war, wenn Hagen mal krank war. Dank Matts Vater hatte sie nun Beständigkeit in ihr Leben bringen können. Neil Lacroux war ein wundervoller, fürsorglicher Chef, und er hatte Verständnis für die sich oft ändernden Termine einer alleinerziehenden Mutter. Der Baumarkt hatte schon so zu kämpfen, weil er mit größeren Unternehmen konkurrieren musste, die bessere Preise machen konnten. Sie musste ihren Job nicht noch mehr in Gefahr bringen, indem sie ihre Schwärmerei für den Sohn ihres Chefs auslebte.

Verstohlen schaute sie zu Matt hinüber und ihr Magen schlug Purzelbäume. Anscheinend war die Ansage nicht bei ihren Hormonen angekommen.

Zwei

Provincetown war ein Künstlerstädtchen, in dem immer buntes Treiben herrschte, und das war auch heute Abend nicht anders. Mira und Matt überquerten die Promenade und schlängelten sich durch die Menschenmenge zum Strand. Mira schaute zur Commercial Street, die sich durch den ganzen Ort zog. Musik und Lachen beherrschten die Atmosphäre. Bunte Lichter beleuchteten die vielfältigen Läden, Dragqueens verteilten Karten und machten sicherlich Werbung für Comedy-Clubs und Shows, und Paare schlenderten die Straße entlang, um alles auf sich wirken zu lassen.

Mira und Matt zogen die Schuhe auf dem Weg zum Wasser aus. Wie Matt es schaffte, die Kuchenschachtel und seine Schuhe zu tragen und dabei noch eine Hand auf ihren Rücken zu legen, war ihr unverständlich, aber sie merkte, dass er im Beschützermodus war. Sein Blick flog unauffällig über die Menschen am Strand, bis sie sich etwas abseits ans Ufer setzten.

Mira stellte ihre Getränke in den Sand und atmete tief ein, um dann langsam und entspannt auszuatmen. »Mann, das brauchte ich jetzt. Danke, dass du mich aus dem Büro gezerrt hast.«

»Sehr gern. Du hast mich doch als dein Date für die Hochzeit eingeplant, oder?« Er öffnete die Kuchenschachtel, stellte sie zwischen sich und gab ihr eine Gabel, die in der Schachtel gelegen hatte.

Ja, unbedingt! »Dein Date?«

»Ich kann da nicht als der einzige alleinstehende Lacroux auftauchen. Die Frauen werden sich auf mich stürzen.«

»Ich soll dich vor all diesen grapschenden Frauen beschützen?«

»Ja«, sagte er vollkommen ernst. Sein Blick wurde wieder so heiß wie vorhin im Chocolate Sparrow. »Ich brauche dich an meiner Seite, Mira.«

Entweder flirtete er gerade hemmungslos mit ihr oder sie hatte den Verstand verloren. Sie verengte die Augen und fühlte sich fast ein wenig verwegen. »Und was ist, wenn *ich* grapsche?«

»Du bist dann mein Date, und mein Date kann so viel grapschen, wie es will.«

Oh, das klang gut. Gerade setzte ihre Hoffnung zum Höhenflug an, da dachte sie an ihren Sohn. »Aber ich habe Hagen dabei.«

»Zum Glück habe ich zwei Hände.« Zum Beweis hielt er beide Hände in die Höhe. »Wie wär's dann mit einem Doppeldate?«

»Klingt großartig.« Ein Doppeldate? Mit ihrem Sohn? Das war so typisch Matt. Er hatte Hagen bei ihren Unternehmungen immer einbezogen, aber das hier fühlte sich anders an, und das bedeutete, dass sie den Bezug zur Realität wohl vollkommen verlor.

»Perfekt! Und was haben wir beide heute Abend noch vor? Was steht auf deiner Wenn-ich-einen-Abend-für-mich-hätte-Bucketlist?«

Sie pikste mit der Gabel in den Schokokuchen. »So eine

Liste hab ich nicht. Ich habe eine *Mom*-Bucketlist.«

Er aß ein Stück vom Käsekuchen und riss die Augen auf. Mit der Gabel nahm er noch ein Stück davon und hielt es vor ihren Mund. »Den musst du probieren, und dann will ich alles über deine Mom-Bucketlist erfahren.«

Sie lachte und aß den Happen. Der Käsekuchen mit den Himbeeren schmolz in ihrem Mund. »Das ist besser als jeder ...« *Orgasmus. Du meine Güte.* Dieser Mann raubte ihr jeglichen Verstand. Sie konnte sich nicht einmal mehr daran erinnern, wie sich ein Orgasmus anfühlte, der ihr nicht von einem batteriebetriebenen Freund beschert wurde. Aber auch die waren von Fantasien über Matt begleitet, der sie berührte, leckte oder von oben auf sie hinabschaute, während er tief in ihr vergraben war.

»Als jeder ...?«

»Eisbecher«, platzte es aus ihr heraus.

Er zeigte mit der Gabel auf sie und sah sie eindringlich an. »Nur, weil du noch keinen von meinen Spezialeisbechern gekostet hast.«

»Witzig. Ich dachte gerade an etwas Ähnliches.« Ihre Blicke waren so lange ineinander versunken, dass sie sich fragte, ob er wohl ihre schmutzigen Gedanken lesen konnte. Er brach ein Stück von dem Fudge ab und fütterte sie damit.

Oh ja, er konnte sie lesen.

Nach ein paar Minuten, in denen ihr wirre Fantasien durch den Kopf schossen und sie vergaß, wie ein normaler Mensch zu sprechen, riss sich Mira zusammen, sodass sie endlich eine unbefangene Unterhaltung führten, wie vorher schon so oft. Was war heute Abend nur los?

Matt fütterte sie während des Gesprächs immer mal wieder mit Schokoladenhappen.

Das war heute Abend los. Er flirtete und fütterte sie und behandelte sie, als wäre sie mehr als nur eine gute Freundin.

»Du willst mich mästen«, scherzte sie und nahm einen Schluck Wasser.

Er hielt eine mit Schokolade überzogene Erdbeere vor ihren Mund und sie biss herzhaft hinein. Eine süße Explosion erfüllte ihren Mund.

»Nein, ich liebe einfach nur deinen Gesichtsausdruck nach jedem Happen. Als würdest du in eine dunkle Fantasie eintauchen.«

Sie spürte, wie sie errötete, und schlug die Hand vors Gesicht. »Das ist wirklich peinlich.«

Mit einem sinnlichen Lächeln, das ihr Innerstes zum Schmelzen brachte, senkte er ihre Hand.

»Warum hattest du heute Abend kein Date?« Er stellte die Frage mit einer solchen Leidenschaft, als hätte er gefragt: *Warum hast du noch deine Klamotten an?*

Okay, vielleicht war es nur pures Begehren, das ihr Hirn wie Brei funktionieren ließ.

»Die Auswahl an möglichen Dates auf dem Cape lässt ziemlich zu wünschen übrig.«

Er schnaubte ungläubig und ließ den Blick über den Strand wandern, an dem mehrere Gruppen von jungen Leuten in den Zwanzigern zusammensaßen, Gitarre spielten, sangen und sich unterhielten. »Hier gibt es doch jede Menge gut aussehender Kerle.«

»Gut aussehend ist noch lange nicht gleichbedeutend mit gutem Date.« Hagens Vater – *dieser lügende, betrügende Mistkerl* – hatte ihr die Erkenntnis eingebracht, dass Männer unzuverlässiger als das Wetter waren. Sie hatte nicht vor, sich auf eine Beziehung einzulassen und Hagen – oder sich selbst –

dem Risiko auszusetzen, wieder enttäuscht zu werden. Sie nahm noch einen Schluck Wasser und hoffte, dass Matt das Thema fallenlassen würde, doch seine schweigend hochgezogene Augenbraue drängte sie dazu, weiterzureden.

»Okay, in Ordnung.« Sie verdrehte die Augen. Ihre Gedanken für sich zu behalten, konnte sie wohl vergessen. »Bevor ich Hagen bekam, habe ich vielleicht davon geträumt, meinen Mr. Right zu finden. Mit französischen Restaurants und poetischen Gesten umworben zu werden. Ich hatte all diese unreifen Fantasievorstellungen, mit denen Mädchen nun mal aufwachsen.« Sie schüttelte den Kopf und lachte bei der Erinnerung daran, wie realistisch und erreichbar sich das einmal angefühlt hatte, leise auf.

»Aber das hat sich alles geändert, als das echte Leben begann. Ein Baby, schlaflose Nächte, alle möglichen Termine unter einen Hut bringen, Koliken überstehen und … Aber es ist auch egal. Um sich auf Dates einzulassen, braucht man Zeit und Energie, und meistens habe ich am Ende des Tages davon nicht mehr viel übrig. Abgesehen davon gibt es mich nur zu zweit. Wichtiger ist aber noch, dass die Kerle Aufmerksamkeit einfordern, und ich habe noch nie einen Mann kennengelernt, der es wert war, auch nur einen Teil meiner Aufmerksamkeit von Hagen abzuwenden.« Das war ein kleines bisschen gelogen. In Matts Gegenwart hatte sie nie das Gefühl, ihre Aufmerksamkeit zwischen ihm und Hagen aufteilen zu müssen. Sie drei fügten sich nahtlos aneinander. Aber es bestand ein himmelweiter Unterschied zwischen ein paar gemeinsam verbrachten Stunden und einem gemeinsamen Leben.

»Das verstehe ich. Ich hatte auch keine Dates.« Er schwieg eine Weile, als wollte er das Gesagte sacken lassen. Das führte allerdings nur wieder dazu, dass sie sich sorgte, zu viel hineinzuinterpretieren. »Erzähl mir von deiner Bucketlist.«

Erleichtert ließ sie sich auf den Themenwechsel ein. »Nur wenn du mir von deiner erzählst.«

Sie nahm sich eine Erdbeere, und er legte die Finger um ihr Handgelenk, um dann in die süße Frucht zu beißen und ihr dabei mit glühendem Blick in die Augen zu schauen. Er leckte sich über die Lippen und nahm ihr den Stiel aus der Hand, den er in die Schachtel legte, ohne auch nur eine Sekunde ihre Verbindung zu unterbrechen. Schweigen hatte sich noch nie so lebendig angefühlt. Ihre Gedanken wanderten in die sündige Richtung, die sie zu ignorieren versuchte. *Wäre eine Freundschaft Plus möglich – nur für eine Nacht?*

»Meine Bucketlist im Allgemeinen?«, fragte er. »Oder meine Eine-Nacht-der-Freiheit-Bucketlist?«

Mist! Was dachte sie sich eigentlich? *Der Sohn von ihrem Chef? Nein. Kein Plus!* Sie brauchte das Plus auf dem Konto mehr als Sex mit diesem umwerfenden, sinnlichen Wesen.

»Eine Nacht der Freiheit«, sagte sie schnell.

»Das ist eine komplexe Frage«, sagte er leise. »Mit gefährlichen Antworten. Lass mich darüber nachdenken, während du mir von deiner erzählst.«

Er schaute über ihre Schulter hinweg zu einer Gruppe von Leuten, die am Pier Gitarre spielten, und unterbrach so ihre Verbindung. Sie atmete tief durch, um ihre außer Kontrolle geratenen Hormone im Zaum zu halten.

»In Ordnung, aber du wirst wahrscheinlich enttäuscht sein. Auf meiner Mom-Bucketlist steht, dass ich für eine sichere und glückliche Zukunft für Hagen sorgen will, und deshalb muss ich irgendwann die Prüfung zur Wirtschaftsprüferin ablegen, damit ich mehr Geld verdienen kann. Auch wenn ich den Baumarkt deines Vaters gar nicht verlassen will. Du weißt ja, dass ich meinen Vater verloren habe, als ich zwölf war, und dein Vater behandelt mich wie eine Tochter. Er ist wirklich gut zu mir, lässt mich meine Arbeitszeiten an Hagens Tagesablauf anpassen und ermöglicht mir noch vieles andere, was ich sicher nirgendwo anders finden würde. Er ist ein guter Mensch, auch wenn er zu dickköpfig ist, um zuzugeben, dass die Firma gefährdet ist, weil große Unternehmen niedrigere Preise anbieten.« Sie winkte resigniert ab. »Und das war es auch fast schon. Ich habe ein tolles Häuschen im Resort meiner Brüder und eine Arbeit, die ich liebe. Im Moment dreht sich bei mir alles darum, Hagen großzuziehen.«

Mit einem ernsten Gesichtsausdruck legte er seine Hand auf ihre. »Das ist eine ziemlich respektable Mommy-Liste. Und jetzt erzähl mir von der Liste, die du angeblich nicht hast. Deine Fantasien-Liste.«

Du meinst die, in der du die Hauptrolle spielst?

»Wir haben den ganzen Abend Zeit, um zu tun, was du willst, Sunshine«, fuhr er fort. »Worauf hast du Lust?«

Auf dich, wäre ihr fast herausgerutscht. Sie räusperte sich und sagte das Einzige, was ihr sonst gerade noch einfiel. »Eine Gruseltour.«

Er lachte.

»Im Ernst.« *Wenn ich meine tatsächlichen Fantasien schon nicht ausleben kann, dann eben meine größte nicht-sexuelle Fantasie.* »Das kann ich mit Hagen nicht machen, aber darauf hatte ich schon immer mal Lust. Jetzt bist du dran. Was steht auf deiner Liste?« *Und antworte gefälligst schnell, bevor mir irgendein peinliches Geständnis herausrutscht.*

Sein Blick wurde wieder ganz heiß. »Das hier.«

»In P-town einen Zuckerschock bekommen? Das ist ja nicht so besonders.«

»Das sehe ich anders. Einen Abend mit dir allein zu verbringen, ist ein sehr schöner erster Punkt auf meiner Liste.«

Oh. Ihr Herz raste angesichts seiner Worte, seiner Berührung und des zärtlichen Ausdrucks in seinen Augen. *Zärtlich.* Kein Blick, der sagte: *Reiß mir die Klamotten vom Leib und nimm mich*, sondern ein zärtlicher Blick im Sinne von: *Ich möchte dich küssen, bis ich das Gefühl für Raum und Zeit verliere.* Und sie wollte diesen Kuss so sehr.

»Professor Lacroux, das war ein sehr schmeichelhafter Spruch.«

»Das war kein Spruch, und in den nächsten drei Monaten bin ich kein Professor. Ich nehme eine Auszeit von der Uni. Erinnerst du dich an diesen Artikel, den ich für die New York Times geschrieben habe und der für so viel Aufsehen gesorgt hat?«

Das war kein Spruch? Du verbringst hier deine Auszeit? »Wie kann man den vergessen? Du warst quasi unser Lokalheld.« Ihre Stimme war leise und zittrig. Sie erinnerte sich eher an den Strom von Kunden, die ins Geschäft kamen, um seinem Vater zu gratulieren, als an den Artikel selbst, aber sie wusste, dass er sehr viel Beachtung gefunden hatte.

»Ein Held? So ein Quatsch. Jedenfalls will ich schon lange mehr als nur unterrichten. An der Uni herrscht die Bürokratie, und inmitten all der Forschungsarbeiten, der Lehre und der Jagd nach Zuschüssen hab ich fast den Verstand verloren. Als dieser Artikel erschien, hatte ich zwei Ziele, die ich noch nicht erreicht hatte. Dekan der Fakultät für Sozialwissenschaften zu werden, wäre der Hauptgewinn, die Krönung meiner beruflichen Laufbahn – aber das wird nie passieren, da der jetzige Inhaber der Stelle deutlich gemacht hat, dass man ihn nur im Sarg aus diesem Amt herausbefördern wird. Das andere Ziel ist, ein Buch zu schreiben. Der Artikel hat mir einen ansehnlichen Buchvertrag eingebracht. Und was den Posten des Dekans angeht …« Er zuckte mit den Schultern. »Manche Träume sind wohl nicht dazu gemacht, Wirklichkeit zu werden. Oder vielleicht sind wir einfach nur dazu bestimmt, mitunter schwere Entscheidungen zu treffen. Jedenfalls habe ich mich für Tür Nummer 2 entschieden. Den Buchvertrag, der Familie wieder näher zu sein und …«

Seine nicht ausgesprochenen Worte lagen zwischen ihnen in der Luft und gaben ihr zu viele Interpretationsmöglichkeiten. Seit diesem wunderbaren Tag, den sie anlässlich der Verlobungsparty seines Bruders miteinander verbracht hatten, hatte jeder seiner kurzen Besuche sie einander nähergebracht, aber er war immer tabu gewesen, und damit war er auch eindeutig in der Welt der Fantasien geblieben. Zu wissen, dass er nun drei Monate hier sein würde, bereitete ihr Herzklopfen.

»Mira?« Er betrachtete sie eingehend. »Alles in Ordnung?«

»Du hast gerade irgendwie meine Gedankenwelt auf den Kopf gestellt.«

Er lachte und das tiefe, sexy Lachen vibrierte zwischen ihnen.

»Mal sehen, ob ich sie wieder auf die Beine stellen kann. Ich war in meinem ganzen Leben noch nie so dankbar für eine kaputte Dusche, und ich kann mir niemand anderen als dich vorstellen, mit dem ich lieber einen Abend verbringen möchte.«

Und das sollte sie wieder auf die Spur bringen?

»Es gibt noch etwas auf meiner Bucketlist.« Er zog sie hoch, legte einen Arm um ihre Taille und zog sie an sich. »Im Mondschein mit einer hinreißenden Lady zu tanzen, die alle Gedanken außer denen ans Hier und Jetzt beiseiteschiebt.«

Oh, er fühlte sich so gut an. Er bewegte sich anmutig und

stark zugleich. Jede noch so leichte Berührung seiner Hüften war pure Verführung, und es ziemte sich mit Sicherheit nicht für einen angesehenen Professor, so mit einer verantwortungsbewussten alleinerziehenden Mutter zu tanzen. *Die nächsten drei Monate bist du kein Professor. Aber ich werde immer eine Mutter sein.*

Sie hatte seit Monaten davon geträumt, in Matts Armen zu liegen, und das hier war so viel besser als all ihre Fantasien. Sie hatte ihren Entschluss, Hagen zu bekommen, nie infrage gestellt, und sie bereute es auch jetzt nicht. Aber sie trug eine große Verantwortung, und dazu gehörte, ihren Job zu behalten. Sie konnte es sich nicht leisten, sich so gehen zu lassen, wie sie es gern getan hätte. Doch als er sie an seinen festen Körper drückte und seine starken Arme sie vor dem Rest der Welt abschirmten, schloss sie die Augen und fragte sich, ob sie – nur für diesen Abend – einmal mehr sein durfte als eine verantwortungsvolle Mutter.

Matts Hand glitt über Miras Rücken hinab und verharrte auf ihrer Taille. Die melodischen Laute der Gitarren und die Stimmen der jungen Leute umspielten sie wie ihre eigene persönliche Nachtmusik. Seit Jahren hatte er nicht mehr getanzt, und er konnte sich nicht daran erinnern, wann er das letzte Mal einer Frau gesagt hatte, dass er nirgendwo anders lieber wäre als bei ihr, und schon gar nicht, dass er es auch so gemeint hatte. Aber Mira hatte etwas an sich – nein, das stimmte nicht. Schon im vergangenen Sommer und bei all ihren Begegnungen seitdem, war ihm aufgefallen, dass sie *vieles* an sich hatte, das ihn anzog. Während sich ihr verlockender weicher Körper perfekt an seine muskulöse Gestalt schmiegte, wusste er, dass er einer gefährlichen Grenze sehr nah kam. Einer Grenze, die er so gern überschreiten wollte, aber sie hatte auf keine seiner Zweideutigkeiten reagiert. Vielleicht war sie nicht bereit, diese Grenze mit einem Mann zu überschreiten, der nur drei Monate lang vor Ort war.

Sie tanzten noch lange nach dem Ende des Liedes weiter, mit dem Wind, der über ihre Rücken wehte, und den Wellen, die ans Ufer schwappten. Sinnlich wiegten sie sich hin und her. Ihre Umarmung fühlte sich verlockend richtig an. Als sie ihren Tanz beendeten, schauten sie sich in die Augen und eine Reihe von unausgesprochenen Botschaften wurde hin und her gesendet. Er sah ihre Nervosität und ihren Hunger.

Sein Blick glitt langsam über ihre hohen Wangenknochen und die perfekt geschwungenen, zum Küssen geschaffenen Lippen. »Du bist so schön.«

Ihre Wangen nahmen den rosigen Ton an, der ihm so gefiel, und sie wandte den Blick ab, doch erst nachdem er die in ihnen brodelnde Lust gesehen hatte. Er wollte sie schmecken, sie spüren, doch er wusste, dass er sie nicht zu sehr bedrängen durfte. Er war nur vorübergehend hier und sie war eine Mitarbeiterin seines Vaters.

Als diese Mahnung nicht das Bedürfnis linderte, sie zu küssen, trieb er seine Gedanken einen Schritt weiter, denn Matt war, trotz dieses impulsiven Abends, vor allem ein besonnener Mensch. Er war kein Frauenheld, so wie es einige seiner Brüder gewesen waren, bevor sie ihre Seelenverwandten getroffen hatten. Genau das Gegenteil traf auf ihn zu. Matt war sehr wählerisch in Bezug auf die Frauen, mit denen er intim wurde, denn er tat nur selten etwas, ohne dass sein Herz ins Spiel kam.

Zu erfahren, dass Mira keine Dates gehabt hatte, bestätigte, was er vermutet hatte. Sie lebte ihr Leben in gleicher Weise.

»Mira.« Ihre wunderschönen grünbraunen Augen waren voller Hoffnung und Begehren. Er nahm ihre Hand und ihre Finger legten sich um seine. Er konnte gar nicht anders, als die Hand flach auf ihren unteren Rücken zu legen und ihre weiblichen Kurven wieder enger an sich zu ziehen.

Sie schaute zu ihm auf, blinzelte mehrmals mit ihren langen dunklen Wimpern und knabberte dann auf ihrer Unterlippe. Diese einfache Geste ließ sie sinnlich und unschuldig zugleich wirken. Die Welt um sie herum verschwand in diesen magischen Sekunden vor dem ersten Kuss. Er spürte, wie sich ihre Oberschenkel leicht berührten und sich Miras Brust mit jedem erwartungsvollen Atemzug gegen seine hob. Beide waren sie bereit, willens und so voller Erwartung.

Er liebkoste ihren Hals und atmete den Duft sündiger Versprechen ein. Begehren lag in ihren Augen, während sich ihre Finger in seine Haut gruben, doch sein Verstand hörte nicht auf, die Auswirkungen einer leidenschaftlichen Nacht mit Mira durchzugehen. Eine Nacht, in der er sich tief in dieser unglaublichen Frau verlieren könnte, würde niemals reichen. Sie verdiente mehr als ein paar Stückchen Schokolade und in seinem Bett zu landen. Das hier war nicht einmal ein anständiges Date.

Er biss die Zähne zusammen, um gegen das anzukämpfen, was er wirklich wollte, und zwang sich, einen Schritt zurückzutreten.

»Wie wär's mit einer Gruseltour?«

Drei

Als die Gruseltour anfing, war sich Mira sicher, dass das alles nur ein Scherz war. Malena, ihre Stadtführerin, war eine rothaarige hübsche Frau in einem rot gefütterten schwarzen Umhang, die leuchtende Armbänder an sie verteilte. Um die bösen Geister fernzuhalten, wie sie sagte. Mira und Matt mussten über den Neonschmuck lachen. Während die Gruppe von achtzehn Gruselfans die Commercial Street entlangging, beschrieb Malena die Geister von Kapitänen, Fischern und Einwohnern, die angeblich noch immer die Straßen von Provincetown unsicher machten. Mira hatte überhaupt keine Angst. Zumindest nicht vor Geistern. Das unaufhörliche Herzklopfen, das von dem großen, gut aussehenden Mann verursacht wurde, der nach Moschus und etwas anderem roch, über das sie ihre Zunge gleiten lassen wollte, war allerdings etwas ganz anderes.

Sie hatte ihn am Strand unbedingt küssen wollen, aber sie war auch in eine völlige Schockstarre verfallen. Es war Jahre her gewesen, dass sie einen Mann so geküsst hatte, wie sie Matt küssen wollte. Ganz zu schweigen von der Tatsache, dass sie in seinem Beisein immer gleich an Sex dachte. In ihren Fantasien hatten sie schon Sex in seinem Auto, am Strand und – so peinlich es war – auch auf den Stufen zu Shop Therapy im Zentrum von Provincetown gehabt. *Oh je!* Das war wirklich verrückt, denn ebenso wie das Küssen lag auch der letzte Sex unzählige Jahre zurück. Wahrscheinlich hatte sie auch vergessen, wie das ohne ihren batteriebetriebenen Freund überhaupt funktionierte. Gab es eine falsche Art, Sex zu haben? Vielleicht sollte sie auf das Angebot ihrer Freundin Serena zurückkommen, die sie in der Hinsicht gern auf den neuesten Stand gebracht hätte. Serena wäre begeistert. Sie hatte ihr deswegen die letzten Jahre ständig in den Ohren gelegen, und im Moment hatte Mira das Gefühl, in Sachen Dating auf dem Mond gelebt zu haben.

Sie folgten Malena aus dem Ort hinaus und eine steile, verlassene Straße hinauf, die so aussah, als führte sie direkt in den Nachthimmel. Die Stadtführerin erzählte von einem Schiffskapitän, der im neunzehnten Jahrhundert auf genau dieser Straße geköpft worden war. Das einzige Licht kam von der Laterne, die sie vor ihnen hertrug, und den albernen Leuchtarmbändern, die ihr folgten, als wäre sie der Rattenfänger von Hameln. Als sie die Geschichte zu Ende erzählt hatte, schwiegen alle. Je höher sie stiegen, um so unheimlicher wurde die Nacht. Die kalte Luft fühlte sich wie geisterhafter Atem auf Miras Haut an.

Matt legte den Arm um sie. »Alles in Ordnung?«

»Mhm.« Er musste ihre zittrige Stimme bemerkt haben, denn er zog sie an sich. Ihre Haut kribbelte bei der Vorstellung von einem kopflosen Geist, der um sie herumschweifte.

Als sie den Friedhof oben auf dem Hügel erreichten, stockte ihnen allen der Atem. Ein Meer aus zersprungenen und windschiefen Grabsteinen war von kärglichen Bäumen umgeben, die ihre Äste Skeletten gleich in der Brise hin- und herbewegten. Sie erinnerten Mira an alte Schwarz-Weiß-Comics, in denen Bäume ihre knorrigen Äste um vorbeilaufende Menschen schlangen. Bei dem Gedanken rann ihr ein Schauer über den Rücken und sie kuschelte sich enger an Matt.

»Ich schlage vor, dass Sie sich verteilen und Fotos machen, sobald sie die Gegenwart eines Geistes spüren«, sagte Malena. »Wenn Sie Glück haben, werden auf Ihren Fotos Geisterflecken zu sehen sein, die für das bloße Augen nicht zu erkennen sind. Je leiser Sie sind, um so konzentrierter werden Sie sein, also lassen Sie sich Zeit, und ziehen Sie zu zweit los, wenn Sie schreckhaft sind.«

»Das ist unser Stichwort, Sunshine.« Matt führte sie von der Gruppe weg.

»Glaubst du an diesen Kram?« Sie hatte einen Arm um seine Taille gelegt, die andere Hand lag auf seinem Bauch. Sie wäre am liebsten auf ihn geklettert und hätte sich an ihm festgeklammert, wenn sie nicht befürchtet hätte, dass das so einiges mit ihrer vereinsamten Weiblichkeit angestellt hätte.

»Geister? Klar. Guck dir doch nur mal an, wie großartig Menschen sind. Ich fände die Vorstellung schlimm, dass all diese Herrlichkeit einfach nach unserem Tod zu Ende ist.«

Sie schaute zu ihm auf, während sie an einer Reihe von Grabsteinen vorbeigingen. »Ich hätte gedacht, dass du als Professor … ich weiß nicht … geerdeter bist.«

»Du meinst langweiliger?« Er zog sie fester an sich.

»Nein. Wissenschaftlicher vielleicht.«

»Ich bin ziemlich wissenschaftlich.« Er holte sein Handy hervor. »Lass uns ein paar Fotos machen und mal schauen, ob wir ein paar von diesen Geisterflecken entdecken.« Er hielt das Handy für ein Selfie in die Höhe.

»Ein Foto von *uns*?«

Er lächelte und tippte ein paar Mal auf den Auslöser. »Für den Anfang.«

Sie liefen weiter in den Friedhof hinein und hielten dann an einem moosbewachsenen Baum an.

»Guck mal, da!«, flüsterte Mira und zeigte auf eine Nebelschwade, die um einen alten Grabstein emporstieg. »Mach ein Foto!«

Matt fotografierte, während sie näher an den Grabstein herangingen. Sie hockte sich hin und zog ihn mit sich hinunter.

»Warum liegt der Nebel nur auf diesem Grab?«, fragte sie und schaute zu den anderen Steinen um sie herum.

Matt stand auf und entfernte sich ein paar Schritte von ihr. Eisige Luft umhüllte sie, als er ein Foto von ihr machte, wie sie dort inmitten der Nebelschwade auf dem Boden hockte.

»Komm zurück!« Sie sprang auf und schlang wieder die Arme um ihn. »Irgendwas ist da passiert. Als du weggegangen bist, ist die Luft sofort ganz kalt geworden.«

»Dir hat meine Körperwärme gefehlt.« Er stellte sich vor sie, sodass sie an seine Brust und Oberschenkel gedrückt war.

Sie lachte, um ihre Zustimmung zu verbergen. »Das war irgendwie anders. Gespenstisch.«

»Mein Körper ist dafür bekannt, *außerweltliche* Erfahrungen zu bescheren.«

Selbst in der Dunkelheit konnte sie seinen verschmitzten Blick erkennen und die harte Hitze in seinem Schritt spüren. Sofort sah sie vor ihrem inneren Auge seinen nackten Körper über sich und ihre um seine Taille geschlungenen Beine.

Das war nicht gut.

Es war *phänomenal*.

Phänomenal *heiß*.

Eine phänomenal heiße Fantasie, die nie Wirklichkeit werden würde, da sie auf keinen Fall Hagens Gefühle in Gefahr bringen würde – und ebenso wenig ihre eigenen. Und auch ihren Job nicht. Mit einem Stöhnen stieß sie den Kopf an seine Brust, während sie versuchte, sich ihre Gedanken wieder gefügig zu machen. Gefügig? Oh ja, sie wäre ihm völlig gefügig.

Leises Geflüster drang durch ihr benebeltes Hirn zu ihr hindurch. Andere Teilnehmer der Tour standen nur wenige Meter entfernt, und sie hing erotischen Fantasien über den Mann nach, der noch nicht einmal ihr richtiges Date war. Ihr wurde bewusst, dass sie praktisch schon keuchte und sich an ihn klammerte. Und er sah sie an, als wüsste er ganz genau, was sie dachte.

Sie zwang sich, auf ihren wackligen Beinen Abstand von ihm zu nehmen.

Matt scrollte durch sein Handy. »Sunshine? Das hier willst du bestimmt sehen.«

Er hielt ihr den Bildschirm hin, und Mira betrachtete das Foto, auf dem sie neben dem Grabstein hockte. Nebelschwaden waberten vom Boden aufwärts wie gespenstische Arme und streckten sich nach mehreren beunruhigend sichtbaren Geisterflecken aus, die um Mira herum schwebten.

Ihre Nackenhaare richteten sich auf und eine Gänsehaut breitete sich auf ihren Armen aus. »Matt!« Sie schob das Handy von sich fort, während sie die Arme um Matt legte, nur um dann wieder auf das Telefon zu spähen. »Ich will es nicht sehen, aber ich *muss*.«

Matt schmunzelte und strich ihr beruhigend über den Rücken. »Die können dir nicht wehtun.«

»Woher willst du das wissen? Vielleicht doch. Vielleicht folgen die uns nach Hause und beobachten uns.« Sie plapperte drauflos, war zu nervös, um innezuhalten, und sprach alle möglichen grauenhaften Gedanken über Gespenster und böse Geister aus, bis Matt sein Handy in die Tasche steckte, die Hände um ihr Gesicht legte und sie mit einem ernsten Blick zum Schweigen brachte.

»Woher willst du wissen, dass sie böse sind? Meine Mutter und dein Vater sind gestorben. Könnten die Geisterflecken nicht ihre Geister sein? Oder vielleicht sind es auch gar keine Geister, sondern nur irgendwelche Wetterphänomene.«

»Mhm«, murmelte sie.

Schweigend gingen sie über den Friedhof. Ihre erhöhte Aufmerksamkeit und die Hitze mischten sich mit der Unheimlichkeit des Abends, sodass Mira erregt und verängstigt zugleich war. Das raschelnde Laub klang wie schlurfende Schritte. Jedes Geräusch brachte sie Matt näher. Er schien ihre Umklammerung zu genießen und flüsterte ihr furchterregende Geschichten zu, damit sie sich noch enger an ihn schmiegte. Als Malena die Gruppe versammelte, um sich auf den Rückweg zu machen, war Mira ein einziges zittriges Häufchen Elend, das von Begehren und gespenstischen Gedanken erfasst war – wobei das Begehren eindeutig die Oberhand hatte.

Als die Gruppe zum Ausgang des Friedhofs ging, zog Matt sie an seine Brust. Sie spürte sein Herz ebenso hektisch pochen wie ihres. Sie krallte die Hände in sein T-Shirt, während die Fragen in ihrem Kopf herumwirbelten. *Wie wäre es wohl, dich zu küssen? Eine einfache Berührung unserer Lippen oder ein hemmungsloses Spiel unserer Zungen? Chaotisch oder zielstrebig? Sinnlich oder erforschend? Würdest du mich so halten wie jetzt, oder würdest du mich nach hinten beugen, um die volle Kontrolle zu übernehmen?*

Was mache ich hier?

Kein Küssen. Küssen würde zum Sex führen.

Aber sie vermisste es wirklich sehr, Sex zu haben. Sie war ausgehungert, und allein der Gedanke daran, dass Matt diese Lust befriedigte, steigerte ihr Begehren nach ihm nur noch mehr.

Doch er war nur drei Monate hier, auch wenn das schon großartig war. Viel länger als alle anderen Besuche zuvor, aber was wäre danach? Ihre Freundschaft bedeutete ihr viel und sie wollte nichts bereuen. Der Abend heute war unglaublich gewesen und sie würde ihn für immer wertschätzen, aber wenn sie ihn erst einmal geküsst hätte? Wenn sie all die Kraft, die er ausstrahlte, gespürt hätte? Wie konnte sie dann nicht noch mehr wollen? Und was wäre dieses Mehr? *Drei Monate fantastischer Sex?*

Sie brauchte ein Elektrohalsband, das sie zurück in ihr mütterliches verantwortungsbewusstes Wesen schockte, denn drei Monate fantastischer Sex … Das klang wirklich gut.

Sie zwang sich, sein T-Shirt loszulassen, doch er legte seine Hände auf ihre und hielt sie an seine Brust gedrückt. Sein Blick drang heiß mit einer Intensität in sie ein, die ihren ganzen Körper erschaudern ließ.

Küss mich.

Sie schloss die Augen und all die Angst vor Gespenstern und Geistern verschwand. Ihre Gedanken huschten in all die sündigen Gefilde, gegen die sie ankämpfte, und die konkurrierenden pragmatischen Gedanken drängten sich in den Vordergrund. Und wenn sie sich küssten? Wenn sie Sex hätten? Was dann? Wohin konnte das führen? Das war ein weiterer Grund dafür, warum sie keine Dates hatte. Sie war eine Planerin. Das musste sie sein, um mit ihrem und Hagens Alltag mithalten zu können.

Du meine Güte! Was mache ich hier nur?

Sie öffnete die Augen und atmete tief ein. Vielleicht hatte sie nicht an der romantischen Vorstellung festhalten können, von einem Mann erobert zu werden, der sie vergötterte – eine Vorstellung, die sie gehabt hatte, als sie noch jünger gewesen war. Aber sie konnte trotzdem auf einen Mann bestehen, der tatsächlich etwas länger als nur ein paar Wochen da war.

Sie musste all ihre Willenskraft aufbringen, doch schließlich überwand sie ihr ungezügeltes, ungewohntes Begehren, das sie ins Chaos stürzte. »Wir sollten gehen.«

Sie wandte sich ab und wurde augenblicklich von einem Bedauern erfüllt, weil sie diese Distanz zwischen ihnen geschaffen hatte. Doch sie atmete die kühle Luft ein und eilte der Gruppe hinterher.

Dann war Matt schon neben ihr und zog sie wieder an seine Seite, um sie vor all den unsichtbaren Bedrohungen zu schützen – und vielleicht vor ihrem eigenen Verstand.

Matt war vieles. Er war ein umsichtiger Denker, ein loyaler Bruder, ein hart arbeitender Professor, aber er war keiner, der sich einfach nahm, was er wollte. Bis jetzt. Bis Mira. Er wollte sie – ihre Küsse, ihren Körper, ihr süßes, sexy Lachen –, und er wollte dieses Tauziehen, das sich in ihren Augen spiegelte, beenden. Er nahm die Gruppe kaum wahr, als sie die Commercial Street erreichten und sich alle verabschiedeten. Er hatte nur eines im Sinn, und zwar mit Mira allein zu sein.

Der Teufel auf seiner Schulter raunte ihm *Nimm dir, was du willst* zu, aber die Stimme des Verstandes, die ihn sonst leitete, erinnerte ihn an all die Gründe, warum er es langsam angehen musste. Die widerstreitenden Stimmen machten ihn fast verrückt.

Als sie das Auto erreichten, hatte er das Nachdenken einfach nur noch satt. Er wandte sich Mira zu und legte die Hände auf ihre kurvigen Hüften. *Perfekt.* Ihre Blicke trafen sich, und er trat einen Schritt auf sie zu, sodass er sie mit seinem Körper ans Auto drückte. Seine Hände glitten aufwärts und streiften die Seiten ihrer Brüste. Ihr Atem stockte und dieser sexy Laut ließ seine Hüfte nach vorne drängen. Es war lange her, dass er eine Frau so sehr gewollt hatte.

»Sag mir, dass ich auf Abstand gehen soll, und ich mache es«, sagte er.

Sie öffnete die Lippen, doch es kam kein Wort heraus. Sie schlang die Arme um seine Taille und dann fuhr sie mit der Zunge über ihre Lippen. Himmel, er war so in ihren Bann gezogen, dass er die Hitze ihrer Zunge zwischen seinen Beinen fühlte. Er berührte ihre Wange. Ihre Haut war warm und weich, und als sein Daumen über ihre feuchte Unterlippe glitt, atmete sie hörbar aus.

Er küsste sie neben ihr Ohr und flüsterte: »Ich bin nur drei Monate hier, ich kann nichts versprechen.«

Sie legte die Arme noch fester um ihn. »Ich weiß.«

Dann küsste er sie auf den Kiefer und den Hals und spürte, wie sie schwer schluckte. Als sie einen wimmernden Laut von sich gab, sah er ihr in die Augen. Ein sinnliches Band entstand zwischen ihnen, das ihn näher zog.

»Ich wollte dich, seit ich dich letzten Sommer das erste Mal in diesem hübschen rosa Kleid gesehen habe, das mit Hagens klebrigen Fingerabdrücken vollgeschmiert war.« Er fuhr mit den Lippen über ihren lächelnden Mund. »Sag, dass ich aufhören soll, und ich werde dich sofort in Ruhe lassen«, wiederholte er noch nachdrücklicher, um ihr die Möglichkeit zu dem zu geben, wozu er nicht stark genug war.

Sie hob das Kinn und sah ihn wie ein schüchternes Vögelchen an, das seine Flügel suchte. *Oh ja, Sunshine. Ich werde dir helfen, diese Flügel zu finden.*

»Nur ein Kuss«, versprach er, obwohl er befürchtete, dass es eine Lüge sein konnte.

Sein Mund sank zu ihrem hinab …

»Matt!«

Er erstarrte, als er die Stimme seiner Schwester vernahm. Mira schreckte auf.

Über den Parkplatz kamen Sky und ihr Verlobter Sawyer zu ihnen herübergeeilt. Leise fluchend drückte er kurz Miras Arm, um sich für die Unterbrechung zu entschuldigen, und trat einen Schritt zurück. Sky und Sawyer wohnten über Skys Tattoostudio, das nur wenige Minuten vom Startpunkt der Gruseltour entfernt lag, doch es war schon nach Mitternacht, und er hatte überhaupt nicht damit gerechnet, ihnen zu begegnen.

»Matt!« Sky war die Jüngste der Lacroux-Geschwister und seine einzige Schwester. Ihr Rock schleifte fast auf dem Boden, als sie näher kam und neugierig zwischen ihnen hin und her schaute. »Mira? Hallo, wie geht's dir?« Sie umarmte Mira, die so aussah, als hätte man sie nackt überrascht. »Was macht ihr denn hier? Matt, was ist mit deiner Wange passiert?«

Die blöde Wunde hatte er schon vergessen. »Ach, das ist nichts.«

Sawyer klopfte Matt mit einem vielsagenden Zwinkern auf den Rücken. »Na, amüsiert ihr euch gut?«

Fast wäre es gerade noch besser geworden.

»Ja, wir …« Er schaute kurz zu Mira, legte eine Hand auf ihren Rücken und hoffte, ihr so etwas die Nervosität zu nehmen. »Wir feiern ein bisschen. Hagen ist heute das erste Mal auf einer Pyjamaparty, und das bedeutet, dass Mira nicht zu einer bestimmten Zeit zu Hause sein muss.«

»Wirklich?« Sky sah sie mit großen Augen an. Ihre langen dunklen Haare und ihr nie schwindendes Lächeln erinnerten Matt an ihre Mutter. Sky steckte ihre Nase unglaublich gern in die persönlichen Angelegenheiten ihrer Brüder, und das war überaus nervig, aber sie meinte es gut. Sky liebte es, wenn die Menschen um sie herum glücklich waren. Das war ihr Ding.

»Großartig, dann könnt ihr beide uns ja begleiten.« Sky hakte sich bei Mira unter und zog sie in Richtung Commercial Street. »Wir gehen tanzen. Einmal im Monat sind Sawyer und ich die ganze Nacht unterwegs, einfach weil wir es können. Was für ein Zufall, dass ihr auch hier seid.«

Mira schaute über die Schulter zu Matt – und die Sehnsucht in ihrem Blick war so stark, dass er es in seinen Knochen spürte. Er hatte bereits verraten, dass es eigentlich keinen Grund gab, weshalb sie nach Hause mussten. Lautlos deutete er ein *Sorry* an, und ebenso lautlos gab sie ihm mit ihrem sonnigen Lächeln zu verstehen, dass es schon in Ordnung war.

Sawyer ging neben Matt her, als sie sich auf den Weg zu den Nachtclubs machten. »Du und Mira?«, fragte er leise. »Ich hatte ja keine Ahnung, dass ihr beide …«

»Waren wir auch nicht.« *Aber jetzt sind wir. Jetzt sind wir so was von.*

Vier

Drinks, Musik und ein visuelles Fest der Verführung standen auf dem Programm, seit sie in dem schwach beleuchteten Nachtclub angekommen waren, und Mira war von all dem fasziniert. Schwitzige Menschen rieben sich wie sich paarende Schlangen aneinander und küssten sich hemmungslos auf der überfüllten Tanzfläche. Mira hatte sich noch nie Pornos angeschaut, keine einzige Minute, doch das hier *musste* dem ähnlich sein. Es fühlte sich erotisch und unanständig an. Sie kam sich vor wie eine Voyeurin, aber sie konnte ihren Blick nicht abwenden von den gierigen Küssen und der sexuellen Besessenheit vor ihren Augen, und tief in ihr löste es ein Begehren aus. Sie war seit Ewigkeiten nicht tanzen gewesen, doch heute Abend pulsierte die Musik unter ihrer Haut, der Alkohol wärmte ihr Blut und die erotisch aufgeladene Atmosphäre nahm ihr nach und nach die Hemmungen. Sky und Sawyer waren gefühlt seit Stunden auf der Tanzfläche und bewegten sich, als wären sie füreinander geschaffen. Auch wenn es ihr peinlich war, konnte Mira gar nicht anders, als sich die Fortsetzung ihrer Sinnlichkeit im Schlafzimmer vorzustellen, wie sie es in den Liebesromanen gelesen hatte, in die sie sich spät abends vertiefte, wenn Hagen schlief.

Normalerweise hing sie nicht solchen unanständigen Gedanken nach, aber Matt rief solche Gefühle in ihr wach – heute Abend mehr denn je. Sie führte das auf die sex- und lustgeschwängerte Atmosphäre und all die verbotenen Dinge um sie herum zurück. Matt legte einen Arm um ihre Taille und kam mit dem Mund ihrem Ohr ganz nah, um ihr – bei der Musik gerade noch verständlich – zuzuraunen: »Tanz mit mir, sexy Lady.«

Sie hatte sich seit Jahren nicht sexy gefühlt. Sie konnte sich nicht einmal mehr daran erinnern, ob sie sich heute Morgen die Beine rasiert hatte. Ihr Leben war so pragmatisch ausgerichtet, da grenzte es schon fast an ein Wunder, dass sie nicht Unterwäsche mit aufgedruckten Wochentagen trug. Aber die Art, mit der Matt langsam und sanft über ihren Rücken strich und sie verführerisch ansah, wischte all diese Sorgen fort. Sie ließ sich von ihm auf die Tanzfläche führen, bis sie ganz von der Menge verschluckt wurden und sie Sky und Sawyer aus den Augen verlor. Der Geruch von Testosteron und Sex hing in der Luft. Die Hitze war erdrückend und ließ das Geschehen um sie herum noch lüsterner wirken.

Matt hielt den Arm besitzergreifend um sie gelegt und drückte sie an sich, während er seine Hüften so gekonnt und kraftvoll bewegte wie ein Mann, der weitaus mehr Erfahrung in Sachen Sex hatte als sie. Seine dunklen Augen hielten sie gefangen und versetzten sie in einen noch intensiveren Zustand der Erregung. Ihre Nippel wurden erwartungsvoll fest und ihr Körper fing an, sich losgelöst vom Verstand zu bewegen. Sie konnte nicht denken, konnte nur fühlen – und wie sie fühlte! Seine beeindruckende harte Länge berührte ihre Hüfte und seine Hände glitten unter ihr Oberteil und drückten heiß und stark gegen ihren nackten Rücken. Sie ließ die Finger verspielt über seine Brustmuskeln gleiten und in ihrer Fantasie sah sie ihren Mund auf seiner Haut, schmeckte seinen salzigen Schweiß, spürte das Zucken seiner Muskeln unter ihrer Zunge. Ihre Hände wanderten seine Schultern hinauf, an seinen Hals und dann an seinen starken Armen hinunter. Sie schloss die Augen, genoss seine Berührung, als seine Hände über ihre Schulterblätter und dann hinunter zu dem Bund ihrer tiefsitzenden Shorts und wieder hinauf glitten. Sie spürte die Hitze seines durchdringenden Blickes durch die geschlossenen Lider hindurch. Als sie die Augen öffnete, fühlte sie sich mutiger, verwegener, und schob die Hände in die Gesäßtaschen seiner Jeans, um sie einander noch näher zu bringen. *Oh ja, das ist viel besser.*

Matt stöhnte an ihrem Ohr auf und drängte seine Hüften an sie, als lägen sie im Bett. Hitze brodelte in ihr. Neben ihnen machten zwei Frauen herum, streichelten einander die Brüste und küssten sich innig. Es war ein schöner, aufregender Anblick, und sie war überrascht, wie sehr es sie anmachte. Matt drehte sie in seinen Armen herum und drückte ihren Hintern gegen seine beeindruckende Erektion. Seine Hände glitten an ihrem Körper auf und ab und streichelten die Seiten ihrer Brüste, während er sich von hinten an ihr rieb. Kurz schoss ihr der Gedanke durch den Kopf, dass sich eine Mutter nicht so benehmen sollte. Das hier war noch nicht einmal ein richtiges Date, aber Matts Hände zu spüren und zu sehen, welche Wirkung sie auf ihn hatte, war zu gut.

Vielleicht lag es an der Musik, der Umgebung, oder vielleicht hatte sie einfach eine Grenze erreicht, aber jetzt war es so weit. Sie wollte ihn, für eine Nacht, eine Woche, für drei Monate. Sie würde nehmen, was sie bekommen konnte, und sich danach mit den Folgen abgeben. Heute Abend war sie nicht nur eine Mutter. Sie war eine Frau.

Sie hob die Hände so über den Kopf, wie sie es bei Serena gesehen hatte, als sie einmal zu zweit herumgeblödelt hatten, und ihr Körper bewegte sich wie von allein. Ihre Hüften schwangen, ihre Brust und die Schultern wanden sich sinnlich und ihre Gedanken flogen davon. Dann berührte Matt mit seinem heißen Mund ihre Schulter, küsste und liebkoste sie, während er tiefe, kehlige Laute von sich gab, die in ihr vibrierend widerhallten. Mit den Händen auf ihrem Bauch drückte er ihren Rücken an seine muskulöse Brust und leckte an ihrer Ohrmuschel. Sie schloss die Augen, legte den Kopf zur Seite und gab ihm so mehr Raum. Er verlor keine Sekunde, liebkoste mit dem Mund die sensible Haut zwischen Hals und Schulter und saugte ihr damit jegliche Kraft aus den Beinen. Als spürte er ihre nachlassende Standfestigkeit, schloss er die Arme noch fester um sie.

»Ich hab dich«, sagte er und küsste sie wieder neben das Ohr.

Er drehte sie zu sich um und instinktiv legten sich ihre Arme um seinen Hals.

»Du bist so verdammt sexy, Sunshine. Du machst mich fertig.«

»Und schon wieder nennst du mich sexy und verursachst dieses Bauchkribbeln bei mir. Ich hab mich seit Jahren nicht sexy gefühlt.«

Er kam ihr so nah, dass sie ihn fast schmecken konnte. »Glaub mir, Sunshine. Du bist in so vielerlei Hinsicht sexy. Auf eine Art sexy, die einem Mann den Verstand raubt.«

Mit dem Handrücken glitt er über ihre Wange und ihre Nippel kitzelten erwartungsvoll. Ihre Haut war heiß, ihr Atem stockend. Von allen Seiten wurde sie von unbekannten

Menschen angestoßen und es war ihr egal. Sie war hier, mit dem Mann, den sie wollte, den ihr Sohn vergötterte. Mit dem Mann, von dem sie genommen werden wollte.

Sie hatte keine Ahnung, wie lange sie tanzten, sich voller Begierde in die Augen schauten, sich wortlos mehr versprachen, doch als Sky ihr auf die Schulter tippte, war sie trunken vor Begehren.

»Kommt mit! Wir gehen nach draußen, um uns den Sonnenaufgang anzuschauen«, rief Sky.

Sonnenaufgang? Ihr Verstand setzte wieder ein – und die Panik ebenfalls. Sie mussten seit Stunden hier drinnen sein. Sie war noch nicht bereit für das Ende ihres Abends. Wie konnte es jetzt schon Morgen sein?

»Wann musst du Hagen abholen?«, fragte Matt.

Konnte er überhaupt noch wundervoller sein? Bei all den Funken, die zwischen ihnen sprühten, dachte er an ihren Sohn. »Um zehn. Sie gehen frühstücken und dann bringt ihn die Mutter seines Freundes nach Hause. Ich würde mir gern den Sonnenaufgang ansehen. Das habe ich nicht mehr erlebt, seit Hagen ein Baby war, und da habe ich es immer durchs Fenster verfolgt, während ich ihn wieder in den Schlaf gewiegt habe.«

Matt kam mit dem Mund ihrem Ohr ganz nah. »Alles, was du willst, Sunshine. Aber eines Tages werde ich derjenige sein, der sich bei Sonnenaufgang um dich kümmert, aber nicht um dich wieder in den Schlaf zu wiegen.«

Mit seiner beschützenden Hand auf ihrem Rücken und einem Versprechen, bei dem ihr die Knie weich wurden, gingen sie hinaus.

Orangene und gelbe Fäden krochen wie aufsteigender Nebel am Horizont empor. Bunte Spiegelungen tanzten auf dem endlosen Wasser. Von ihrem Platz auf dem kühlen Sand aus wirkte es so, als schwappte die Bucht über das Ende der Welt hinaus. Matt wünschte sich, diese Nacht mit Mira würde niemals enden. Fest an ihn gekuschelt war sie eingeschlafen. Sie hatte es kaum zehn Minuten geschafft wachzubleiben, nachdem sie den Club verlassen hatten, und er brachte es nicht übers Herz, sie zu wecken.

Sawyer tippte ihm auf die Schulter und deutete auf Sky, die in einer ähnlichen Position wie Mira ebenfalls schlief.

»Anscheinend sind die Männer an ihrer Seite wohl doch nicht so interessant«, scherzte Sawyer.

Matt wollte der Mann an Miras Seite sein, auch wenn er wusste, dass es kompliziert werden konnte, da sein Leben in New Jersey und ihres hier stattfand. Aber das Leben konnte sich ändern. Wer wusste denn schon, was in einer Woche, geschweige denn in ein paar Monaten sein würde? Sawyer war Profi-Boxer gewesen, als er und Sky sich ineinander verliebt hatten, und eine Kopfverletzung hatte ihn gezwungen, seinen Beruf an den Nagel zu hängen. Jetzt war er als Trainer tätig und schrieb gemeinsam mit seinem Vater Gedichte. Mit seinem neuen und andersartigen Leben schien er glücklich zu sein, und mit Sky war er offensichtlich unendlich glücklich. Alle von Matts Geschwistern hatten in den letzten Jahren ihre große Liebe gefunden, und das hatte Matt die Augen für das geöffnet, was ihm entging. Er wollte das haben, was seine Geschwister hatten und was seine Eltern genossen hatten. Auch wenn er es mittlerweile leid war, an der Universität zu lehren, war er doch nicht sicher, ob er es schaffen würde, es hinter sich zu lassen. Diese Auszeit war ein Test.

»Ich hätte sie vor Stunden nach Hause bringen sollen. Sie ist es nicht gewohnt, so lange unterwegs zu sein.« Matt strich Mira über die Wange und kam sich egoistisch vor, weil er jede mögliche Sekunde mit ihr verbringen wollte.

»Also seit wann läuft da was zwischen euch?«, fragte Sawyer. »Sky wollte euch ausfragen, aber als sie erzählt hat, dass du gerade erst wieder zurückgekommen bist, hab ich sie überzeugt, euch ein oder zwei Tage Zeit zu lassen.«

»Danke. Ich bin sicher, sie wird mich morgen ausfragen.« Matt lächelte bei dem Gedanken daran, dass seine Schwester alle schlüpfrigen Einzelheiten würde hören wollen. Und wie er schlüpfrige Einzelheiten *schaffen* wollte!

»Der Duschkopf im Ferienhaus ist kaputtgegangen, und ich bin in den Baumarkt gefahren, um mir einen neuen zu holen.« Er berührte die Wunde auf seiner Wange. »Mira hat noch gearbeitet und versucht, sich von ihrer Sorge um Hagen abzulenken.«

Matt schwieg kurz und dachte daran, wie sich seine ganze Stimmung geändert hatte, als er Mira im Büro vorgefunden hatte. Ein frustrierender Abend, der mit der Schlichtung einer Auseinandersetzung angefangen hatte, hatte ihn zu der Frau geführt, von der er immer geglaubt hatte, ihr nicht die Zeit widmen zu können, die sie brauchte und verdiente. Und nun schlief sie an seiner Schulter. Das Leben ging seine ganz eigenen unergründlichen Wege.

»Hältst du es für möglich, dass man monatelang für jemanden schwärmt, ohne es selbst zu merken?«

»Wenn du von dir und Mira redest«, sagte Sawyer, »kann ich dir sagen, dass wir alle schon letzten Sommer dachten, ihr würdet etwas miteinander anfangen.«

»Ich hatte zu viel um die Ohren, um ihr das zuzumuten.

Schon viel zu lang hab ich zu viel um die Ohren.« Er schaute zu der schönen Frau, die leise neben ihm atmete. »Es ist mir sehr schwergefallen, die Gedanken an sie zu verdrängen, als ich zurück nach Princeton gegangen bin, aber ich dachte eigentlich, dass es mir sehr gut gelungen wäre.« Er schüttelte den Kopf. »Mann, da hab ich mich ganz schön geirrt. In der Sekunde, in der ich sie wiedergesehen habe, brachen die Gefühle über mich herein, als hätte ich alle verdammten Tore geöffnet. Und dieses Lächeln? Meine Güte, Sawyer, ihr Lächeln … Es ergibt keinen Sinn, aber als wir heute Abend miteinander unterwegs waren, wollte ich, dass sie die Meine ist.« Während seine Gefühle sich Bahn brachen, wurde ihm klar, dass dieser Abend ihn viel stärker berührt hatte, als er gedacht hatte. Für Matts Verhältnisse war das hier ein sehr gefühlsduseliges Gespräch mit einem anderen Mann.

»Beziehungen kannst du nicht mit Logik betrachten.« Sawyers Blick lag auf Sky. »Sieh dir nur mich und Sky an. Wir haben uns durch Zufall kennengelernt, als ich mir ein Tattoo stechen lassen wollte. Ich schwör dir, wir haben uns in den ersten drei Stunden ineinander verliebt, die wir gemeinsam verbracht haben, und es ist seitdem nur noch stärker geworden. So ist das mit der Liebe. Sie verändert alles, was du über dich selbst zu wissen glaubst. Du brauchst dir nur Hunter anzusehen und alles ist klar.«

Hunter, Matts älterer Bruder, war der größte Playboy von ihnen allen gewesen. Bevor er sich in Jana verliebte, war Hunter jeden Abend mit einer anderen Frau unterwegs gewesen. Doch dann hörte das auf und es gab nur noch Jana. In ein paar Wochen heirateten Hunter und Jana, Grayson und Parker und auch Sawyer und Sky, und bald würden sie Familien gründen und mit den Menschen, die sie liebten, in die Zukunft starten, während Matt auf der Suche nach Klarheit war und herausfinden musste, ob eine Rückkehr an die Universität der Start in eine falsche Zukunft war.

»Ja, wahrscheinlich hast du recht«, sagte Matt. »Aber ich war nie so leichtlebig in Bezug auf Frauen unterwegs. Die Wissenschaft war meine Geliebte.«

»Meine war das Boxen. Jetzt habe ich nur noch eine Geliebte.« Sawyer betrachtete Sky voller Emotionen. »Ich bin der glücklichste Mann auf Erden, Matt. In nur acht Wochen wird sie meine Frau.«

Matt wusste nicht viel über Hagens Vater, aber während Sawyer darüber redete, Skys Ehemann zu werden und irgendwann eine Familie zu gründen, und dann erzählte, wie sich die Beziehung zu seinem an Parkinson erkrankten Vater verändert hatte, seit sie gemeinsam schrieben, fragte Matt sich, was wohl passiert war. War Mira je verheiratet gewesen? Er musste nur ein Gespräch mit Sky führen, um alle Fakten zu bekommen, aber Sky war nicht diejenige, mit der er reden wollte. Er wollte Miras Geschichte von Mira hören. Er wollte ihr in die Augen sehen und fühlen, was sie fühlte. Er wollte wissen, was sie durchgemacht hatte, um die starke Frau und Mutter zu werden, die sie jetzt war. Bei diesem Gedanken musste er unmittelbar an seinen Vater denken, und dabei fiel ihm Miras Bemerkung darüber ein, dass die Firma Probleme damit hatte, mit größeren Unternehmen konkurrieren zu müssen. Er schob diese Gedanken für später beiseite. Diese Nacht – *dieser Morgen* – gehörte ihm und Mira.

Eine Stunde später fuhren Matt und Mira zum Bayside Resort, die Ferienanlage, die ihren Brüdern gehörte. Sie war größer als die Seaside-Siedlung. Dort gab es nur eine Handvoll Ferienhäuser, die seit Jahren im Besitz derselben Familien waren, einen kleinen Gemeinschaftsraum und einen Pool. Das Bayside Resort bestand aus mindestens drei Mal so vielen Cottages unterschiedlicher Größe und hatte ein Restaurant, einen großen Pool, Tennisplätze, ein neu gebautes Freizeitzentrum und eine umwerfende Aussicht auf die Cape Cod Bay zu bieten.

»Hier sieht es ja schon großartig aus. Deine Brüder renovieren fleißig, habe ich gehört.« Matts ältester Bruder Pete wohnte ganz in der Nähe vom Bayside Resort an der Bucht und seine Frau Jenna besaß ein Ferienhaus in Seaside.

»Ja, Drake und Rick haben die Anlage gemeinsam mit ihrem Freund Dean Masters erworben. Sie arbeiten alle viel daran, es hier wieder richtig schön zu machen.«

Auf dem Weg durchs Resort entdeckte er überall Spuren der Renovierungsarbeiten am Freizeitzentrum, dem Pool, den Tennisplätzen und auch an den üppigen Gartenanlagen.

»Sie kommen wirklich gut voran. Die Blumenbeete sind wunderschön.«

»Das ist alles Deans Verdienst. Er hat einen grünen Daumen. Du kannst weiter den Kiesweg entlangfahren und dann um das Freizeitzentrum herum.« Mira gähnte. »Tut mir leid. Es ist mir so peinlich, dass ich eingeschlafen bin.«

Er griff über die Mittelkonsole hinweg nach ihrer Hand. »Das muss es nicht. So hatte ich die Gelegenheit, dich auszuziehen und unanständige Fotos zu machen, die Sawyer und ich auf einschlägigen Internetportalen hochgeladen haben.«

Sie lachte und gab ihm einen Klaps auf den Arm. »Das gehört sich aber nicht für einen Uni-Professor.«

»Ich hab dir doch gesagt, ich bin —«

»In den nächsten drei Monaten kein Professor. Ich weiß. Aber das gibt dir noch lange nicht das Recht, zu einem

Teenager zu werden.«

Er konnte gar nicht anders, als vielsagend mit den Augenbrauen zu zucken und sie weiter zu necken. »Du weißt ja, was man über Teenager sagt. Die halten die ganze Nacht durch.«

Sie lachte. »Hast du mit dem Beginn deiner Auszeit dein Erwachsenenhirn abgeschaltet?«

Das fragte er sich allmählich auch. Mira hatte diese Wirkung auf ihn, er fühlte sich so frei, jung, verspielt wie seit sehr langer Zeit nicht mehr.

Als er auf ihr Cottage zufuhr, sagte er: »Du hast recht. Tut mir leid. Ich hab seit …«, er schaute auf die Uhr am Armaturenbrett, »fast zwei ganzen Tagen nicht mehr geschlafen.«

»Im Ernst?«

»Es gab viel zu packen, und dann hatte ich das große Glück, einen wunderbaren Abend mit dieser wirklich sexy Frau zu verbringen.« Er hielt vor ihrem entzückenden Häuschen an. Gelbe Fensterläden und Blumenkästen mit üppig blühenden Pflanzen unter jedem Fenster betonten die silbrig verwitterte Zedernfassade. Der kleine Garten war gepflegt, hatte den typischen Cape-Cod-Sand und den Rasen vorne und dazu kleine hübsche Beete. Man konnte sich gut vorstellen, wie Mira und Hagen durch die Siedlung zum Pool schlenderten oder unten an der Bucht Zeit verbrachten. Er spürte ein unbekanntes Verlangen, diese Momente mit ihnen zu teilen.

Matt ging um das Auto herum und hielt ihr die Tür auf. »Schönes Haus.«

»Danke. Man hat einen tollen Blick aufs Wasser.« Wieder gähnte sie. »Entschuldige. Normalerweise bin ich um halb zehn im Bett.«

»Mist, das hättest du mir sagen müssen. Ich hätte überhaupt nichts dagegen gehabt.«

»Matt«, flüsterte sie.

Sie biss sich auf die Unterlippe und diese Geste berührte ihn in seinem tiefsten Inneren. Irgendwann im Laufe des Abends war ihm klar geworden, dass seine Rückkehr ebenso viel mit Mira wie mit seiner Familie zu tun hatte. Er wollte sie nicht bedrängen, und er wollte auch nicht, dass sie sich unwohl fühlte, aber er wollte *sie*, und würde nicht so tun, als wäre es anders.

Er schob die Hand unter ihre Haare und massierte ihre Schultern, wobei er es genoss, wie sie unter seiner Berührung aufstöhnte.

»Es ist fast acht Uhr. Du wirst auf keinen Fall wach genug sein, um für Hagen da zu sein. Wahrscheinlich möchte er bis in alle Details von seinem ersten Übernachtungsabenteuer berichten. Leg dich doch ein bisschen hin, und ich bleib hier, schreibe auf der Terrasse und verbringe Zeit mit Hagen. Und wenn du aufwachst, können wir dein Auto holen.«

Sie schloss die Haustür auf und er folgte ihr hinein.

»Das kann ich nicht machen.« Wieder gähnte sie und sah ihn verlegen an.

»Doch, das kannst und das wirst du.« Er ließ den Blick über ihr gemütliches bordeauxfarbenes Sofa mit den bunten Dekokissen schweifen, die zu den geblümten Vorhängen passten. Neben dem Fenster stand ein Schaukelstuhl aus Holz, auf dem ein Taschenbuch lag. Auf dem Couchtisch stand ein Laptop, daneben lagen zwei Aktenordner, mehrere Ausgaben des *National Geographic*, ein Buch mit dem Titel *Grundlagen des Bootsbaus* und ein Stapel einer Kinderbuchreihe mit Abenteuer- geschichten. *Hagen.* Die Küche war mit weißen Schränken eingerichtet, die allesamt gelbe Griffe hatten, was Miras sonnigem Gemüt entsprach. Das Ferienhaus hatte einen sehr weiblichen Touch. Einen Mira-Touch.

»Matt, du brauchst den Schlaf ebenso sehr wie ich.« Sie gähnte noch einmal, und er konnte gar nicht anders, als sie in seine Arme zu ziehen.

»Ist das eine Einladung?«

»Nicht, wenn Hagen bald kommt.«

»Oh, du hast mir gerade wunderbare Möglichkeiten eröffnet.« Sie errötete und er fügte hinzu: »Wirklich, Sunshine. Ich komme meistens mit ein paar Stunden Schlaf aus. Leg dich hin. Ich hau mich heute Nachmittag aufs Ohr, nachdem wir dein Auto geholt haben.«

»Aber ich kann schlafen, während Hagen spielt.«

»Er wird nach seiner Übernachtung vollkommen aufgedreht sein, und ich möchte ihn sowieso gern sehen. Ihn habe ich in den letzten Wochen auch vermisst.« Er freute sich darauf, von Hagens erster Pyjamaparty zu hören. Lange genug hatte er sich mit Textnachrichten zufriedengeben müssen. Das hier war viel besser.

»Wirklich?«, fragte Mira verhalten. »Er wird total begeistert sein. Er vergöttert dich, aber du hast schon viel mehr als das getan, was ein guter Freund tun sollte. Du hast mir eine Nacht geschenkt, die ich nie vergessen werde.«

»Dann lass mich dir noch mehr geben.« Er nahm ihr wunderschönes Gesicht zwischen seine Hände. Sein ganzer Körper stand erwartungsvoll in Flammen. »Wir haben es nie bis zu unserem *einen* Kuss geschafft, und ein Gutenachtkuss scheint mir angebracht, auch wenn es Morgen ist.«

»Ja«, hauchte sie.

Sein Herz sprintete in Richtung Ziellinie, doch er hatte es nicht eilig, sie das erste Mal zu kosten – ein erstes Mal, das er nie vergessen würde. Er strich mit dem Daumen über ihre

Unterlippe und ihre sehnsuchtsvollen Laute brachten alles zum Brodeln – die Luft um sie herum, seine Haut, die Härte in seinem Schritt. Er fuhr ihre geschwungenen Lippen mit seiner Zunge nach. Den ganzen Abend hatte er sich schon danach gesehnt, und sie schloss die Augen. *Genau, Baby. Vertrau mir.* Er küsste sie auf den Mundwinkel, dann die Mitte ihrer Oberlippe, und genoss jede einzelne Sekunde, während ihr Atem stockte und sie ihre Hände fest um seine Taille legte. Seine eigene Ungeduld brachte ihn um, aber er musste sich einfach einen Moment nehmen, um ihr Gesicht zu betrachten, das frei von allen Sorgen war. Ihre weiche, warme Haut glühte vor Begehren. Sie war umwerfend, und wenn er heute Abend die Augen schloss, würde er sich an diesen Anblick erinnern. Mira, die sich ihrer beider Leidenschaft hingab. Ein wimmernder Laut entwich ihr und jagte einen heißen Schauer über seinen Rücken, und dann konnte er keine weitere Sekunde warten. Sanft küsste er sie, gab ihren Mündern die Gelegenheit, sich aneinander anzupassen, ihren Zungen die Zeit, ihren langsamen, betörenden Rhythmus zu finden. Er wollte, dass dieser Kuss ihre Träume erfüllte, bei ihr blieb, bis sie aufwachte, und sie tagsüber immer wieder an ihn erinnerte. Er wollte, dass dieser Kuss der erste von vielen, vielen weiteren war.

Fünf

Mira schreckte in ihrem Bett auf und griff nach ihrem Handy. *Zwei Uhr? Mist.* Sie hatte nur eine Stunde lang schlafen wollen. Sie eilte ins Badezimmer, um sich die Zähne zu putzen und ihr Gesicht zu waschen, während sie horchte, ob sie von Hagen und Matt etwas hören konnte. Sie sah aus, als hätte sie eine Woche lang nicht geschlafen! Kurz bürstete sie sich die Haare, machte sich frisch, legte etwas Rouge auf, damit Matt nicht die Flucht ergriff, und benutzte die Toilette. Mit einem Waschlappen wusch sie sich die Achseln – eine Dusche musste warten – und fünf Minuten später machte sie sich in einem sauberen Strandkleid und mit aufgelegtem Parfum auf die Suche nach ihrem kleinen Mann.

Und meinem großen Mann.

Ihre Gedanken kehrten zurück zu dem Kuss. Mit der Erinnerung an diesen einen perfekten Kuss konnte sie eine Ewigkeit überstehen.

Eine Brise wehte durch die Fliegentür, die zur Terrasse führte, und sie hörte Matts Stimme. Sie sah hinaus, sah aber weder Matt noch Hagen. Als sie über die Terrasse ging, entdeckte sie die beiden nebeneinander auf der Düne sitzen – zusammen mit Serena und Drake. Na super. Wahrscheinlich hatten sie Matt schon ausgefragt.

Sie ging über den warmen Sand und hoffte, dass die beiden ihn nicht vollkommen verschreckt hatten – oder Serena ihm mit ihrer Schönheit nicht komplett den Kopf verdreht hatte. Mira und Serena waren zusammen aufgewachsen, und als ihre Brüder jemanden gebraucht hatten, um vorübergehend das Resort zu managen, war Serena die perfekte Besetzung dafür gewesen, da sie gerade auf Jobsuche war. Sie konnte beinhart und zuckersüß sein, je nachdem, was die Situation erforderte, und im Gegensatz zu den meisten Frauen scharwenzelte sie nicht um Miras gut aussehende Brüder herum. Das hatte sie schon im Teenageralter abgelegt.

Als Mira näherkam, drehte Serena sich um und gab lautlos *Ich finde ihn großartig* von sich, womit sie Mira noch nervöser machte.

Hagen sprang auf und kam über den Sand gerannt. »Mommy!« Seine braunen Haare standen in alle Richtungen ab, und seine normalerweise ernsten blauen Augen – das einzige äußerliche Merkmal, das er von seinem Vater geerbt hatte – strahlten vor Freude.

Matt stand mit einem warmen, verführerischen Lächeln auf und sah im Tageslicht sogar noch umwerfender aus als in der vergangenen Nacht. Seine Haare waren zerzaust, als wäre er mit der Hand hindurchgefahren. Seine Wunde war verschorft, und auf sein markantes Kinn hatte sich ein dunkler Bartschatten gelegt, was seine normalerweise adrette Erscheinung verwegener erscheinen ließ. Sein Anblick bescherte ihr eine Gänsehaut.

Hagen warf sich in ihre Arme und riss sie aus ihren Träumereien.

»Hallo, mein Kleiner. Hattest du Spaß?« Sie ging mit ihm zu den anderen, während Hagen ohne Punkt und Komma von seiner Pyjamaparty erzählte.

»Wir haben Pizza gegessen und den Film *Robots* gesehen und sind bis zehn Uhr aufgeblieben! Matt baut einen Roboter mit mir. Wir haben alles, was man dazu braucht, und Onkel Drake hat gesagt, dass er neidisch ist, weil ihm niemand beigebracht hat, wie man Roboter baut, als er in meinem Alter war. Ich wollte ein Boot bauen, aber Matt hat gesagt, dass ich noch warten muss, bis er ein paar Sachen von Pete gelernt hat. Matt spricht mit Pete und vielleicht können wir irgendwann mal mit Petes Hilfe ein Boot bauen. Das ist doch in Ordnung, oder, Mom? Du kennst Pete ja. Er ist nett, so wie Matt. Wir haben zum Mittag Brote mit Erdnussbutter und Marmelade gegessen, und rate mal, was wir herausgefunden haben!«

Seine aufgekratzte Stimme war Musik in Miras Ohren. Er und Matt wollten einen Roboter bauen? Wie? Wann? Matt beobachtete Hagen mit dem süßesten Lächeln, das sie je gesehen hatte, und ihr Herz schmolz dahin. »Was denn, mein Kleiner?«

»Er mag die Erdnussbutter mit den Stücken, so wie ich«, sagte Hagen stolz.

»Dann werde ich unseren Vorrat wohl mal auffüllen.«

Matt sah nun sie an und süß wurde zu glühend heiß. Sie bemerkte ein anerkennendes Grinsen von Serena und einen ernsten, aber billigenden Blick von Drake.

Hagen wand sich aus ihrer Umarmung und ließ sich mit einem Buch im Sand nieder. »Ich und Matt haben *Alles über Roboter* gelesen, aber Onkel Drake und Serena wollten sich unterhalten.«

Matt beugte sich zu ihr, schaute dann kurz zu Hagen, hielt inne und drückte nur ihre Hand, anstatt sie auf die Wange zu küssen. Seine Umsicht ließ die Schmetterlinge in ihrem Bauch flattern.

»Guten Morgen, Sunshine«, sagte er. »Du hast hoffentlich gut geschlafen.«

»Sunshine!« Hagen kicherte. »Bei Grayson hat er dich auch so genannt!«

»Ich finde den Spitznamen toll«, sagte Serena. Als sie Mira umarmte, flüsterte sie: »Klug, großartig mit Hagen, du hast meine volle Zustimmung. Wenn du dir diesen Mann nicht schnappst, dann mach ich es vielleicht.«

»Nein«, sagte Mira zu schnell und zu laut. Ihr Bruder und Matt sahen sie fragend an. »Äh, ich meine, nein, danke, Serena. Matt holt mein Auto mit mir ab.«

Matt unterdrückte ein Lachen, aber zum Glück nicht dieses wissende Lachen, als hätte er alles mitgehört. »Drake und ich haben es schon geholt.«

»Aha«, lautete die geniale Antwort, die sie zustande brachte. *Du hast dich um Hagen gekümmert und mein Auto geholt?*

»Ihr Hirn ist vom Schlaf noch etwas vernebelt«, erklärte Serena in dem Versuch, sie zu retten.

Wohl kaum. Eher von Lust.

»Hat sich Hagen gut benommen?«, fragte sie.

»Ja«, platzte es aus Hagen heraus.

»Er war toll«, versicherte Matt ihr. »Ich musste ihm erlauben, kurz bei dir ins Zimmer zu schauen, damit er sich davon überzeugen konnte, dass du wirklich schläfst. Und danach haben wir uns gleich mit Männerkram beschäftigt.«

Hagen schaute mit einem breiten Lächeln zu Matt auf und Matt zwinkerte ihm zu. *Männerkram.* Offensichtlich gefiel es Hagen, als *Mann* bezeichnet zu werden und nicht als *Junge.* Dafür hätte sie Matt am liebsten einen dicken Kuss gegeben, aber das musste wohl warten, bis ein gewisser kleiner *Mann* nicht zusah.

Mira wandte ihre Aufmerksamkeit Drake und Serena zu. Mit ihren fast eins neunzig, den dunklen welligen Haaren und den rabenschwarzen Augen waren ihre beiden Brüder die Abbilder ihres Vaters in jungen Jahren. Während Rick ein Hitzkopf sein konnte, hatte Drake eher ein ruhiges, selbstbewusstes Gemüt, das dem ihres Sohnes sehr ähnlich war. Nur dass Hagen heute vor Aufregung darüber, dass er einen Roboter bauen würde, vollkommen aus dem Häuschen war.

»Habt ihr Matt ins Kreuzverhör genommen?«

»Musste ich gar nicht«, sagte Drake. »Ich kenne seinen Bruder Pete und du arbeitest für seinen Vater. So übel kann er also nicht sein.«

»Matt ist überhaupt nicht übel«, warf Hagen ein.

»Danke, Kumpel«, sagte Matt. »Er passt nur auf deine Mom auf, die heute übrigens sehr schön aussieht.«

Wow! Gute Antwort!

Wieder kicherte Hagen.

»Vielleicht habe ich ihm doch ein paar Fragen gestellt«, gestand Serena. »Du weißt schon, nur das Übliche, wo er lebt, womit er seinen Lebensunterhalt verdient und ob er zufällig heiße, alleinstehende Brüder hat.«

Als ob Mira all diese Informationen ihrer besten Freundin in den letzten Monaten nicht schon mehrere Male mitgeteilt hätte.

»Ich habe ihr erzählt, dass ich der letzte alleinstehende Lacroux bin, der noch übrig ist«, sagte Matt.

»Was nun jedoch fraglich ist«, gab Serena leise von sich.

Fraglich? Nein, er ist eindeutig nicht zu haben, vielen Dank auch.

»Matt hat erzählt, ihr wart tanzen?« Drake wusste, wie Miras

Leben aussah – Hagen, Arbeit, Hagen, noch mehr Arbeit –, und er freute sich offensichtlich darüber, dass sie ausgegangen war und Spaß gehabt hatte. Wenn er oder Rick auf Hagen aufpassten, dann verbrachte sie für gewöhnlich Zeit mit Serena, schaute Filme mit ihr oder ging ins Restaurant, aber sie gingen nie tanzen.

»Stimmt, und wir haben den Sonnenaufgang beobachtet.« In Gedanken noch in der letzten Nacht und bei diesem magischen Kuss sah sie Matt an. »Es war ein perfekter Abend, aber ich habe viel länger geschlafen, als ich wollte. Das tut mir wirklich leid.«

»Ich bin froh, dass du dich etwas ausruhen konntest. Hagen und ich haben uns gut verstanden.«

Hagen ergriff Matts Hand. »Können wir das hier jetzt lesen?«

Ihr Sohn hatte Matt im letzten Sommer auf Anhieb gemocht und auch bei seinen Besuchen. Sie war froh, dass sich daran nichts geändert hatte.

»Hey, Kumpel«, sagte Drake. »Du solltest Matt vielleicht mal eine Pause gönnen.«

Ihre Brüder waren für ihren Sohn seit seiner Geburt Vorbilder, und sie fragte sich, ob Drake sich daran störte, dass Hagen so an Matt hing. Wenn es so war, zeigte er es nicht.

Matt setzte sich neben Hagen in den Sand. »Das ist schon in Ordnung. Ich hab ihm versprochen, dass wir so weit wie möglich weitermachen, bis ich gehen muss. Wir lesen noch ein Kapitel, und dann muss ich nach Hause, um meine Dusche zu reparieren. Einverstanden?«

Seine kaputte Dusche hatte sie vollkommen vergessen. Wahrscheinlich hatte er noch unzählige andere Dinge zu tun, und trotzdem saß er hier mit einer Engelsgeduld bei ihrem

Sohn.

Hagen nickte begeistert. »Einverstanden.«

Drake stellte sich neben Mira und flüsterte ihr zu: »Wurde auch mal Zeit, dass du ausgehst und dich amüsierst, aber nächstes Mal sagst du mir vielleicht vorher Bescheid?«

Sie und Drake standen sich nahe, zumal er nach dem Tod ihres Vaters als männliches Familienoberhaupt eingesprungen war. Aber in letzter Zeit, mit den Renovierungsarbeiten im Resort und den Vorbereitungen für die Eröffnung seines fünften Musikgeschäfts, hatten sie kaum Gelegenheit gehabt, sich zu sehen. Drake hatte schon immer ein Faible für Musik gehabt. Er, Rick und ihre Freunde hatten vor Jahren eine Band gegründet und spielten noch immer zusammen. Seine Liebe zu den Instrumenten hatte ihn dazu veranlasst, eine Kette von Musikgeschäften an der Ostküste aufzubauen, und nachdem er und Rick die Ferienanlage gekauft hatten, war er nun auf der Suche nach einem neuen Standort.

Serena verdrehte die Augen. »Der Blödmann hier hat heute Morgen Matts Auto gesehen und da ist der große Bruder in ihm auf die Barrikaden gegangen. Ich habe ihn mit dem Versprechen beruhigt, dass er einen frischen Kaffee und Donuts bekommt.«

»Danke«, sagte Mira.

Serena packte Drake am Arm und zog ihn mit sich fort. »Amüsiert euch noch gut. Der hier muss sich jetzt mal mit dem Bauunternehmer in Verbindung setzen und ihm ein wenig in den A-R-S-C-H treten.«

»Ah! Serena hat ein böses Wort benutzt!«, rief Hagen.

»Musst du so schlau sein?«, fragte Serena belustigt.

Hagen grinste. »Mommy sagt immer, schlaue Jungs sind die Besten.«

Matt schaute ihr in die Augen, und sie hätte schwören können, dass sich die Erde unter ihren Füßen bewegte.

Und Mommy hat immer recht!

Obwohl Matt müde war, fiel es ihm schwer, sich von Mira und Hagen zu verabschieden. Er hatte vergessen, wie schön es war, ein wissbegieriges Kind um sich zu haben, anstatt Erwachsene, die sich darum stritten, wer die Besten im Kurs waren. Hagen erinnerte ihn daran, wie er selbst als Kind gewesen war. Er hatte auch immer alles ganz genau wissen wollen, und Hagen schien alles, was sie lasen, abzuspeichern, denn er sprach dann viel später wieder davon. Und Matt wusste, dass all das auf Mira zurückging. Ein selbstbewusstes, wissbegieriges Kind war das Ergebnis einer starken, liebevollen Erziehung.

Kaum stieg er aus dem Auto, hörte er: »Matt ist da!«

Jenna, seine Schwägerin, eilte mit seiner entzückenden, fast drei Jahre alten Nichte Bea – benannt nach ihrer Mutter – auf dem Arm über den Rasenplatz zwischen den Ferienhäusern. Bea war das Abbild ihrer Mutter, hatte glänzende braune Haare, die an den Enden gelockt waren, große blaue Augen und war schon in ihrem zarten Alter ordnungsliebend. Sie sortierte ihre Spielzeuge nach Farben, so wie Jenna ihre Outfits und Accessoires sortierte.

Drei von Jennas Freundinnen in Strandkleidern, die hier ebenfalls ein Ferienhaus besaßen, kamen aus verschiedenen Richtungen wie ausgehungerte Klatschbasen auf ihn zu. Offensichtlich hatte Sky die Nachricht über seine Nacht mit Mira bereits in Umlauf gebracht.

»Hallo, Ladys«, begrüßte er sie vorsichtig.

»Wir wollen alles wissen.« Bella, eine energische Blondine, die dafür bekannt war, dass sie anderen gern Streiche spielte und nie lang um den heißen Brei herumredete, kam auf die Terrasse.

»Natürlich wollt ihr das.« Matt schmunzelte.

Amy, die Ruhigste in der Clique, stupste ihn in den Bauch. »Du bist gestern Abend nicht nach Hause gekommen.«

»Tut mir leid, Mom.«

Leanna, eine temperamentvolle Marmeladenspezialistin, gesellte sich mit ihrem Labradoodle Pepper zu ihnen. »Hallo, Matt.«

»Hallo.« Er streichelte den Hund. Wie um Himmels willen war er auf die Idee gekommen, sich hier mitten im Tratschzentrum einzumieten? In nicht einmal zehn Minuten hätten sie ihm hundert Fragen gestellt und bis zum Einbruch der Dunkelheit wusste halb Wellfleet, dass er und Mira ausgegangen waren.

Hm, vielleicht ist das gar keine so schlechte Idee.

»Onke Matt!« Mit einem breiten Grinsen streckte Bea die Arme nach ihm aus.

Er nahm seine Nichte auf den Arm und gab ihr einen Kuss auf ihre Pausbacken. »Wie geht's denn meinem Lieblingsmädchen?«

Bea kicherte und patschte ihm mit den Händen gegen die Wangen. »Krieg ich einen Keks?«

Es kam ihm so vor, als hätte sie kaum sprechen können, als er das letzte Mal zu Hause gewesen war, und ihm wurde bewusst, dass er schon zu viel von ihrem Leben verpasst hatte. Er wollte nicht der Onkel sein, der alles verpasste. Aber er wusste einfach nicht, wie er aus der beruflichen Laufbahn, für die er so hart gearbeitet hatte, aussteigen sollte, oder wie er ein eher unbeschwertes Leben führen konnte, wie seine Brüder und seine Schwester es taten. Er war nie ein unbeschwerter Mensch gewesen, aber in der vergangenen Nacht hatte er verdammt noch mal jede einzelne Sekunde genossen. Er hatte fast ein Jahr gewartet, um wirkliche, wertvolle Zeit mit Mira zu verbringen, und der eine Abend mit ihr hatte seinen Appetit nur noch angeregt.

Er sah Jenna an.

»Sie hat schon zwei gehabt. Keine Kekse mehr, meine Süße.«

Bea schob ihre Unterlippe vor.

»Ooh«, ertönte es von Amy und Matt gleichzeitig.

»Sie hat euch alle um den Finger gewickelt und Pete genauso.« Jenna nahm Matt die schmollende Bea ab und stellte sie auf die Terrasse, damit sie mit Pepper spielen konnte. Pepper leckte ihr über die Wangen und sie kreischte vergnügt auf.

Alle hatten gedacht, dass Pete ein strenger Vater sein würde, da er Jenna und Bea wie seinen Augapfel hütete, aber wenn Bea ihn um etwas bat, wurde er immer schwach. Matt war schon nach wenigen Stunden mit Hagen klar, wie leicht es passieren konnte, dass man einem Kind alles geben wollte. Hagen war so wissbegierig, dass Matt den ganzen Tag mit ihm hätte verbringen können. Wenn er nicht vor Müdigkeit fast umgefallen wäre.

Und das Durchhaltevermögen für eine Tratschstunde hatte er ebenfalls nicht.

»Du siehst müde aus«, merkte Bella an. »Hast du letzte Nacht überhaupt nicht geschlafen?«

»Nein, das hab ich tatsächlich nicht.«

Interessiert horchten alle auf. Matt lachte und schüttelte den Kopf. »Aber nicht aus den Gründen, die in eurer schmutzigen Fantasie herumspuken. Jenna, ist Pete da?«

»Ja, er repariert gerade unsere Spüle«, antwortete Jenna.

Matt ging in die Richtung ihres Ferienhauses.

»Warte mal«, rief Jenna hinter ihm her. »Warum hast du nicht geschlafen, wenn du keine schmutzigen Dinge angestellt hast?«

Die Mädels und Pepper hängten sich an seine Fersen, als er über den Platz ging. Er glaubte nicht, dass sie wirklich eine Antwort erwarteten, aber er wusste, dass sie ihn wahrscheinlich mit Fragen bombardieren würden, bis er ihnen irgendetwas gab, über das sie reden konnten.

Er entfloh ihrem Verhör und betrat das Ferienhaus von Pete und Jenna. Sein Bruder tauchte unter der Spüle auf. Joey, seine Golden-Retriever-Hündin, kam mit einem erfreuten *Wuff* aus dem Schlafzimmer.

»Hallo, Pete. Ich muss mit dir über Dad reden.« Ihm fiel seine Dusche ein und er fügte hinzu: »Außerdem muss ich mir Werkzeug von dir leihen.«

Matt hockte sich hin, um Joey zu streicheln, die ihn mit Hundeküssen begrüßte.

Pete wischte sich die Hände an seinen Shorts ab und schaute kurz in Richtung der Mädels, die auf der Terrasse standen. »Klar. Was gibt's?« Er griff nach seinem Werkzeugkasten und gab ihn Matt. »Nimm dir, was du brauchst.«

Matt schaute die Werkzeuge durch. »Hat irgendjemand mit Dad darüber geredet, wie das Geschäft in letzter Zeit läuft? Mira hat erwähnt, dass der Laden nicht mit den großen Ketten konkurrieren kann.« Grayson und Parker waren in dieser Woche auf einer Veranstaltung für die Kinderstiftung, die Parker gegründet hatte, und Hunter hatte alle Hände voll zu tun mit einem Kunstwerk, das bei Grunter's Ironworks, der gemeinsamen Firma von ihm und Grayson, in Auftrag gegeben worden war. Matt hoffte, sie bald zu sehen, aber er wusste, dass

Pete es gehört hätte, wenn es ein Problem gäbe.

»Grayson und Hunter eher nicht, und Sky hatte mit ihrem Tattoo-Studio viel um die Ohren, also bezweifle ich, dass sie etwas mitbekommen hat. Ich jedenfalls nicht, obwohl ich weiß, dass er in letzter Zeit versucht hat, die Preise zu senken. Macht Mira sich Sorgen? Und wichtiger noch: Glaubt sie, dass er wieder trinkt?« Pete lehnte sich gegen die Arbeitsfläche und verschränkte die Arme. Ihr Vater war dem Alkohol verfallen, nachdem ihre Mutter gestorben war, und auch wenn es lange gedauert hatte, war es Pete schließlich gelungen, ihn zu einem Aufenthalt in der Entzugsklinik zu überreden, und seitdem war er trocken geblieben.

»Nein, sie hat nicht gesagt, dass er wieder trinkt. Nichts in der Art. Und sie hat auch nur beiläufig angemerkt, dass er zu dickköpfig ist, um zuzugeben, dass es Probleme gibt. Ich werde mal mit ihr reden und sehen, was ich herausfinden kann. Ich wollte nur wissen, ob du vielleicht etwas gehört hast.« Mit dem Geschäft seines Vaters wollte Matt auf keinen Fall etwas zu tun haben, aber sein Vater hatte sein ganzes Leben dafür gearbeitet, den Baumarkt Lacroux Hardware aufzubauen. Für seine Kinder. Er wollte nicht, dass all diese Jahre der Arbeit und des Einsatzes den Bach hinuntergingen, weil sein Vater sich nicht den veränderten Gegebenheiten stellen wollte. Die Welt seines Vaters hatte sich genug verändert, als sie ihre Mutter verloren hatten. Er konnte es nicht gebrauchen, wenn auch noch seine Firma um ihn herum einstürzte.

»Klingt gut. Sag Bescheid, wenn ich etwas unternehmen soll.« Ein Grinsen trat in Petes Gesicht. »Du und Mira also? Sky hat Jenna in aller Frühe angerufen.«

»Das kann ich mir vorstellen.« Matt rieb sich die schmerzhafte Müdigkeit aus dem Nacken. »Wir hatten eine tolle Nacht.

Ich hatte vergessen, wie es ist, wenn man …« *Was? Mit einer wundervollen Frau ausgeht? Für eine Nacht mal ganz loslässt?* Ja, aber das war nicht das Auffälligste gewesen. Wenn er ausging, war er normalerweise immer absolut wachsam, beobachtete alles um sich herum, aber in der letzten Nacht hatte seine ganze Aufmerksamkeit nur Mira gegolten, und heute hatte er bei Hagen das Gleiche empfunden, so wie jedes Mal, wenn sie im Laufe des vergangenen Jahres zusammen gewesen waren.

Pete räusperte sich, so als wolle er Matt daran erinnern, dass er eine Antwort erwartete. Schnaufend legte Joey sich zu seinen Füßen ab.

»Ich hatte vergessen, wie es sich anfühlt, mit einem besonderen Menschen zusammen zu sein«, antwortete er schließlich.

»Vielleicht hättest du diese Auszeit schon früher nehmen sollen, anstatt dich alle paar Monate mit einem Nachmittag zufriedenzugeben.«

Er hatte lange überlegt, was der richtige Zeitpunkt für eine Pause von seiner Lehrtätigkeit sein könnte. Abgesehen davon war ihm bewusst gewesen, dass mehr Zeit in der Gesellschaft von Mira es ihm noch schwerer machen würde, zu dem Leben in New Jersey zurückzukehren, von dem er gar nicht mehr wusste, ob er es wollte. Er hatte gewusst, dass er ein paar wichtige Entscheidungen treffen musste, bevor er sie wiedersah. Nachdem er sich von seinen Hoffnungen darauf, Dekan zu werden, verabschiedet hatte, war er nun bereit, sich ganz auf das Buch zu konzentrieren – und auf Mira.

»Das konnte ich nicht«, sagte er zu Pete. »Es gab zu viel, was zu erledigen war. Mit dem Unterricht, der Betreuung der Masterstudenten und meiner Forschung habe ich jeden Tag bis zum Umfallen gearbeitet.«

»Grayson hat mir von seinem Besuch erzählt«, sagte Pete

mit der Ernsthaftigkeit eines älteren Bruders, die ein offenes Ohr signalisierte. Die hatte er über die Jahre perfektioniert.

Matt biss die Zähne zusammen. Als ihr jüngerer Bruder ihn besucht hatte, war Matt zu spät gekommen und hatte ausgesehen, als hätte er sich gerade geprügelt – was den Tatsachen entsprach, da er einen Autodiebstahl verhindert hatte. »Gray erzählt viel. Bei den wenigen Gelegenheiten, die ich mal frei hatte, habe ich vielleicht ein paar Leuten geholfen.«

Sein Bruder kannte ihn zu gut, um ihm das abzunehmen. Die Wahrheit war, dass Matt in seiner wenigen Freizeit in die heruntergekommenen Viertel der Stadt ging, um seinen aufgestauten Frust abzulassen – Drogendealer, Autodiebe und Mistkerle, die Frauen prügelten, auffliegen zu lassen, war seit dem College seine bevorzugte spätabendliche Beschäftigung. Aber da seine Brüder und seine Schwester alle ihre große Liebe gefunden hatten, war es immer schwerer geworden, so zu tun, als würde ihm nicht das fehlen, was er sich insgeheim immer gewünscht hatte. Je mehr er darüber nachdachte, was er wirklich im Leben wollte, umso weniger erfüllten ihn die Dinge, die er tat. Er war der Grenze seiner Belastbarkeit schon seit einiger Zeit immer nähergekommen, und als dann der Artikel, den er für die New York Times geschrieben hatte, für Furore gesorgt hatte und ihm ein großer Buchvertrag angeboten worden war, wusste er, dass es an der Zeit war, sein Leben auf den Prüfstand zu stellen.

»So siehst du das, Matt? Dass du vielleicht ein paar Leuten geholfen hast?«

Matt zuckte nur mit den Schultern, denn er war nicht im Geringsten daran interessiert, darüber zu reden.

Pete legte eine Hand auf seine Schulter, so wie er es Matts ganzes Leben lang schon getan hatte. Pete war immer seine

Stütze gewesen, selbst in den schwierigsten Zeiten.

»Matt, du bringst dich in Lebensgefahr, als wärst du Clark Kent, verdammt. Tagsüber bist du ein sanftmütiger Professor und nachts ein heimlicher Retter. Wie lang willst du dich noch quälen?«

Matt rieb sich übers Gesicht. Das hatte er sich die letzten zwei Jahre schon gefragt, und trotzdem hatte er noch keine Antwort darauf gefunden. Schuld war ein einflussreicher Begleiter, und Matt beherrschte die Kunst, sie in dicken Lagen mit sich herumzuschleppen. Er packte die Schuld, nicht zu Hause gewesen zu sein, als seine Mutter starb, auf das schreckliche Ereignis drauf, das sein Leben verändert hatte – das Ereignis, das er niemand anderem als Pete gestanden hatte und das er sich selbst gegenüber kaum eingestehen konnte. Die Schuld, die er an dem Abend auf sich geladen hatte, an dem er zu vertieft in seine Studien gewesen war, um sich wie versprochen mit einer Freundin zu treffen, und an dem diese Freundin dann überfallen worden war, nachdem sie sich allein auf den Weg zu ihrem Studentenwohnheim gemacht hatte. Nach dieser Nacht war sie nie wieder an die Uni zurückgekehrt.

»Wenn du damit fertig bist, die Welt zu retten«, sagte Pete, »warten wir alle darauf, dass du nach Hause kommst.«

Sie sahen sich lange an. Pete machte ihm keine Vorwürfe. Das tat er nie. Matt wusste, wie sehr seinem Bruder das Wissen zu schaffen machte, dass er sich da draußen Gefahren aussetzte. Wie oft hatte er von Pete mitten in der Nacht Nachrichten erhalten – *Hab tagelang nichts von dir gehört. Gib mir einfach nur ein Lebenszeichen.*

»Darauf baue ich«, antwortete Matt schließlich. »Ich muss ein paar wichtige Entscheidungen treffen. Mit dem Vorschuss aus dem Buchvertrag komme ich drei Jahre lang über die

Runden, außerdem hab ich noch meine Ersparnisse, die reichen für mindestens zwei weitere Jahre. Mit der Lesereise, die nach der Veröffentlichung geplant ist, bin ich finanziell mehr als abgesichert. Ich weiß nur einfach nicht, ob ich das kann.«

»Das Buch schreiben?«

»Nein. Die Arbeit an der Universität ganz und gar aufzugeben. Mich von dem Gedanken zu verabschieden, der Dekan der Sozialwissenschaftlichen Fakultät zu werden.« Sich Wissen anzueignen, ließ Matt aufblühen, und das Unterrichten hatte ihm die Möglichkeit gegeben, anderen dabei zu helfen, es ebenso zu tun. Jeder Tag hatte neue Herausforderungen parat, und wenn er auf das Leben von nur wenigen Studenten einen positiven Einfluss hatte, dann war das schon alle Motivation, die er brauchte. Aber in letzter Zeit wurde die Lehre mehr und mehr von bürokratischen Aufgaben überlagert und dieser anhaltende Papierkrieg strengte ihn an. Wenn er vor seinen Studenten stand, sah er sich selbst in ihrem Alter, spürte die Hoffnung der Vergangenheit und den Wunsch nach einer anderen Zukunft.

»Du hast erzählt, dass dieser Kerl nie von allein abdanken wird, also ist das wohl das offensichtlichste Puzzleteil.« Pete hob eine Augenbraue. »Und kannst du bei dem anderen von allein abdanken?«

Das andere. Der verdammte Clark Kent. Wenn er das nur wüsste. Matt zuckte unverbindlich mit den Schultern. Er hatte das Gefühl, dass diese Gewohnheit fast noch schwieriger abzulegen sein würde.

»Das ist doch der Sinn dieser Auszeit, oder? Herauszufinden, was du wirklich werden willst, wenn du groß bist?« Pete lächelte und deutete auf die Wunde auf Matts Wange. »Bitte sag, dass das nicht passiert ist, als du mit Mira zusammen warst.«

»Nee, das war unter der Dusche. Übrigens, ich hab Hagen versprochen, ein Boot mit ihm zu bauen, aber ich dachte, wir fangen vielleicht mit einem Floß an. Da könnte ich deine Hilfe gebrauchen.«

»Hört sich gut an. Dieses kleine Superhirn wird uns wahrscheinlich im Nullkommanichts sagen, wie man das baut. Da ist er dir sehr ähnlich. Unfassbar süß und so clever, dass er einigen Erwachsenen etwas vormachen kann. Gib dem Jungen ein Buch und schon baut er dir ein Boot.«

Matt lachte. »Stimmt, so cool ist er drauf.« Er nahm sich die Werkzeuge, die er brauchte, und wurde von einer Woge der Dankbarkeit erfasst. Pete war nach dem College nach Hause gekommen. Mit ihrem Vater hatte er Boote restauriert. Er hatte die Stellung gehalten, sich um Sky gekümmert und auf ihre Brüder aufgepasst – in einer Zeit, in der Matt zu sehr damit beschäftigt gewesen war, seine berufliche Laufbahn zu verfolgen und eine Festanstellung zu ergattern.

Er legte die Werkzeuge wieder hin und umarmte Pete. »Danke, Mann.«

»Wofür?«

»Dafür, dass du hier warst, für die Familie da warst, während ich mich um meine Karriere gekümmert habe.« Er nahm die Werkzeuge wieder, tätschelte Joeys Kopf und drückte die Tür auf.

»Onke Matt!«, rief Bea.

»Einzelheiten, bitte«, sagte Jenna.

»Na super«, murmelte Matt leise. Er schaute zu Pete zurück. »Und dafür, dass du mir den Rücken freihältst.«

Pete drückte sich von der Arbeitsfläche ab. »Kein Problem, mach ich. Die freuen sich einfach nur, noch eine Frau und ihren Nachwuchs in die Truppe aufnehmen zu können. Sie lieben Mira und Hagen.« Auf dem Weg nach draußen klopfte er Matt auf die Schulter.

Matt folgte ihm hinaus und die Mädels scharten sich um ihn. Joey und Pepper rannten auf den Rasen.

»Wann siehst du Mira wieder?«, fragte Jenna, die versuchte, mit Matt Schritt zu halten.

»Warum, zum Henker noch mal, hast du dich wie ein Gentleman benommen?«, fuhr Bella ihn an. »Weißt du denn nicht, dass sie einen Halunken in ihrem Leben braucht? Alle Frauen brauchen so einen!«

»Bella!«, ermahnte Amy sie.

Matt schüttelte den Kopf, ohne ihnen zu antworten. Er hatte sie alle ins Herz geschlossen, auch wenn sie für ihn das personifizierte Chaos darstellten, aber das änderte nichts daran, dass dieses Chaos Welten von dem ruhigen akademischen Leben entfernt war, das er gewohnt war. Seine Gedanken wanderten zu Mira und erinnerten ihn daran, dass dieses Leben nicht mehr alles war, was er wollte. Er stellte sie sich hier mit den Mädels vor, lachend und plaudernd, während Hagen mit den Hunden spielte oder Pete dabei half, die Spüle zu reparieren, denn die Neugier dieses Jungen war grenzenlos, und all das ließ in Matt den Wunsch wachsen, mittendrin in all dem zu sein.

Er brauchte unbedingt etwas Schlaf. Anstatt Träumereien über eine wunderschöne Frau und ihren liebenswerten Sohn nachzuhängen, sollte er eigentlich an der Gliederung seines Buches arbeiten.

»Wir können babysitten«, sagte Leanna und Matt blieb abrupt stehen.

Die Mädels umstellten ihn mit großen, neugierigen Augen –

außer Bella, die ihn mit einem ernsten Blick bedachte.

»Für ein kleines bisschen schlüpfrigen Tratsch«, bot Bella an.

Matt lachte und schaute zu Pete, der damit beschäftigt war, Beas Nase mit seiner anzustupsen.

»So viel zum Thema Rücken freihalten, Bruderherz.«

»Wurde abgelenkt.« Pete pustete auf Beas Wange, woraufhin sie hemmungslos kicherte.

Matt atmete tief durch und sah wieder die Frauen an. »Wie kommt ihr auf die Idee, wir bräuchten einen Babysitter? Ich verbringe gern Zeit mit Hagen.«

»Natürlich, aber ihr könnt in seiner Gegenwart ja schlecht rummachen.« Bella deutete zum Pool, wo ihr Mann Caden gerade ihre Tochter Summer auf dem Arm hatte. Tony und Kurt, die Ehemänner von Amy und Leanna, waren ebenfalls mit ihren Kleinkindern Hannah und Sloan im Pool.

»Du kannst uns ruhig glauben«, sagte Bella. »Wir wissen, wie wertvoll Babysitter sind.«

Da hatte sie nicht ganz unrecht, aber Hagen gehörte zu Miras Welt, und er wollte dieses Schiff unter keinen Umständen in unruhige Gewässer befördern – und auch nicht planen, die Dinge voranzutreiben. So sehr er sich auch nach Intimität mit Mira sehnte, so war es ihm doch lieber, wenn sich alles natürlich entwickelte.

»Komm schon, Matt. Wir wollen euch beide glücklich sehen. Mach uns ein wenig Hoffnung«, flehte Jenna. »Wirst du sie wiedersehen?«

Ihren wissbegierigen Attacken hatte er nichts entgegenzusetzen. »Okay, in Ordnung. Ja, ich hoffe es.«

»Du hoffst es?« Verwundert strich Amy sich ihre goldblonden Haare hinter die Ohren. »Das klingt so gar nicht nach dir.

Seit wann hoffst du und sorgst nicht einfach dafür, dass es passiert?«

»Hört zu, ich habe seit zwei Tagen nicht geschlafen, ich muss meine Dusche reparieren, und jetzt überlege ich ernsthaft, warum ich mich bei den Real Housewives von Seaside einquartiert habe, anstatt in mein nettes ruhiges Häuschen auf Nantucket zu ziehen. *Ja!* Zufrieden? Wenn es nach mir ginge, würde ich sie morgen wiedersehen, übermorgen und überübermorgen.«

Als er weiterging, hörte er hinter sich die Frauen flüstern.

»Wir ziehen es vor, wenn wir ›Seaside-Mädels‹ genannt werden«, rief Bella ihm dann hinterher. »Wir sind viel cooler als die Real Housewives von Sonstwo.«

»Nur zu deiner Information: Du bist hier, weil du es hier liebst«, fügte Jenna hinzu. »Und du gehörst zur Familie. Du gehörst hierher.«

Sechs

»Hallo, kleiner Knirps.« Serena rauschte am Sonntagmorgen mit einer großen braunen Tüte auf dem Arm zur Tür von Miras Cottage herein. Sie stellte die Tüte auf der Arbeitsplatte ab, seufzte laut, als wäre sie sehr schwer gewesen, und warf sich dann die Haare über die Schulter, bevor sie sich hinunterbeugte, um Hagen einen Kuss auf den Kopf zu geben. »Überlegst du, wie du Bill Gates überflügeln kannst?«

»Wer ist Bill Gates?« Mit verdutztem Gesichtsausdruck schaute Hagen von dem Roboterbuch auf, in dem er gerade blätterte. »Wir bauen heute den Roboter.«

»Ach, machen wir das?« Serena drehte sich zu Mira um, die gerade Pfannkuchen backte, und sprach leiser weiter. »Ich bin sofort los, als ich deine SOS-Nachricht bekommen habe. Es freut mich ja so, dass der heiße Professor kommt! Ich hab alles mitgebracht.«

Mira fragte sich, was *alles* wohl sein mochte. So lange war sie doch nicht aus der Dating-Welt raus, oder? Gab es da bestimmtes Zubehör, von dem sie nichts wusste?

»Ich bin ein einziges Nervenbündel.«

»Mach dir keine Sorgen. Ich bring dir im Nullkommanichts das aktuelle Dating-Einmaleins bei. Gib dem kleinen Wissenschaftler etwas zu essen und wir können loslegen.«

Mira stellte einen Teller mit Pfannkuchen und ein Glas Saft auf den Tisch. »Kommst du essen, Hagen?«

»Mhm.« Er trug das Buch zum Tisch und schlug es neben seinem Teller auf. »Ist es gleich zehn? Ich brauche Matt. Ein paar von den Wörtern verstehe ich nicht.«

Ich brauche ihn auch.

Insgeheim hatte sie sich Sorgen gemacht, dass ihnen beiden – nachdem sie sich etwas ausgeruht und Abstand gewonnen hatten – klar werden würde, dass das Geschehene ein Fehler war, und dass sie es der Stimmung des Abends zuschreiben würden. Aber dann hatte er gestern um kurz nach elf noch angerufen: *Ich will dich nicht vom Schlafen abhalten, Sunshine, aber ich musste einfach deine Stimme hören.* Er hatte sich nach Hagen erkundigt, und sie hatten verabredet, dass Matt vorbeikommen und den Roboter mit ihm bauen würde. Es war ein einfaches zweiminütiges Telefonat, das all ihre Sorgen vertrieben hatte.

Bis zu diesem Morgen, als ihr klar wurde, dass er wirklich vorbeikam.

»Wir sind in Mommys Schlafzimmer, falls du uns brauchst, kleiner Knirps.« Serena nahm die Tüte von der Arbeitsplatte.

Den Mund voll mit Pfannkuchen und ins Buch vertieft, nickte Hagen.

»Ich wusste, dass du all die Monate auf Matt gewartet hast«, flüsterte Serena auf dem Weg ins Schlafzimmer. »Du hättest mir ruhig etwas erzählen können. Ich bin deine beste Freundin. Ist ja nicht so, als hätte ich nicht deinen schmachtenden Gesichtsausdruck gesehen, wenn du über ihn geredet hast.«

»Stimmt ja gar nicht!«

»Und ob! Mal im Ernst, wie viele Kerle wollten vor ihm mit

dir ausgehen? Du hast mindestens ein Dutzend abblitzen lassen. Dann verbringt Matt eine Nacht mit dir und schon hat dein Vibrator einen neuen Spitznamen.«

»*Omeingott!* Halt den Mund!« *Er hatte diesen Spitznamen schon vor unserem mitternächtlichen Abenteuer.*

Serena lachte. »Aber es ist doch wahr. Du bist seit letztem Sommer in ihn vernarrt. Da ist es nur natürlich, dass du Klassenbeste sein und den Professor vögeln willst.«

Mira stöhnte auf. »Bitte, hör auf. Ja, ich mag ihn. Sehr. Er ist total mein Typ. Er ist klug und witzig und …«

»Höllisch heiß?«

»Ja«, sagte sie mit einem Seufzer. »Das auch.«

Serena warf die Tüte mitten auf Miras Bett und Mira sah sich alles an. Make-up, Parfum, Klamotten, Enthaarungscreme …

»Enthaarungscreme? Das Zeugs stinkt zur Hölle.«

»Glaub mir, du brauchst da unten keine Stoppeln, und Wachsen tut tierisch weh. Du willst doch seidig glatt sein, oder?«

»Was?! Ich muss alle Haare loswerden? Wie ein vorpubertäres Kind? Was soll daran sexy sein?« Sie hatte sich schon ziemlich gut rasiert und nur einen schmalen Streifen ihrer Locken behalten. Musste sie sich wirklich ganz nackig machen?

Serena verdrehte die Augen. »Schluckst du etwa gern Schamhaare?«

»Igitt! Serena!« Sie war es gewohnt, von Serenas vielfältigen Abenteuern zu hören, aber es war sehr lange her, dass sie von ihren eigenen hatte erzählen können, und das machte das hier entsetzlich peinlich.

»Was? Du hast doch diesem Dingsda einen Blowjob verpasst. Hatte er da etwa Haare?« Sie warf Mira eine

Kondompackung zu.

Mira ließ die Enthaarungscreme fallen und fing die Kondome auf, die sie gleich hektisch unter ihr Kopfkissen schob. »Du bist so vulgär. Keine Ahnung, was er da unten hatte. Ich hab mich sehr bemüht, alles, was ihn betraf, zu vergessen.«

»Ich weiß, aber mal im Ernst, Mira. Glaubst du, ein Typ will sich erst durch einen Dschungel kämpfen, um ins Gelobte Land zu kommen?«

Mira ließ sich aufs Bett plumpsen.

Serena setzte sich neben sie und nahm ihre Hand. »Süße, wenn ein Mann und eine Frau viel Zeit miteinander verbringen, dann entsteht bei ihnen manchmal so ein Prickeln.«

Beide brachen in Lachen aus.

»Prickeln? Dein Ernst? Hat dir deine Mom das so erklärt?«

»Spinnst du? Mutter Theresa? Sie hat so getan, als ob es Sex gar nicht gibt. Alles, was ich weiß, hab ich durch eigene praktische Erfahrungen gelernt. Das weißt du. Ich habe dir alles erzählt.«

»Noch etwas, das ich versucht habe, zu vergessen«, scherzte sie. »Aber im Ernst, ich brauche keine Kondome. Du weißt, dass ich seit Hagens Geburt die Pille nehme. *Das* wollte ich nicht wieder dem Zufall überlassen.«

»Krankheiten, Baby. Benutz die Kondome.«

»Ja, klar. Als ob ich und Matt zwischen Roboterbauen und Mittagessen *dafür* Zeit hätten.« Die Aussicht auf Sex mit Matt schien unrealistisch. Sie schob die Enthaarungscreme zu den Kondomen unter das Kissen. Sie wollte ebenso wenig über *seidig glatt* nachdenken wie über die Kondome. Die Vorstellung, Sex zu planen, war ihr verhasst.

»Mom?«, rief Hagen aus dem Flur.

Hastig warf Mira die Decke über alles, was Serena mitgebracht hatte, und ihre Freundin lachte. »Da ist nichts Anstößiges mehr. Die Spielzeuge habe ich zu Hause gelassen.«

Hagen erschien mit seinem Buch und einer guten Portion Sirup auf dem T-Shirt in der Tür. »Kannst du mir sagen, was ein automer Roboter ist?« Er gab ihr das Buch und lugte an ihnen vorbei auf die gewölbte Decke. »Was ist das?«

»Mädchenkram«, sagte Serena, als würde das den kleinen Mr. Wissbegierig zufriedenstellen.

»Was für Mädchenkram? Im Bad hat Mom jede Menge Mädchenkram. Make-up, Creme, Deo mit Blumen drauf, das nach Zitrone riecht.«

Mira lachte. »Nur Klamotten und Make-up, mein Schatz. Nichts Wichtiges. Und dieses Wort hier heißt nicht *autom*, sondern *autonom*. Ein autonomer Roboter ist ein Roboter, der ganz selbstständig Aufgaben erledigen kann, aber ich glaube, da geht es um eine ganz andere Art von Roboter als den, den du und Matt bauen werdet.«

»Das macht nichts. Irgendwann baue ich auch einen autonomen Roboter.« Wieder lugte er an ihr vorbei und streckte die Hand in Richtung des verräterisch schief liegenden Kissens aus. »Was ist unter d…«

Serena warf sich auf das Kissen. »Das ist mein geheimer Mädchenkram, der kleine Jungs nichts angeht.«

Mira schlug die Hände vors Gesicht, denn sie wusste, was nun kam.

»Mom sagt immer, wir dürfen keine Geheimnisse haben. Sie sagt, Geheimnisse sind wie Lügen, und Lügen machen gute Menschen zu schlechten. Mom sagt …«

Ganze zehn lange Minuten waren nötig, um ihren neugierigen Sohn abzulenken. Nur die Hälfte dieser Zeit brauchte Mira, um zu dem Schluss zu kommen, dass Mütter scheinheilig waren. Eine bittere Pille.

Hagen ging zum Spielen ins andere Zimmer und Mira ließ sich rücklings neben Serena, die noch immer quer über dem Kissen lag, aufs Bett fallen. »Wie soll ich das hinkriegen?«

»Hallo? Ich kann babysitten.«

Sie wandte sich ihrer Freundin zu. »Nein, ich meine das hier. Alles. Hagen wird Fragen stellen, auf die ich noch keine Antwort habe. Und ich kann keine Kondome hier im Haus haben. Was ist, wenn er sie findet? Wie machen andere alleinerziehende Mütter das?« Ruckartig setzte sie sich auf. »Ich bin dazu verdammt, entweder ein sexloses Leben zu führen oder meinen Sohn anzulügen und ihm zu verheimlichen, wo ich bin oder was ich mache, stimmt's?«

»Du bist ja keine Serienmörderin. Alle Mütter haben Sex, und wenn du deinem Sohn nichts über dein Sexleben erzählst, ist das noch lange keine Lüge. Kein Kind will etwas darüber wissen. Du bist eine schöne, sexy Frau. Du kannst dir das nicht selbst vorenthalten.«

»Mir den Mann vorzuenthalten, um den sich meine Fantasien seit so langer Zeit drehen, ist nicht das, was ich will, das kannst du mir glauben. Ich weiß nur einfach nicht, wie ich Dates mit dem Leben als Mutter und Berufstätige unter einen Hut bringen soll. Ich habe so schon keine Zeit für nichts.«

»Du wirst die Zeit finden. Gestern Abend ging es auch.«

Mira sah sie ausdruckslos an. »Und was ist mit dem Rest? Ich hab nicht … du weißt schon … seit ich mit Hagen schwanger geworden bin.«

»Ich weiß. Hab ja schon seit Langem versucht, deine sexy Seite in dir wachzurufen. Sex ist wie Kuchen«, sagte sie beruhigend. »Man will ihn unbedingt, und wenn man ihn verschlingt, gibt es kaum etwas Dekadenteres. Nachher hat man vielleicht ein paar Schuldgefühle, oder vielleicht ist man auch auf sich selbst sauer, weil man sich dem Rettungsschwimmer in der Umkleide am Strand hingegeben hat ...«

»Serena!« Mira lachte.

»Oh ja, das ist mir passiert. Könnte dir auch passieren, weißt du? Wie auch immer, alle möglichen Gefühle könnten aufkommen, aber mit dem richtigen Mann ist das größte Gefühl, das du verspüren wirst, der Wunsch danach, es gleich noch einmal zu machen.«

Serena stand vom Bett auf, nahm die Packung Kondome und zog unter der Decke eine Tube Gleitgel hervor, die Mira noch nicht entdeckt hatte.

»Gleitgel?«, flüsterte sie. »Das brauch ich vielleicht für die Wechseljahre.«

»Das brauchst du für den Hintern«, entgegnete Serena beiläufig.

»Serena!«, flüsterte Mira. »Hast du überhaupt gehört, was ich gesagt habe? Ich hab seit *Jahren* keinen Sex gehabt. Glaubst du wirklich, dass ich so weit gehe? Gehst *du* so weit?«

»Sei nicht so prüde. Mit dem Richtigen würde ich's machen.« Serena zog sie an der Hand zum Badezimmer. »Komm mit. Erinnerst du dich noch an mein Geheimversteck in der Highschoolzeit? Nicht einmal Detektiv Hagen kann die da finden.«

Serena kletterte auf den Waschtisch und legte die Packung Kondome oben auf den Schrank. Aus den Augen, ja, aber irgendwie wusste Mira, dass sie mit Matt in der Nähe niemals aus ihrem Sinn wären.

»Und jetzt«, sagte Serena, als sie auf den Boden sprang, »kümmern wir uns um dein Was-bin-ich-doch-sexy-Outfit.«

Serena wollte, dass sie ein Kleid anzog – *für den leichteren*

Zugang, falls ihr Zeit für euch bekommt –, aber damit hätte Mira das Gefühl gehabt, Matt mit ihren Klamotten dazu zu bewegen, sie anzumachen, und sie war schon nervös genug, weil sie genau das von ihm erhoffte. Sie entschieden sich für ein luftiges lila Top mit Spaghettiträgern, süße Jeansshorts und Ledersandalen. Serena bestand darauf, dass sie hängende Ohrringe trug, eine lange Halskette und eine Reihe von Armreifen, die bei jedem Schritt klimperten.

»Um einen Roboter zu bauen, bin ich viel zu aufgetakelt.«

»Du bist es nur einfach nicht gewohnt, wie eine Frau auszusehen und nicht wie eine Mom. Du siehst sexy und entzückend aus, und genau das bist du auch, also steh dazu.« Serena umarmte sie und strich Hagen auf dem Weg zur Haustür über den Kopf. »Viel Glück mit deinem Roboter, kleiner Mann.«

Mira geisterten in den nächsten zwanzig Minuten Enthaarungscreme, Gleitgel und Kondome durch den Kopf, was ihr freudige Aufregung und unglaubliche Nervosität zugleich bescherte.

Ein Klopfen an der Tür versetzte ihr Herz in Panik.

»Matt!« Hagen sprang vom Sofa und rannte zur Tür – und Mira nahm ihre Armreifen rasch ab.

»Endlich bist du da!« Hagen nahm Matt an der Hand und zog ihn an Mira vorbei ins Zimmer, bis sie vor dem Tisch standen, auf dem er die Teile des Roboterbausatzes ausgebreitet hatte. »Sind die Blumen da für meine Mom?«

Mira lächelte entschuldigend. »Hagen, Schatz, sei nicht so ungeduldig.«

Matt ließ den Blick an Miras Körper hinabgleiten. Wie sollte er sich auf den Bau eines Roboters konzentrieren, wenn sie hier in knappen Shorts herumhüpfte und er am liebsten über ihre langen schlanken Beine gestreichelt hätte?

»Ja, Kumpel. Die sind für deine Mom, aber dir habe ich auch etwas mitgebracht.« Er griff in seine Gesäßtasche und zog einen Zettel hervor, auf dem die Adresse einer Website stand.

»Was ist das?«

»Da können wir lernen, wie man ein Floß baut. Das ist zwar noch kein Boot, aber es ist ein Anfang.«

Hagen riss die Augen auf und schlang die Arme um Matts Beine. »Ein Floß! Mom, wir bauen ein Floß!«

»Zuerst einmal müssen wir uns schlau machen, wie man ein Floß baut, also kann es noch eine Weile dauern, bis wir es wirklich bauen.«

Hagen sah zu seiner Mutter auf und schaute sie mit seinen blauen Augen ernst an. »Das ist Männerkram, Mom. Aber wir erzählen dir dann, wie es läuft.«

Matt musste schmunzeln und legte ihm eine Hand auf die Schulter. »Kumpel, ich gebe dir mal einen Rat. Schließe die Frau, die dich liebt, nie aus deinem Leben aus. Ich wette, deine Mom kann hervorragend recherchieren. Du solltest sie wahrscheinlich bitten, bei dem Abenteuer mitzumachen, anstatt die Entscheidung für sie zu treffen.«

Hagen zog die Augenbrauen zusammen. Dann nickte er entschlossen. »Okay. Mom, wenn du mit uns zusammen recherchieren willst, kannst du das. Aber beim Bauen willst du wahrscheinlich nicht helfen. Das ist Männerkram.«

»Klingt super«, sagte sie liebevoll. »Du kannst den Zettel ja irgendwo hinlegen, wo du ihn nicht verlierst.«

Hagen rannte den Flur entlang in sein Zimmer.

Matt legte die Hand um Miras Taille und zog sie an sich. Sie roch unglaublich und fühlte sich noch besser an. »Du hast mir gefehlt und du siehst absolut reizend aus.« Er küsste sie auf den Hals und trat einen Schritt zurück, als er Hagen auf dem Flur rennen hörte, um ihr dann die Blumen zu geben.

»Danke. Die sind entzückend.« Sie roch an den hübschen Blumen, als Hagen sich neben sie stellte. »Mmh. Die riechen nach Minze.«

»Das sind Gloxinien.«

»Bereit?«, fragte Hagen ungeduldig.

»Oh ja, ich bin bereit.« Die versteckte Andeutung entging dem kleinen Jungen, aber Miras Augen wurden ganz dunkel. Der Kuss in der vorletzten Nacht hatte in ihm nur das Verlangen nach mehr ausgelöst. Nach *viel* mehr.

Zu dritt setzten sie sich an den Tisch, um den Roboter zusammenzubauen, doch Matts Aufmerksamkeit war geteilt, da sein Bein gegen Miras strich und sie seine heimliche Berührung erwiderte, indem sie ihr Bein verführerisch gegen seines drückte. Hagen und Matt lasen gemeinsam die Bauanleitung, wobei Matt bei den schwierigeren Worten, mit denen Hagen Probleme hatte, aushalf.

»Wie kommt es, dass du so gut lesen kannst?«, fragte Matt.

»Mom sagt immer, ich bin lesend zur Welt gekommen«, antwortete Hagen.

»Er hat schon immer gern gelesen.« Mira lächelte Hagen an. »Ich glaube, er hat lesen gelernt, weil er genervt war, wenn ich kochen musste, Wäsche machen oder sonst etwas erledigen musste, das seine Vorlesezeit in Anspruch nahm. Er hat das mit dem Lesen nicht langsam angehen lassen, wie die meisten Kinder. Wirklich, er hat den Entschluss gefasst, lesen zu wollen, und mit fünf Jahren konnte er wirklich alles lesen.«

»Weil ich ein kluger Junge bin«, sagte Hagen, ohne von den Teilen aufzuschauen, die er und Matt zusammensetzten.

Hagen stellte Unmengen von Fragen, wollte wissen, warum etwas funktionierte, und was passieren würde, wenn sie bestimmte Bauteile anders zusammenfügten. Matt liebte seine wissbegierige Art und Mira war unglaublich geduldig mit ihm. Sie gab ihm keine Antworten, die nur für kleine Jungs angebracht gewesen wären. Sie erklärte immer alles sehr genau und das bemerkte Matt anerkennend. Es gefiel ihm, dass sie seine Neugier nicht unterdrückte. Als Dozent konnte er immer erkennen, welche Studenten ermutigt worden waren, zu recherchieren und zu erforschen, und welche ihr ganzes Leben lang eher abgewürgt oder mit Antworten gefüttert worden waren.

Im Laufe des Vormittages musste Matt sich immer wieder zügeln, um nicht Miras Hand zu halten oder ihr über die Wange zu streichen. Er war sich nicht sicher, womit sie sich im Beisein von Hagen wohlfühlte, und er ging davon aus, dass sie es ihn wissen lassen würde. Sie hatten feurige Blicke ausgetauscht, und als Mira vom Tisch aufstand, berührte sie seine Schulter und ließ die Finger über seinen Rücken gleiten, was seine Vorfreude nur noch steigerte.

Sie aßen auf der Terrasse etwas zu Mittag, und als sie wieder hineingingen, war Hagen entschlossen, ihr Projekt zu Ende zu bringen, egal, wie lange es dauern würde.

»Mom«, sagte er, als er auf seinen Stuhl kletterte. »Du kannst deine Arbeit machen, während wir das hier fertigmachen.«

»Arbeit?«, fragte Matt und hoffte, dass ihr freier Abend sie nicht zu weit ins Hintertreffen gebracht hatte. »An einem Sonntag?«

»Ich habe nebenbei ein paar Kunden, für die ich die Buchhaltung erledige. Normalerweise mache ich das, während Hagen an seinen Hausaufgaben sitzt oder wenn er schläft.« Leise sprach sie weiter, als Hagen sich am Tisch einrichtete: »Das ist wohl seine Art, mir zu sagen, dass du eine Zeit lang nur ihm gehörst.«

Er hätte sie so gern geküsst, dass er sie schon fast schmecken konnte. Kurz schaute er zu Hagen, der damit beschäftigt war, zwei Teile des Roboters zusammenzufügen. Matt kam ihr näher und flüsterte: »Ich würde lieber euch beiden gehören. Und zum richtigen Zeitpunkt auch nur dir, und zwar eine sehr lange leidenschaftliche Zeit lang.«

Sieben

Am Abend, nachdem sie sich den ganzen Nachmittag intensiv mit Roboterbau beschäftigt hatten, nahmen sie ihr Werk mit hinaus auf die Terrasse, um es zu testen. Innerhalb von Minuten hatte Hagen die Fernbedienung im Griff und der kastenförmige Roboter mit Augen aus Schrauben und Aufklebern als Mund und Nase fuhr durch die Gegend – stoppte dabei jedoch bei jedem Spalt zwischen den Terrassendielen.

»Ach Manno!« Hagen hob den Roboter zum zigsten Mal hoch und ließ sich dann mit mürrischem Gesichtsausdruck auf dem Boden nieder.

»Das ist wohl nicht der beste Ort, um den Roboter zum Einsatz zu bringen, oder?« Matt hockte sich neben Hagen, der den Kopf schüttelte. »Was meinst du, wo es besser funktionieren könnte?«

»Auf einer Straße«, antwortete er.

»Hm, das klingt nicht besonders sicher, und hier haben wir nur Kieswege, das geht also nicht.«

Mira wollte gerade etwas vorschlagen, als Matt den Blick hob und ihr zuzwinkerte. Sie lächelte und verstand, dass er – nachdem er einen langen Tag lang Hagens Fragen beantwortet hatte und ihm alle möglichen elektronischen Dinge erklärt hatte – noch immer unterrichtete.

Hagen zog die Augenbrauen zusammen und presste seine kleinen Lippen aufeinander. Matt drängte ihn nicht, wie es andere Erwachsene vielleicht getan hätten. *Wie ich es vielleicht tun würde.* Geduldig wartete er ab, bis das sehr kluge Hirn ihres kleinen Jungen von selbst darauf kam.

»Ein Parkplatz ist doch eben, oder?«, fragte Hagen.

»Normalerweise ja«, antwortete Matt.

»Am Pier, an dem wir manchmal Eis essen, da gibt es auch so einen Boden«, sagte Hagen und sah Mira mit seinen blauen Augen an. »Auf dem Pier fahren keine Autos. Können wir das ausprobieren?«

Mira und Matt lächelten. Matt hob fragend eine Augenbraue, um ihr die Antwort zu überlassen, was sie als ebenso liebenswert empfand wie seine Geduld.

»Klar, wenn Matt einverstanden ist.«

Matt ergriff Hagens Hand, als er aufstand. »Das ist eine tolle Idee. Wir können uns bei Mac's Seafood etwas holen und dann essen, während wir den Roboter dort testen. Was meinst du, Kumpel? Ein Essen zur Feier des Tages?«

»Jaa!«, jubelte Hagen. »Ich hab total Hunger.«

Vierzig Minuten später hatte Hagen einen Hotdog von Mac's Seafood verschlungen und ließ den Roboter über den Asphalt am Wellfleet Pier fahren. Matt und Mira schlenderten ein paar Meter hinter ihm her und aßen Hummerbrötchen, während sie sich unterhielten. Der Sonnenuntergang stand kurz bevor und rosa Schleifen zogen sich über den Horizont.

»Danke, dass du dir heute so viel Zeit für Hagen genommen hast.«

Matt nahm seinen letzten Bissen und warf den Pappteller in einen Mülleimer. Seine Hand legte er auf ihren unteren

Rücken. Es war bemerkenswert, wie sehr sie diese warme und besitzergreifende Geste schon nach nur wenigen Stunden vermisste.

»Er ist ein toller Junge. Ich kenne nicht viele Sechsjährige, aber ich kann mir nicht vorstellen, dass die meisten so lange stillsitzen.«

»Seine Aufmerksamkeitsspanne ist lang, wenn ihn etwas interessiert. Wenn nicht, dann sieht es ganz anders aus. Aber ich habe ein schlechtes Gewissen, weil ich deinen ganzen Tag vereinnahme. Musst du nicht schreiben?«

»Ich bin um fünf Uhr aufgestanden und habe gearbeitet, bevor ich gekommen bin. In der Recherchephase, in der ich noch bin, besteht meine Arbeit eher aus planen, gliedern und Notizen machen. Irgendwann werde ich wahrscheinlich mal nach Boston in die Bibliothek fahren müssen. Die Bibliotheken hier auf Cape Cod sind nicht ganz so gut bestückt.«

»Die Bibliothek in Boston? Die steht auf unserer Liste.« Mira schaute zu, wie Hagen den Roboter um ein junges Paar herum steuerte.

»Eure Liste?«

»Mhm. Hagen liebt Bibliotheken. Wir haben nie richtig Urlaub gemacht. Hauptsächlich weil wir hier leben.« Sie schaute hinaus zu den Segelbooten in der Ferne und atmete die salzige Luft der Bucht ein. »Sandstrände, atemraubende Sonnenuntergänge. Hagen kann am Pier entlangrennen, Angeln gehen, Boot fahren, schwimmen oder an Land spielen. Ich hatte nie das Gefühl, dass er viel verpasst. Aber im Dezember ist er sechs geworden, und ich habe mir vorgenommen, mehr dafür zu tun, dass er seinen Horizont erweitern kann. Ich will nicht, dass er aufwächst und das Cape nie verlassen hat. Also haben wir eine Liste mit vier Bibliotheken an der Ostküste erstellt, die wir besuchen wollen, und wir werden uns eine Woche nehmen und sie uns alle anschauen. Das ist nicht Disney World, aber es ist etwas, was uns beiden Freude machen wird. Deshalb habe ich die Buchhaltungsjobs an den Abenden angenommen. Das Geld geht direkt auf ein Konto für unsere Reise.«

»Das klingt nach einer beeindruckenden Reise. Wird er es im Auto so lange aushalten?«

»Mit ihm kann man wunderbar reisen. Ich bin ungeduldiger als er.«

In der Ferne war nun Musik zu hören. Sie kam von dem Pavillon gegenüber vom Mayo Beach, den Matts Bruder Grayson anlässlich eines Wettbewerbs für das Städtchen gebaut hatte. Dort fanden Open-Air-Konzerte statt.

»Mom! Matt! Guckt mal!« Hagen steuerte den Roboter so, dass es aussah, als würde er tanzen. Die Arme und Beine bewegten sich auf und ab, in der Hüfte beugte sich der Roboter vor und dann drehte er sich im Kreis. Hagen lachte und wackelte mit dem Hintern, als würde er auch tanzen. Die leichte Brise zerzauste seine Haare.

Mira warf ihren Pappteller in einen Mülleimer und stimmte in das Klatschen von Matt ein.

»Du hast da einen ziemlich coolen Roboter gebaut, Schatz.«

»Darf ich bitten?« Matt streckte Mira eine Hand entgegen. Als sie sie ergriff, fing er an, wie der Roboter mit abgehackten Bewegungen zu tanzen, sodass Hagen losprustete und gleich mittanzte.

»Guck mal, Mom! Jetzt tanzen wir alle!«

Matt machte mit seinem Handy ein paar Fotos von ihr und Hagen, die ihm gleich alberne Fratzen zeigten.

»Ich glaube, ich habe jetzt einen neuen Bildschirmschoner«, sagte Matt mit einem breiten Grinsen, während er mit seinem

Handy herumhantierte. »Ich schick sie dir und auch die anderen Bilder von neulich Abend.«

Als sie das Ende vom Pier erreichten, setzten sie sich und unterhielten sich, während Hagen einer Gruppe Kindern seinen Roboter zeigte.

»Darf ich dir eine persönliche Frage stellen?«, fragte Matt.

Nervosität breitete sich in ihrem Magen aus. »Klar.«

Matt deutete mit einer Kopfbewegung zu Hagen. »Sein Vater? Spielt er in seinem Leben noch eine Rolle?«

Sie hatte sich gefragt, wann er diese Frage stellen würde. »Nein.« In der ersten Zeit nach Hagens Geburt hatten sie die Leute ständig nach Hagens Vater gefragt, und sie hatte überlegt, ob sie sich eine Geschichte ausdenken sollte, damit sie sich nicht unwohl fühlen musste, wenn sie antwortete. Doch nach einer Weile wurde ihr klar, dass nicht sie sich deshalb seltsam fühlen sollte. Sie hatte einfach nur dem falschen Mann vertraut.

»Glaubst du, es würde Hagen etwas ausmachen, wenn ich deine Hand halte?«

Er konnte sicher nicht einmal erahnen, wie viel ihr diese Frage bedeutete. »Ich glaube nicht. Danke, dass du Rücksicht auf ihn nimmst.«

»In dieser Gleichung ist er die wichtigste Komponente. Ich werde immer Rücksicht auf ihn nehmen.« Er hob ihre Hand an seine Lippen und gab ihr einen Kuss darauf. »Warst du mit seinem Vater verheiratet?«

Sie schüttelte den Kopf. »Nein, er war mit einer anderen Frau verheiratet.«

Matts Lächeln schwand ein wenig und das konnte sie ihm nicht übelnehmen. Sie wusste, wie es sich anhörte.

»Ich wusste nicht, dass er verheiratet war, als wir miteinander ausgingen, und als ich es erfuhr, habe ich Schluss gemacht.

Das war gleich nach meinem College-Abschluss. Er wohnte in einem Nachbarort von der Stadt, in der mein College war, und wir haben ein paar Monate lang gedatet. Ich hatte mit meinen Kursen viel um die Ohren, also habe ich die typischen Anzeichen eines Fremdgängers nie wahrgenommen. Er konnte mich nur an bestimmten Abenden treffen und blieb selten über Nacht.« Sie hielt inne, als sie von dem vertrauten Schmerz überrannt wurde.

Sie schaute zu Hagen und Matt legte den Arm um ihre Schulter. Er sagte nichts, aber das musste er auch nicht. Sein Verhalten machte seine Unterstützung deutlich.

»Zwei Monate später habe ich festgestellt, dass ich schwanger bin. Ich hab es ihm erzählt, aber er wollte mit dem Baby nichts zu tun haben. Er hat mir das alleinige Sorgerecht übertragen – wenn ich dafür den Mund halte. Nachdem Hagen auf der Welt war, habe ich einen Scheck mit der Notiz erhalten: ›Damit du über die Runden kommst, bis du wieder auf den Beinen bist.‹ Ich hab das Geld auf einem Konto für Hagens Studium angelegt und nie wieder von ihm gehört.«

»Das muss sehr wehgetan haben.«

»Mir nicht, aber Hagen. Ich war so wütend, weil er mich angelogen hatte, dass ich schon über ihn hinweg war, als ich von der Schwangerschaft erfuhr. Aber Hagen hat nach ihm gefragt, und es ist schwer, ihn anzulügen.«

Matt schaute zu Hagen und sein mitfühlender Gesichtsausdruck wurde entschlossen und beschützend. »Was hast du ihm erzählt?«

»Ich hab versucht, vage zu bleiben, aber du kennst ja Hagen. Als er kleiner war, habe ich ihm erzählt, dass manche Kinder Mommys und Daddys haben und manche nur ein Elternteil, und dass ich ihn doppelt so liebhabe.« Sie lachte leise und erinnerte sich an den Tag, an dem das nicht mehr funktionierte. »Eine Zeit lang hat er mir das abgenommen, und dann habe ich ihm die beste Wahrheit erzählt, die ich für ihn hatte. Ich habe gesagt, ich wüsste zwar nicht, wo sein Daddy ist, dass ich mir aber sicher bin, dass er ihn sehr liebhat. Mir ist klar, dass er mir alle Rechte übertragen hat, aber ich muss einfach glauben, dass ein Teil von ihm doch ab und zu an das Kind denkt, das er nie kennengelernt hat. Ich sehe das als eine hoffnungsvolle Wahrheit an.«

Matts Kiefermuskeln zuckten. »Macht es dir etwas aus, wenn ich nach seinem Namen frage?«

Mira hatte seinen Namen so lange nicht ausgesprochen, dass es ihr nun seltsam vorkam. »Larry Manning.«

Larry Manning. Der Name grub sich in Matts Hirn wie eine Krankheit, als sie im Schnecken- oder vielmehr Robotertempo über den Pier zurückschlenderten. Beschützend hielt er den Arm um Mira, und er konnte gar nicht anders, als auch eine Hand auf Hagens Schulter zu legen. Bei dem Gedanken an das, was Mira erlebt hatte, wurde ihm übel vor Wut. Keine Frau sollte ein derartiges Leid durchmachen müssen, und schon gar nicht die Verantwortung aufgebürdet bekommen, sein Kind deswegen anlügen zu müssen. Hagen war ein kluges, liebevolles Kind, und er verdiente einen Vater, der ihn liebte. Es gab für den kleinen Jungen keine richtige Antwort. Niemand wollte das Gefühl haben, nicht gewollt zu sein, nicht einmal von einem nichtsnutzigen Dreckskerl wie Larry Manning. Die Wahrheit konnte Hagen lebenslange Narben zufügen und es ihm erschweren, zu vertrauen und Nähe zuzulassen, was all seine Beziehungen beeinträchtigen würde.

Wenn Matt gestern das Gefühl gehabt hatte, die beiden beschützen zu wollen, dann war dieser Drang heute um ein Zehnfaches größer geworden.

»Können wir ein Eis essen?«, fragte Hagen.

Matt musste all seine Energie aufwenden, um Mira antworten zu lassen. Es gab nichts, was er Hagen im Moment nicht geben würde. Und das würde sich wahrscheinlich auch nie ändern.

Acht

Nachdem sie mit einem Eis am Mayo Beach entlangspaziert waren, überquerten sie die Straße, und Hagen verausgabte sich auf dem Spielplatz, bis er vollkommen erledigt war. Es war fast halb zehn, und er schlief tief und fest, als Matt ihn vom Auto in Miras Cottage trug.

»Du kannst ihn auf sein Bett legen, dann zieh ich ihm den Pyjama an.« Mira schaltete ein Nachtlicht neben Hagens Zimmertür ein. Abgesehen von den Geräuschen, die von der Bucht her durch die offenen Fenster drangen, war es still.

Sanft legte Matt ihn auf das Bett, küsste ihn auf die Stirn und flüsterte: »Gute Nacht, kleiner Kerl.« An Mira gewandt fragte er: »Soll ich dir dabei helfen, ihn umzuziehen?«

»Nein danke, das mache ich schon. Ich bin es gewohnt und er hat einen wirklich guten Schlaf. Über dem Kühlschrank findest du eine Flasche Wein, falls du uns ein Glas einschenken möchtest.«

Er verhielt sich ihnen beiden gegenüber so liebevoll, ganz natürlich, als wären sie seit letztem Sommer mehr gewesen als nur Freunde. Aber Mira dachte viel zu weit. Es war schwer, das bei einem Mann wie Matt nicht zu tun. Und er machte es einem leicht, mehr zu wollen.

Als sie ins Wohnzimmer zurückkehrte, stand er an der Terrassentür und schaute hinaus aufs Wasser. Er sah unfassbar gut aus in den Jeans, die sich quasi an ihn schmiegten, und dem kurzärmeligen Hemd. Sein dichter Haarschopf wirkte, als hätte er ihn mit den Fingern aus dem Gesicht gekämmt. Er war auf natürliche Weise umwerfend, wie David Gandy. Sie würde darauf wetten, dass Hunderte Studentinnen in ihn verknallt waren.

»Hallo, Sunshine.« Er lächelte, und sein Blick war verwirrend verführerisch, als er sie an sich zog. »Alles in Ordnung mit Hagen?«

»Er schläft tief und fest. Wenn er erst einmal eingeschlafen ist, wacht er durch nichts und niemanden mehr auf.«

Er ließ eine Hand an ihrer Wirbelsäule hinaufgleiten, legte die andere auf ihren unteren Rücken und zog sie an sich. »Heißt das, dass ich seine Mommy jetzt küssen darf?« Er küsste sie auf den Hals. »Du musst mir die Regeln erklären.«

»Regeln«, sagte sie abwesend, während sie seinen warmen Atem genoss, der auf ihrer Haut kitzelte, und seine weichen Lippen, die sich an ihrem Hals entlangküssten.

Er schob die Hand in ihre Haare und hielt ihren Kopf, während er einen Kuss auf ihre Lippen hauchte. Ein Prickeln erfasste sie. Er schaute ihr in die Augen und sein fester, verlockender Körper war eng an ihren gedrückt. Sie spürte jeden Zentimeter seiner Erregung, schmolz in der Hitze dahin, die sich durch ihre Kleidung brannte, und als sein Mund sich auf ihren legte, schob sie jegliche Gedanken beiseite und gab sich dem Begehren hin, das sich den ganzen Tag über in ihr aufgestaut hatte. Trotz der Ungeduld ihres Kusses waren seine Lippen weich. Sie stöhnte, und er gab einen tiefen, kehligen Laut von sich, bei dem ihre Knie ganz weich wurden. Die

Wucht ihres Kusses haute sie fast um, sodass sie sich an seinen Armen festklammerte, während gleichzeitig ihr ganzer Körper nach vorne drängte, um ihm näher zu sein. Ihr Rücken prallte gegen die Wand, als sie die Finger in seinen dichten Haaren vergrub und sich an ihn krallte, während sie sich ungezügelt, aber auch lautlos an ihren Mündern labten und in perfektem Rhythmus aneinander rieben. Sie war feucht und er war hart – und sie würde alles geben, um nackt in seinen Armen zu liegen. Dann waren seine Hände auf ihrem Hintern, packten zu – *Ah, das fühlt sich so gut an* –, hoben sie hoch und führten ihre Beine um seine Taille herum, wobei er die Wand hinter ihr als Halt nutzte. Er vertiefte den Kuss und jagte einen Wirbelsturm der Ekstase durch sie hindurch.

Er ließ von ihrem Mund ab und sie ließ den Kopf mit geschlossenen Augen in den Nacken fallen. Sie atmete tief durch und versuchte, ihr Hirn mit Sauerstoff zu versorgen, doch er küsste und leckte ihren Hals auf köstlich verführerische und gemächliche Art und Weise.

Sie brauchte einen Moment, um zu merken, dass sie sich bewegten. Er trug sie zum Sofa und legte sie behutsam auf die Kissen, um sich dann auf sie zu legen. Himmel, er fühlte sich gut an. Seine harte Länge drückte gegen ihre Mitte. Sie hatte vergessen, wie sich das Gewicht eines Mannes auf die Wahrnehmung ihres eigenen Körpers auswirkte. Sie fühlte sich weiblich und sexy, als er auf sie hinablächelte und sein Gewicht verlagerte, sodass er neben ihr lag, das Bein und den Arm auf ihr. Sein Körper bildete einen Sichtschutz, sodass man sie vom Flur nicht sehen konnte.

»Keine Sorge, Baby.« Mit einem Finger schob er ihr eine Haarlocke aus dem Gesicht und küsste sie dann sanft. »Niemand wird uns nackt auf dem Sofa erwischen.«

Sehe ich besorgt aus? Wie konnte sie sich Sorgen machen, wenn er sich um sie kümmerte? Sie wusste, dass er ihren Sohn niemals in eine unangenehme Situation bringen würde.

»Ich musste dir einfach nur näher sein. So viele Monate habe ich damit verbracht, meine Gefühle zu unterdrücken, um den Tag zu überstehen. Jetzt, wo ich hier bin und wir Zeit haben, herauszufinden, was das zwischen uns ist, will ich nichts mehr zurückhalten.«

Sie konnte kaum glauben, was sie da hörte. Ihr Herz jubilierte bei dem Gedanken, dass er sich auch zurückgehalten hatte.

Mit einer zarten Berührung glitten seine Fingerspitzen über ihr Knie, an ihrem Schenkel hinauf, über ihre Hüfte und weiter. Selbst durch ihre Kleidung löste er damit einen Schauer aus, der ihren ganzen Körper erfasste. Er legte die Hand um ihre Wange und küsste sie erneut innig und sinnlich. Seine Finger auf ihrer Wange, seine Bartstoppeln auf ihrer Haut und seine Zunge, die ihren Mund erforschte, berauschten sie. Sie zog ihn an sich, ihr ganzer Körper lud ihn ein. Ihr Knie schob sich zwischen seine Beine, und ihre Hüften strebten nach der Härte, die hinter dem Jeansstoff spannte. Ihre Brustwarzen waren fest und brennend heiß, als sie ihre Oberkörper aneinanderschmiegten.

Er legte sie auf den Rücken, ohne den Kuss zu unterbrechen. *Oh, dieser Kuss!* Sie hätte in diesem Kuss versinken können! Aber ein Kuss war bei Weitem nicht genug. Sie schob die Hand unter sein T-Shirt und genoss es, die heiße Haut seines Rückens zu spüren. Unweigerlich entwich ihr ein gieriges Stöhnen und sie spürte sein Lächeln an ihren Lippen.

»Typen wie dich gibt es nur in Zeitschriften und Träumen«, flüsterte sie.

Ihre Hand glitt über seine weiche Haut und die harten

Konturen seines Rückens, während sich seine Muskeln anspannten, als er sich noch näher an sie drängte und die Hand unter ihr T-Shirt gleiten ließ. Mit langsamen, verlockenden Bewegungen kreiste sein Daumen durch ihren Spitzen-BH um ihren Nippel. Gott sei Dank hatte Serena sie davon überzeugt, mit ihrer Unterwäsche voll auf sexy zu setzen.

»Ich versichere dir, Sunshine, mich gibt es wirklich.« Er hob ihr T-Shirt an und küsste sie zwischen ihre Brüste.

Sie hatte so lange von dieser Intimität zwischen ihnen geträumt, dass ihr Magen Purzelbäume schlug.

»Nacht für Nacht warst du, nur du allein, in meinen Fantasien«, sagte er zwischen Küssen, die er auf ihren Brustansatz platzierte.

Er schob ihren BH beiseite und reizte ihren Nippel mit seiner Zunge. Ihre Fingernägel vergruben sich in seiner Haut, als sie sich ihm entgegendrängte und sich nach so viel mehr sehnte. Dieses *Mehr*, das sie nicht haben konnte, wie sie wusste, nicht hier, nicht mit Hagen, der am Ende des Flurs in seinem Zimmer schlief. Aber diese verlockende Überzeugungskraft? Oh ja, sie würde es sich zugestehen. Sie schloss die Augen und erlaubte es ihren Gedanken, noch einmal abzuheben, während er sie reizte, leckte und zu einem sich windenden, feuchten und willenlosen Geschöpf machte. Seine Finger wanderten hinab, und aus Gewohnheit versuchte sie, den Bauch einzuziehen, den sie seit Hagens Geburt nicht losgeworden war.

Er löste den Mund von ihrer Brust, und sie öffnete die Augen, als sie diesen Verlust wahrnahm.

Mit seinen von Leidenschaft erfüllten dunklen Augen schaute er sie an. »Bitte nicht. Du bist wunderschön. Alles an dir. Entspann dich, Baby. Lass mich dich lieben.«

Seine Worte raubten ihr den Atem, und das musste er bemerkt haben, denn ein sündiges Lächeln trat in sein Gesicht und er streifte mit seinen Lippen über ihre. »Atme, Baby, sonst atme ich für dich.«

Und das tat er, indem er seinen Mund auf ihren legte und Luft in ihre Lunge hauchte, Liebe in ihr Herz und Lust in jeden Winkel ihres Körpers. Er schob den Bund ihrer Shorts nach unten und kurz erfasste sie eine Sorge – wegen Hagen und wegen dem, was Serena gesagt hatte. Würde er zurückschrecken, wenn er ihre Haare spürte?

»Ich liege mit dem Rücken zum Flur und höre sofort, wenn Hagen sich rührt. Wenn er aus dem Bett aufsteht, bin ich vom Sofa weg, bevor er überhaupt den Flur erreicht.«

Erleichterung überkam sie. Er war ebenso wachsam wie sie. Zum Glück, denn sie war sich sicher, wenn er sie berührte – wo sie seit Jahren außer von ihrer Frauenärztin von niemandem berührt worden war –, würde sie explodieren.

»Oder wir hören auf«, bot er an und wollte schon seine Hand zurückziehen.

»Nein.« Sie umfasste sein Handgelenk und hielt ihn an Ort und Stelle. Sie war bereit, es darauf ankommen und ihn entdecken zu lassen, dass sie nicht vollkommen rasiert war, und sie würde seinem Versprechen bezüglich Hagen glauben. »Wenn du mich nicht berührst, sterbe ich wahrscheinlich gleich hier auf dem Sofa.«

Er lachte, und sie zog ihn zu einem Kuss an sich heran, um der Peinlichkeit, etwas Derartiges zugegeben zu haben, zu entkommen. Er küsste so selbstbewusst, wie er sprach, als könnte sie all ihre Sorgen vergessen, weil er sich um alles kümmern würde. Und er kümmerte sich um alles. Seine starken Finger schoben sich in ihre feuchte Mitte, reizten ihre quälend sensiblen Nerven mit unfassbarer Präzision. Ihre Knie fielen auseinander, als er mit diesen talentierten Fingern in sie drang. Sie atmete scharf ein. Sein Daumen drückte und streichelte ihre Perle, während seine Finger den Punkt suchten, der ihren ganzen Körper unter Strom setzte. Ihre Hüfte schnellte empor, und er küsste sie tiefer, verschlang sie, während er sie gekonnt an den Rand der Ekstase brachte – ohne Batterien. Sie klammerte sich an ihn, war weder in der Lage, ihre Zunge so zu bewegen, dass sie sein Drängen erwidern konnte, mit dem er ihren Mund eroberte, noch *ihm* irgendetwas – abgesehen von ihrem willigen Körper – zu geben.

Es schien ihm nichts auszumachen. Er küsste und reizte sie und flüsterte an ihrem Mund: »Ich liebe es, dich zu berühren. Du fühlst dich so gut an, Baby. So sexy.«

Eis und Glut zugleich breiteten sich in ihrer Brust aus, in ihren Gliedern, bis hin zu den Fingerspitzen und ihren Zehen. Ströme der Lust flossen durch sie hindurch, während sie seine Hand genoss, in ihren Kuss stöhnte und der erlösende Orgasmus so nah war. Er vertiefte den Kuss und seine Finger glitten über den magischen Punkt, der ihr die letzte Beherrschung raubte. Ihre Hüfte zuckte, ein unverständlicher Laut entwich ihrer Lunge und ihre Muskeln zogen sich so heftig zusammen wie noch nie zuvor. *Das hier … er … sie beide … Unbeschreiblich …*

Matt genoss in vollen Zügen, wie diese schöne, vertrauensvolle Frau sich unter ihm ihrer Ekstase hingab. Die Hitze zwischen ihren Beinen, die sexy Laute, die ihr über die sinnlichen Lippen kamen. Doch so köstlich all das war, nichts davon war genug.

Er war sonst nicht unersättlich, doch bei Mira wollte er alles. Ihren Körper, ihr Herz, ihre Zukunft.

Er küsste sie sanft, während sie von ihrem Höhepunkt heruntertaumelte und so heftig atmete und seufzte, als hätte sie sich noch nie so gut gefühlt. All das löste so viele Gefühle in ihm aus – Stolz, Lust, Glück. Er küsste sie auf die Lippen, die vom Küssen geschwollen waren, auf ihre Wangen, ihre Stirn und dann wieder auf ihren Mund. Als ihr Orgasmus wich und ihre Atmung sich beruhigte, eroberte er ihren Mund aufs Neue, streichelte und reizte sie gleich wieder in himmlische Höhen. Das schmerzhafte Begehren, in ihr zu sein, erfüllte ihn, all diese Hitze um sich zu spüren und ihr noch näher zu sein.

Sie kam mit aller Wucht, wimmerte in ihren Kuss und klammerte sich an ihn, als wäre er ihr Anker – und wie er das sein wollte! Als die Welle abebbte, sank sie matt in das Polster zurück. Mit geschlossenen Augen flüsterte sie: »Matt!«

»Ich kann es nicht erwarten, dich zu kosten, Baby. Meinen Mund auf dir zu haben, wenn du kommst, dir in die Augen zu schauen und zu fühlen, was du fühlst, wenn ich tief in dir bin.«

Sie riss die Augen auf. Seine sündhaften Worte ließen ihre Wangen erröten. Er küsste sie erneut. »Gewöhn dich dran, Sunshine. Ich will *alles* von dir. Deine sexy Brüste an meiner Brust, deinen süßen Körper, der mich ganz und gar verschlingt. Deinen göttlichen Hintern in meinen Händen. Meinen Mund auf jedem Zentimeter von dir, meine Zunge in dir.«

Sie atmete scharf ein, was ihn nur noch mehr antrieb. Er legte sich auf sie, rieb seine Erregung an ihrer Mitte, denn er konnte diese selbstauferlegte Qual nicht länger aushalten.

»Ich will deinen Mund um mich spüren.« Er schwieg kurz, um die Stimmung einzuschätzen, ihr die Möglichkeit zu geben, ihm zu sagen, dass er eine Grenze überschritten hatte. Doch ihre

Augen wurden noch dunkler, und sie leckte sich über die Lippen, so als wollte sie es genau so sehr wie er.

»Was sonst noch?«, fragte sie mit zittriger Stimme.

»Baby, wenn ich mal allein mit dir bin, wenn wir uns wegen deinem süßen kleinen Jungen keine Sorgen machen müssen, dann werde ich dich von oben, von hinten und auf jede erdenkliche Weise dazwischen nehmen.« Er verschränkte seine Hände mit ihren und legte sie neben ihren Kopf, um dann ihren Hals zu küssen und ihren hektischen Puls an seiner Zunge fühlen zu können.

»Erzähl mir von deinen Fantasien, Sunshine. Ich möchte sie alle wahr werden lassen.«

»Ich … kann nicht.« Sie schloss die Augen und er küsste sie erneut.

»Das Gehirn ist zu ungeheuren Dingen fähig«, beruhigte er sie. »Wenn du bereit bist. Wenn du mir ganz und absolut vertraust, was schon sehr bald der Fall sein wird, dann kannst du es mir erzählen.«

»Ich hab vergessen, dass du Psychologe und Ökonom bist. Das ist so unfair. Du bist mir überlegen.« Sie atmete langsam aus, als er neben sie rutschte und sie sich dann beide aufsetzten. Matt hatte einen College-Abschluss in Psychologie und Wirtschaft, aber seine weiterführenden Studien hatte er in Wirtschaft gemacht, und das lehrte er auch an der Princeton University.

»Ich will dir nicht überlegen sein«, versicherte er ihr. Er fuhr mit den Fingern an ihrem Kiefer entlang und flüsterte: »Ich möchte eins mit dir sein, Sunshine, und bald werde ich dich und deinen Körper ganz erforschen.«

Neun

Mira stand am nächsten Morgen in der Küche und starrte auf das Sofa. Es hatte für sie nie eine besondere Bedeutung gehabt, doch jetzt entlockte es ihr ein Lächeln und ihr Magen spielte verrückt, wenn sie es nur ansah. Matts Worte hallten leise in ihrem Kopf wider, wie schon den ganzen Abend, nachdem er gegangen war. *Wenn du bereit bist. Wenn du mir ganz und absolut vertraust, was schon sehr bald der Fall sein wird, dann kannst du es mir erzählen.*

»Kann ich meinen Roboter mit ins Feriencamp nehmen?«, fragte Hagen. »Ich will ihn meinen Freunden zeigen.«

Sie schüttelte den Kopf in dem Versuch, die Gedanken loszuwerden, doch nur noch mehr von Matts Worten wirbelten in ihr herum. *Ich will deinen Mund um mich spüren.* Mit seinen unanständigen Anspielungen hatte er sie schockiert, aber zu hören, wie er ihr genau das sagte, was er wollte, hatte sie angeturnt und dazu geführt, dass sie ihren Mund um ihn legen wollte.

Sie nahm ihren Teller vom Tisch und verscheuchte diese verlockenden Gedanken, um sich auf ihren Sohn zu konzentrieren. »Klar, aber wir müssen uns beeilen. Ich will auch noch kurz bei Serena vorbeischauen, bevor wir losfahren.« Mira schnupperte an den hübschen Gloxinien.

»Super!« Hagen trug seinen Teller zur Spüle und rannte dann den Flur entlang zu seinem Zimmer.

Miras Handy vibrierte. Ihr Herzschlag wurde gleich schneller, als sie Matts Bild auf dem Display sah. Sie hatte das Selfie, das er von ihnen beiden auf dem Friedhof gemacht hatte, als sein Profilbild eingerichtet. Hastig las sie seine Nachricht. *Guten Morgen, Sunshine. Ich würde ja anrufen, aber ich will deinen Plan mit Hagen nicht durcheinanderbringen. Kann ich euch beide diese Woche sehen und dich auf ein richtiges Date an diesem Wochenende ausführen?* Sie lächelte, weil er Hagen miteinbezog, und ihr wurde ganz warm ums Herz bei dem Gedanken, mit ihm auszugehen.

Ihre Antwort hatte sie schnell geschrieben. *Hallo! Danke, dass du an unser morgendliches Chaos gedacht hast. Natürlich kannst du uns sehen, und ich versuche, einen Babysitter für dieses Wochenende zu organisieren.*

Hagen kam mit seinem Rucksack aus seinem Zimmer. »Ich hab alles, Mom. Bin fertig.«

Mit einem kurzen Blick checkte sie die frisch gekämmten Haare und die Kleidung ihres Sohnes. »Hast du dir die Zähne geputzt?«

»Mhm.« Er lächelte und zeigte die Zähne.

»Gut gemacht.« Sie nahm ihre Handtasche und die Schlüssel, als ihr Handy erneut vibrierte. Rasch las sie die Nachricht: *Mir macht es nichts aus, wenn Hagen mitkommt, falls du keinen Babysitter findest.* Lächelnd steckte sie das Handy weg und folgte Hagen zur Tür hinaus. Sie würde antworten, nachdem sie mit Serena gesprochen hatte.

»Mom! Da ist ein Päckchen!«

Als sie die Tür abschloss, fügte Hagen aufgeregt hinzu:

»Und mein Name steht darauf!« Er öffnete die Verpackung, nahm eine Packung Batterien heraus und ließ die Verpackung auf die Terrasse fallen.

Mira hob sie auf und fand darin eine Notiz. »Hagen«, las sie laut vor und musste angesichts Matts deutlicher Schrift und der aufmerksamen Geste lächeln. »Ich dachte, du könntest vielleicht ein paar zusätzliche Batterien für den Roboter gebrauchen. Denk daran, das Batteriefach vorsichtig zu öffnen. Die Verriegelung kann kniffelig sein. Viel Spaß im Camp. Matt.«

»Männerkram, Mom. Matt hat gesagt, als Mann muss man immer vorbereitet sein.«

Hagen verstaute die Batterien in seinem Rucksack und stieg ins Auto, während Mira das Gefühl hatte, ihr immer weiter anschwellendes Herz könnte platzen. Sie hatte gehört, wie Matt Lebensweisheiten in kleiner Dosis weitergab, damit Hagen sie verstehen konnte, aber das hieß noch lange nicht, dass ihr Sohn sie auch verinnerlichen würde. Sie war froh, dass er bei aller Begeisterung über den Roboter auch etwas gelernt hatte. Die meisten Männer, die gerade anfingen, eine Frau zu daten, hätten sich wahrscheinlich eher auf sie konzentriert – und die meisten Väter hätten nicht so weit gedacht.

Sie hielten am Hauptgebäude, wo Dean gerade in den Beeten arbeitete. Er hielt eine Hand über die Augen, um sein gebräuntes Gesicht vor den hellen Sonnenstrahlen zu schützen. Die Haare trug er so kurz, dass er mit seiner breitschultrigen, muskulösen Statur wie ein Soldat der US-Marines wirkte.

»Hallo, kleiner Mann!«, begrüßte er Hagen, der an ihm vorbeirannte.

»Hi, Dean!« Hagen flitzte die Stufen hinauf zur Bürotür. »Ich habe einen Roboter gebaut und Mom hat einen Freund.«

Mira blieb abrupt stehen, während ihr Sohn im Haus verschwand.

»Du siehst aus, als wäre das eine Neuigkeit für dich.« Dean stand auf und rieb sich die Hände an einem Lappen ab, den er in seine Gesäßtasche gestopft hatte.

»Es ist vielleicht neu für mich, aber keine Neuigkeit. Ich frage mich, wie er die Puzzleteile zusammengesetzt hat. Wir haben uns in seiner Gegenwart nie geküsst, aber gestern hat er mal den Arm um mich gelegt.«

»Kinder merken viel. Ich erinnere mich noch daran, wie meine Mutter mich ihren ›Freunden‹ vorgestellt hat. Ich wusste ganz genau, wenn die sich bis zu ihrem Schlafzimmer vorarbeiten wollten. Ich war zwölf Jahre alt. Ich bin mir sicher, Hagen setzt die Puzzleteile noch nicht alle zusammen, aber er ist ein schlaues Kerlchen.«

»Das kannst du laut sagen.« Mira ging im Geiste das Gespräch durch, das sie auf dem Weg ins Feriencamp mit ihm führen würde.

»Matt Lacroux also? Ich hab mich schon gefragt, wann eure gelegentlichen Dates zu mehr werden.«

»Gelegentlichen Dates?«

Dean blinzelte gegen die helle Sonne an. »Ich weiß ja nicht, wie du das nennen würdest, aber ich denke, wenn ihr mit Hagen unterwegs seid, zählt das als Date. Immer, wenn der Kerl in der Stadt ist, strengt er sich an, um dich zu sehen. Das ist gut. Und ich habe gehört, dass er dir Gloxinien mitgebracht hat, und das zeigt, dass er weiß, was er tut.«

Wenn sie an letzte Nacht dachte, konnte sie dem nur zustimmen. Matt wusste eindeutig, was er tat. »Woher weißt du von den Blumen? Die hat er doch erst gestern gekauft?«

»Von Lizzie, vom Blumenladen P-Town Petals. Ich hab da heute Morgen ein paar Sachen abgeholt und sie hat es erwähnt.

Du weißt ja, wie eng sie mit Matts Schwester ist.«

Sie hatte vergessen, dass die beste Freundin von Sky ein Blumengeschäft besaß. »Im Grunde ist es wohl gut so, dass Hagen es gemerkt hat. Mir ist es lieber, er erfährt es von mir als von anderen. Ist Serena drinnen?«

»Ja, sie hatte sich gerade mit Drake und Rick angelegt, als ich kam.«

»Jemand muss die beiden ja in der Spur halten.« Sie atmete tief durch und hoffte, dass die drei sich bereits wieder eingekriegt hatten.

»Ach, Mira?«

Sie zog die Tür auf und schaute über die Schulter zu Dean. »Ja?«

»Ich will ja nicht zu viel hineininterpretieren, aber du weißt schon, wofür Gloxinien stehen, oder?«

Sie schüttelte den Kopf.

»Liebe auf den ersten Blick.«

Wortlos starrte sie ihn an, doch noch bevor sie diese Information richtig verarbeiten konnte, rief Serena nach ihr.

»Mira, gut, dass du da bist!«

Mira ging ins Haus. Drake blickte kurz auf, um dann weiter über Serenas Schulter hinweg auf den Computerbildschirm zu schauen. Sie sah Hagen durch die offene Tür von Drakes Büro, wo er mit den Spielzeugautos spielte, die sie dort für ihn aufbewahrten.

»Morgen«, sagte Drake.

»Hallo, Schwesterherz«, brummte Rick, während er Drake weiter finster ansah. Er stand vor dem Schreibtisch, die Arme verschränkt, die Kiefermuskeln voll in Aktion.

»Hallo.« *Liebe auf den ersten Blick?* Wie kam Matt darauf? Das konnte nicht der Grund dafür sein, dass er diese Blumen ausgesucht hatte. Sie verwarf den Gedanken, und konzentrierte sich auf die angespannte Stimmung im Raum. »Was ist los?«

Serena sah Mira ausdruckslos an. »Wir brauchen einen Surflehrer und die beiden hier versuchen, sich auf einen zu einigen, den sie einstellen können. Das scheint in einen Machtkampf auszuarten.«

»Im Ernst?«, fragte Mira. »Nehmt einfach einen gut aussehenden Typen. Das ist das Einzige, was die Mädels wollen.«

»Siehst du?«, höhnte Rick. »Heißer Typ, heißes Mädchen. Win-win-Situation für alle.«

»Wir müssen uns einen guten Ruf aufbauen«, erwiderte Drake mahnend. »Wir wollen nicht als Sex-Resort bekannt werden. ›Kommt nach Bayside und lasst euch flachlegen‹ wird uns nicht weit bringen.«

»Das funktioniert für den Club Med doch auch«, meinte Rick lachend. »Was willst du machen? Einen weltbekannten Surfer wie Tony Black engagieren, um ein paar Teenager im Urlaub zu unterrichten? Wir bilden keine Wettkämpfer aus. Wir bringen denen die Grundlagen bei, bieten ihnen einen unterhaltsamen Urlaub, und dazu sollte auch einiges fürs Auge gehören.«

»Tony? Keine schlechte Idee«, antwortete Drake.

»Ich muss Hagen ins Camp bringen, damit ich zur Arbeit komme. Kann ich Serena nur kurz etwas fragen? Echt, das ist so stressig mit euch beiden. Keine Ahnung, wie sie das aushält.«

»Du hast mir diesen Job verschafft, falls du dich erinnerst«, sagte Serena grinsend. Sie klopfte Drake auf sein Sixpack und zwinkerte Rick zu. »Außerdem ist das alles völlig unbedeutend. Kinderkram. Am Ende entscheide sowieso ich, wen wir einstellen. Sie wissen es nur noch nicht.«

Rick schnaubte verächtlich. Drake schwieg.

»Steht dein Angebot noch, auf Hagen aufzupassen?«, fragte Mira.

»Aber so was von! Wann?«

»Dieses Wochenende.«

»Ja. Auf alle Fälle«, sagte Serena. »Soll er bei mir übernachten?«

»Nein, ich brauch dich nur ein paar Stunden. Vielleicht kannst du ihn zu Bett bringen. Ich bin mir noch nicht so sicher.«

»Gehst du mit Matt aus?«, fragte Rick etwas missmutig.

»Ja.« Rick hätte Larry am liebsten umgebracht, als er herausgefunden hatte, dass der Mistkerl verheiratet war, und Drake hatte ihn davon überzeugen müssen, dass es sich nicht lohnte, den Kerl in die Mangel zu nehmen. Rick hatte immer sehr auf Mira und Hagen aufgepasst. Bis zum heutigen Tag war sie nicht sicher, ob er nicht hinter dem Scheck steckte, der kurz nach der Geburt von Hagen in ihrem Briefkasten gelegen hatte.

Rick schaute kurz zu Hagen. »Du weißt, dass Matt nur vorübergehend hier ist, oder?«

»Ja, aber woher weißt du das?«

Serena hob entschuldigend die Hand. »Tut mir leid, könnte sein, dass ich etwas gesagt habe.«

Mira verdrehte die Augen.

»Moment mal, hast du gesagt, dieses Wochenende?«, fragte Drake. »Rick und ich sollten doch mit Hagen zelten gehen. Das haben wir ihm letzten Monat versprochen, weißt du noch? Oder wollt ihr, du und Matt, stattdessen etwas mit ihm unternehmen?«

»Ich glaube, sie würde lieber etwas mit Matt *unternehmen*«, warf Serena leise ein.

»Das will ich lieber gar nicht wissen, Serena.« Rick klopfte

Mira aufmunternd auf die Schulter und ging in Drakes Büro. Er wuschelte Hagen durchs Haar und hockte sich zu ihm, um ihm etwas zuzuflüstern, das Mira nicht hören konnte.

»Ich hab vergessen, dass das Zelten-ohne-Mom für dieses Wochenende geplant war. Ja, natürlich könnt ihr das machen. Tut mir leid, Serena. Kann ich das auf ein anderes Mal verschieben?« Es kitzelte sie in den Fingern, so sehr hätte sie Matt am liebsten sofort geschrieben, dass sie sich auf ein ganzes Wochenende zu zweit freuen konnten.

»Klar, jederzeit.«

»Danke. Ich werde Hagen heute daran erinnern. Er wird bis dahin an nichts anderes mehr denken können.«

Und bis ihr unterwegs seid, werde ich auch an nichts anderes mehr als an das Wochenende allein mit Matt denken können.

Matt stand früh auf und verbrachte Stunden damit, auf der Terrasse des Ferienhauses zu recherchieren und zu schreiben – seine beiden Lieblingsbeschäftigungen als Wissenschaftler. Obwohl er Princeton erst vor Kurzem verlassen hatte – und dazu gehörten auch die zwei Wochen, die er in New Jersey mit Recherche und Schreiben verbracht hatte, bevor er ans Cape gekommen war –, spürte er schon, dass er eine große Last losgeworden war. Niemand hinderte ihn daran voranzukommen, keine Bürokratie stellte sich ihm in den Weg.

Abgesehen von dem Gefühl der Freiheit ohne die bürokratischen Zwänge hatte er vergessen, wie herrlich es war, zu etwas anderem als den Geräuschen der Stadt wach zu werden und die frische Seeluft einzuatmen. Er hatte sogar vergessen, wie es war, mit Freunden und Familie zu frühstücken, wie er es heute auf Petes Terrasse getan hatte. Es war so eine einfache Sache und doch fühlte es sich an wie Luxus. Zu Hause bestand sein Morgen aus einem schnellen Kaffee zum Mitnehmen, bevor er sich mit den Problemen der Studenten herumschlug und in einem bedrückenden Büro herumsaß, auf einem Posten, für den er so hart gearbeitet hatte. Es war erst halb zwölf, und er hatte schon mehr Arbeit an seinem Buch geschafft, als er es bis Mitternacht zustande bekommen hätte, wenn er noch unterrichten würde. Seine einzigen Ablenkungen waren die Gedanken an ein Wochenende allein mit Mira – die beste Ablenkung überhaupt –, die warmen Sonnenstrahlen auf seiner Haut und die Laute, die seine Nichte und die anderen am Pool spielenden Kinder von sich gaben. Selbst Kurt Remington, ein Bestsellerautor von Krimis, der früher so auf seine Arbeit konzentriert gewesen war, dass er sich kaum mehr als ein paar Minuten von seinem Computer lösen konnte, war unten am Pool gewesen.

Matt war sich nicht sicher gewesen, ob er die Uni hinter sich lassen und nur noch schreiben konnte. Doch er merkte schnell, dass das Schreiben eines Buches etwas ganz anderes war als das Verfassen einer Forschungsarbeit. Es gab dabei kein »nur«. Es war ebenso belebend wie herausfordernd und es sorgte für eine ganz andere Art von intellektuellem Reiz. Und das Beste an allem war, dass er Zeit mit Mira und Hagen verbringen konnte.

Gegen Mittag betrat Matt den Baumarkt seines Vaters, und als er Miras Stimme hörte, musste er unweigerlich lächeln.

»Es wird sich ganz allein durch seine Produktivität auszahlen«, sagte Mira, als sie aus dem Hinterzimmer kam.

Sein Vater brummte etwas, das er nicht verstehen konnte.

»Matt«, sagten sein Vater und Mira gleichzeitig.

Matt gab Mira einen Kuss auf die Wange. »Hallo, Sunshine. Ich dachte, ich führe dich zum Mittagessen aus. Falls mein Vater auf dich verzichten kann.«

»Du bist erst seit ein paar Tagen hier und schon hast du dir die hübscheste alleinstehende Frau geangelt?« Sein Vater umarmte ihn. »Und ich dachte, du wolltest mich besuchen.«

»Dich will ich auch besuchen, Pop. Wie wär's, wenn ich nach Geschäftsschluss heute Abend bei dir vorbeikomme?« Er wollte Mira an diesem Abend auch gern sehen, aber so sehr er Bestandteil ihres Lebens sein wollte, er hatte nicht vor, ihr die Luft zum Atmen zu nehmen.

»Klingt gut«, antwortete sein Vater. »Wir schließen um sieben.«

»Ich weiß, ich komme gegen halb acht vorbei. Es macht dir doch nichts aus, wenn ich Mira zum Mittagessen entführe?«

»Wird auch mal Zeit, dass du diese junge Lady zu einem ordentlichen Date ausführst. Diese ganzen planlosen Besuche haben mich verrückt gemacht.« Sein Vater lächelte. »Bitte, nimm sie mit. Sie redet ohnehin nur Unsinn.«

Mira schüttelte den Kopf und schnappte sich ihre Handtasche, die unter dem Ladentisch lag. »Du bist ein Dickkopf, Neil Lacroux.«

»Und du klingst wie meine verstorbene Frau«, entgegnete sein Vater.

Kein Wunder, dass ich sie so sehr mag. Matt nahm Miras Hand. »Kein planloses Rumgeeiere mehr, Pop. Du kannst mir glauben.«

»Zumindest die nächsten drei Monate«, brummte sein Vater.

Nicht zum ersten Mal seit er den Buchvertrag unterschrieben und die Auszeit genommen hatte, zog sich ihm der Magen bei dem Gedanken zusammen, Mira näherzukommen und dann wieder zu gehen. Mira hatte ihm am Vormittag geschrieben, und sie hatten verabredet, am Mittwochabend mit Hagen für seinen Zeltausflug einkaufen zu gehen. Selbst darauf freute er sich.

»Raus mit euch.« Neil scheuchte sie in Richtung Tür. »Vielleicht kann sie dich davon überzeugen, dass es für dich an der Zeit ist, ganz nach Hause zu kommen.«

Matts Vater hatte seine Liebe zur Wissenschaft immer unterstützt, und Matt wusste, dass er ihm gerade nur ein wenig zusetzen wollte, aber ihm war auch klar, wie sehr sein Vater ihn vermisste und wie sehr er sich wünschte, dass eines seiner Kinder sein Geschäft übernehmen würde.

Matt hielt Mira die Tür auf. »Ich dachte, wir gehen ins Sunbird Café.«

Nachdem sie den Baumarkt verlassen hatten, nahm er sie in den Arm und küsste sie richtig – langsam und tief, mit all den Emotionen, die sich seit ihrem letzten Kuss angestaut hatten.

»Wow«, gab sie atemlos von sich. »Ob ich mich wohl je an diese Küsse gewöhnen werde?«

»Nicht, wenn ich es vermeiden kann.« Er betrachtete sie in ihrem jadegrünen Kleid, das die grünen Sprenkel in ihren Augen betonte und sich geschmeidig um Hüfte und Brüste legte. »Du siehst umwerfend aus, Baby. Ich wette, dass jede Menge Kerle nur ins Geschäft kommen, um einen Blick auf dich zu werfen.«

»Ich wünschte, es wäre so.« Sie lachte.

»Hey!«, beschwerte er sich lachend, als sie zur Hauptstraße gingen.

»*So* hab ich das nicht gemeint. Aber mehr Kunden wären

nicht schlecht. Die meisten kommen nur vorbei, um mit deinem Dad zu plaudern. Denen gefällt das Familiäre und die ganze Atmosphäre in so einem Familienbetrieb. Aber wenn ich einen Dollar für jeden Kunden bekäme, der hereinkommt und unzählige Fragen stellt, nur um dann zu sagen ›Danke für Ihre Hilfe, ich kauf's mir, wenn ich in Hyannis bei Home Depot bin. Muss meine Ausgaben im Blick behalten‹, dann wäre ich reich.«

Sie bogen in die Hauptstraße ein und gingen in Richtung Café.

»Du hast neulich Abend gesagt, dass die Konkurrenz hart ist. Wo liegt das Problem? Die Kosten des Lagerbestands?« Sein Vater hatte das Gebäude vor über dreißig Jahren gekauft, und er wusste, dass die Hypothek abbezahlt war.

Sie nickte. »Die großen Ketten bekommen Mengenrabatte, mit denen wir einfach nicht mithalten können, und die Leute bekommen das, was sie brauchen, normalerweise auch zum gleichen Preis im Internet. Wir sind online kaum präsent, und leider müssen wir auch unser Inventur- und Buchhaltungssystem modernisieren, um den Verwaltungsaufwand zu reduzieren. Wir verbringen unzählige Stunden mit der Inventur – Zeit, die wir in etwas anderes stecken könnten, zum Beispiel Marketing. Ich weiß, Werbung ist unerschwinglich, aber wir müssen dafür sorgen, dass die Leute uns nicht nur als ein Geschäft in Erinnerung haben, das einem alten Freund gehört.«

Als sie das Café betraten, beschrieb Mira gerade die Herausforderungen, denen sich das Geschäft seines Vaters stellen musste, und Matt wurde bewusst, dass es einige der Probleme waren, mit denen er sich in seinem Buchprojekt befasste. Sie bestellten sich etwas an der Theke und fanden einen ruhigen Tisch am Fenster.

»Ich will dich nicht mit den Einzelheiten langweilen, aber das Buch, das ich gerade schreibe, erörtert die wirtschaftlichen Auswirkungen des Internets und der gesellschaftlichen Veränderungen auf kleinere Betriebe. Es geht natürlich viel tiefer und untersucht die Auswirkungen, die die Veränderungen auf die Dynamik innerhalb der Familien und zwischen Arbeitgeber und Arbeitnehmer haben, und ich gehe auch auf andere psychologische Aspekte ein und wie sie durchsickern und zukünftig die Wirtschaft beeinflussen. Aber das Geschäft meines Vaters ist ein hervorragendes Beispiel für diese Phänomene.«

Sie stach mit ihrer Gabel in den Salat. »Die lassen sich beeinflussen.«

»Du hast darüber nachgedacht?« Natürlich hatte sie das. Sie war genial.

»Viel sogar. Ich bin sehr gern für deinen Vater tätig, und ich habe die Menschen hier durch die Arbeit mit ihm kennengelernt. Sie ist ein großer Teil meines Lebens. Ich weiß, dass es albern klingt, aber es hat etwas Wunderbares, einer schwangeren Frau dabei zu helfen, ihr Haus kindersicher zu machen, und sie ein paar Monate später dabei zu unterstützen, alles zu besorgen, was sie braucht, um ein Schutzgitter zu bauen. Und als die Grundschule ihren alljährlichen Gokart-Wettbewerb hatte, waren alle Dads mit ihren Kindern da, um nach Bauteilen zu suchen. Die Hälfte von ihnen hat sie nicht bei uns gekauft, aber sie waren da, um uns zu zeigen, was sie gerade gebaut haben, weil sie deinen Vater noch aus der Zeit kennen, als sie vor zwanzig Jahren ihren eigenen Gokart gebaut haben.«

»Ich erinnere mich noch daran, wie ich meinen mit meinem Vater gebaut habe.« Die Erinnerung rief ein Lächeln bei Matt hervor. »Mein Vater konnte sich bei solchen Sachen richtig reinhängen. Er ist sich der Schwierigkeiten, in denen das

Geschäft steckt, also bewusst?«

»Ja, aber er verdrängt sie. Ich weiß, dass es all diese Kunden gut finden würden, wenn er mit den größeren Läden in Konkurrenz tritt. Niemand will dreißig oder vierzig Minuten fahren, um im Baumarkt einzukaufen. Und wenn sein Geschäft den Bach runter geht …«

»Musst du von Neuem anfangen.« Es war für eine alleinerziehende Mutter so schon schwer, über die Runden zu kommen, aber der Gedanke, dass sie eine andere Arbeit finden musste, die ihr die Flexibilität gab, die sie für Hagen brauchte, war sicher nervenaufreibend.

»Ja, aber dein Dad ist auch so stolz auf sein Unternehmen, und Pete hat mir von seinem Alkoholproblem erzählt, das er nach dem Verlust eurer Mutter hatte.«

»Das war für uns alle eine schwierige Zeit«, sagte Matt ernst. »Zum Glück war Pete hier, um ihm zu helfen.«

»Ja, und dann verstehst du auch, warum ich mir über all das Gedanken mache. Es ist eine Sache, sich zur Ruhe zu setzen und eine Firma zu verkaufen, aber in den Ruhestand gehen, weil das Unternehmen Konkurs gemacht hat … Nach all den Jahren?« Ihre Augen wurden glasig und sie wandte den Blick ab. »Ich darf gar nicht daran denken, auch nicht daran, wie sehr es ihm zu schaffen machen würde. Euer Vater ist so stolz.«

Sie kniff die Augen nachdenklich zusammen und ließ ihre süßen Sommersprossen auf der Nase tanzen. »Du meine Güte! Glaubst du, es macht ihm etwas aus, dass ich darüber rede? Vielleicht will er gar nicht, dass ich mit jemandem darüber spreche.«

Er ergriff über den Tisch hinweg ihre Hand. Sein Vater war in der Tat ein stolzer Mann und wollte wahrscheinlich nicht, dass seine Kinder wussten, wie es um das Unternehmen stand.

Doch das war umso mehr ein Grund für Matt, herauszufinden, was los war, damit er versuchen konnte zu helfen.

»Ich will dich nicht in eine unangenehme Lage bringen, also erzähl mir nichts Konkretes über die finanzielle Situation der Firma. Aber ich würde gern deine Ideen dazu hören, wie man die Probleme bewältigen kann.«

Vielleicht konnten sie gemeinsam überlegen, wie man die Firma seines Vaters retten und den Arbeitsplatz, den Mira so liebte, erhalten konnte.

Zehn

Mira hatte seit Monaten an der Idee einer Genossenschaft von kleineren Unternehmen an der Ostküste ähnlich wie Lacroux Hardware gearbeitet. Mit jemandem zu reden, der Ahnung von Finanzen und wirtschaftlichen Zusammenhängen hatte und wusste, wie Genossenschaften funktionierten, war unglaublich erfüllend. Buchhaltung und Wirtschaftswissenschaften waren nicht unbedingt aufregende Themen, aber Matt hörte aufmerksam zu und schien nicht nur von ihren Ideen beeindruckt zu sein, sondern hatte auch fundierte Vorschläge, die finanziell sinnvoll waren.

Nach dem Mittagessen gingen sie Hand in Hand zurück zum Baumarkt. Mira war wie beflügelt, nicht nur dank Matts überraschenden Besuchs, sondern auch durch ihr anregendes Gespräch und die Art, mit der er sie ansah, als wäre alles, was sie sagte, wirklich wichtig.

»Ich habe bereits eine Liste mit gut einem Dutzend Firmen zusammengestellt, inklusive der Kontaktinformationen der Eigentümer und einiger anderer wichtiger Details. Einen Business-Plan hab ich auch aufgestellt und ein paar Recherchen zu den Standorten von zentralen Lagerhäusern betrieben«, erklärte sie. »Ich weiß, dass es etwas voreilig ist, vor allem da dein Dad nicht besonders offen für die Idee ist. Aber dafür habe ich studiert. Es ist ein solider Plan, Matt. Ich hab ähnliche Genossenschaften unter die Lupe genommen, und wenn wir fünf oder sechs Unternehmen mit ins Boot holen könnten, hätten wir unsere anfängliche Investition innerhalb von zwei Jahren wieder reingeholt. Von da an würde er Gewinne machen.«

Er blieb stehen und legte die Hände auf ihre Hüften. »Der Plan ist sehr gut durchdacht, und du hängst dich wirklich mit Leidenschaft hinein. Vielleicht kann ich ihn davon überzeugen, zumindest einmal darüber zu reden.«

»Wirklich? Er hat sein ganzes Herzblut in diese Firma gesteckt. Er erzählt Geschichten davon, wie eure Mom mit euch in den Baumarkt gekommen ist, als ihr noch klein wart, und ich spüre all diese lebendigen Erinnerungen im Geschäft. Wenn er davon erzählt, wie Hunter ihm als kleiner Junge durch die Gänge hinterhergerannt ist, oder wie du als Teenager stundenlang hinter dem Ladentisch gesessen und gelesen hast – was mich übrigens an Hagen erinnert –, dann hab ich das alles praktisch vor Augen.«

Er legte die Arme um sie und drückte seine Lippen auf ihre. *Mmh.* Am liebsten hätte sie den Rest des Tages so verbracht.

»Ich auch, Sunshine. Allein davon zu hören, macht mich schon glücklich.«

»Wusstest du, dass ich gelegentlich Hagen mit zur Arbeit nehme? Nicht oft, aber manchmal, wenn er einen schulfreien Tag hat, schlägt dein Vater vor, dass ich ihn mitbringe, und dann folgt Hagen ihm den ganzen Tag auf Schritt und Tritt. Sie machen zusammen Inventur, und dein Dad erzählt ihm, wofür man bestimmte Werkzeuge braucht. Für uns alle ist das nett. Er ist wie ein Ersatzopa, und egoistisch wie ich bin, möchte ich nicht, dass Hagen diese Verbindung verliert.«

»Du hast im Leben meines Vaters viel verändert. Das haben wir alle bemerkt. Seit Jahren ist er nicht so glücklich gewesen, auch wenn er nicht über Veränderungen in der Firma reden will. Das ist unsere Schuld, nicht deine. Er will, dass das Unternehmen in der Familie bleibt.« Er küsste sie erneut. »Niemand will, dass ihr diese Verbindung verliert. Vielleicht können wir gemeinsam dafür sorgen, dass es für keinen von euch beiden jemals dazu kommt.«

Er schaute über ihre Schulter und zog die Augenbrauen zusammen. Sein ganzer Körper schien plötzlich in einen Alarmzustand versetzt worden zu sein. »Ruf einen Krankenwagen.«

Er rannte über die Straße. Mira kramte ihr Handy heraus und eilte Matt hinterher, der neben einer Frau hockte, die auf dem Boden lag. Ihr Körper zuckte unkontrolliert, Speichel trat aus ihrem Mund. Vorsichtig drehte Matt sie auf die Seite und brachte sie in die stabile Seitenlage. Miras Herz raste, während sie von Angst und Mitgefühl gleichermaßen erfasst wurde.

»Krankenwagen, Mira, bitte! Sie hat einen Krampfanfall.«

Voller Nervosität setzte Mira den Notruf ab, während Matt sich ruhig und umsichtig um die Frau kümmerte. Die Frau verlor die Kontrolle über ihre Blase, und Matt bemühte sich weiter, ihren Kopf zu schützen und sie stabil zu halten, damit sie – wie er Mira erklärte – nicht erstickte. Trotz der Menschentraube, die sich um sie bildete, konzentrierte er sich ganz auf die Frau, deren Körper noch immer heftig zuckte.

»Es geht ihr gut«, sagte er zu niemand besonderem, während er den Blick keine Sekunde von der Frau abwandte. »Sie hat einen epileptischen Anfall.«

Es kam ihr wie eine Stunde vor, doch es war in Wirklichkeit

wohl nur eine halbe Minute gewesen, bis der Körper der Frau zur Ruhe kam und Matt ihr die Haare aus dem Gesicht strich und sie weiterhin auf der Seite hielt. »Es ist alles in Ordnung«, sagte er und atmete tief durch. »Sie ist jetzt in dieser Phase nach dem Anfall, nichts Beunruhigendes, nur einfach ein tiefer Schlaf. Sie wird bald daraus aufwachen.« Er zog sein Hemd aus und legte es über ihre nasse Hose.

Das Geräusch eines Martinshorns kam näher und Matt schaute zu Mira auf. Seine ernsten dunklen Augen leuchteten ein wenig auf, als ein kleines Lächeln in sein Gesicht trat. »Gut gemacht, Sunshine. Viel kann man nicht machen, wenn so etwas passiert, außer dafür zu sorgen, dass die Person sich nicht verschluckt und dass sie sich nicht verletzt.«

Als die Frau das Bewusstsein wiedererlangte, hielt Matt sie weiter, redete leise mit ihr und beruhigte sie mit freundlichen Worten und vollkommener Konzentration. Als der Krankenwagen eintraf, erklärte er, was passiert war, und Mira hörte, wie er sagte, dass er kein Notrufarmband oder etwas dergleichen bemerkt hatte. Sie wäre nicht einmal auf den Gedanken gekommen, danach zu suchen. Eigentlich hätte sie überhaupt keine Ahnung gehabt, was zu tun wäre, während es für Matt ganz selbstverständlich zu sein schien. Er hatte ohne Zögern reagiert und das alles hatte ihn nicht im Geringsten mitgenommen.

Er kam zu ihr und legte den Arm um sie. »Du zitterst ja.« Er drehte sich zu ihr um und drückte sie an seinen bloßen Oberkörper. »Alles ist gut. Solche Anfälle können einem Angst einjagen.«

»Woher wusstest du, was zu tun ist?« Sie zitterte wie Espenlaub und kam sich albern vor, denn sie war weder die Frau gewesen, die den Anfall durchlebt hatte, noch der Mann, der ihr geholfen hatte. Aber die Situation war beängstigend gewesen. Was, wenn Matt nicht da gewesen wäre? Was, wenn die Frau sich während des Krampfes verschluckt hätte oder mit dem Schädel auf den Gehweg gekracht wäre?

»Ich habe Kurse in Erster Hilfe gemacht.« Er legte die Hände um ihre Wangen und sah ihr in die Augen. »Du solltest dich kurz setzen.«

Er war eine starke Stütze, ein fürsorglicher, großzügiger Mann mit einem Herzen aus Gold, das viel mehr als sie und Hagen im Blick hatte. Und auch wenn es nur ein paar Monate waren, so war sie froh, dass er zu ihr gehörte.

Matt traf um Punkt halb acht bei seinem Elternhaus ein, mitsamt allem, was für ein Essen mit gegrillten Steaks – der Lieblingsspeise seines Vaters – nötig war, und was auch für ihn hoffentlich eine gute Ablenkung sein würde. Er atmete tief durch, als er die Stufen der Veranda hinaufging und das Haus betrat. Das betagte Parkett knarrte unter dem Teppich im Eingangsbereich.

Obwohl seine Mutter schon mehrere Jahre nicht mehr bei ihnen war, erwartete er noch immer, sie jeden Moment zu hören: »Matty? Bist du das, Schatz?« Er erwartete noch immer zu sehen, wie sein Vater sie zu einem kurzen Kuss an sich zog, wenn sie an seinem Lieblingssessel vorbeiging, auf dem er sich mit einem Kreuzworträtsel abmühte.

Er erwartete noch immer das Leben, mit dem er aufgewachsen war, das Leben, das eigentlich intakt hätte sein sollen.

»Matty?«, rief sein Vater und im Nu war Matt in der Gegenwart.

Mom ist fort. Dad ist nicht betrunken.

Ich bin zu Hause.

»Hier, Pop. Ich hab das Abendessen mitgebracht.«

Sein Vater kam aus dem Wohnzimmer und ging mit der Lesebrille auf der Nase und einem Kreuzworträtsel in der Hand den Flur entlang. Ein willkommener Anblick nach seinem Kampf mit dem Alkohol. Sein Vater sah gut aus. Er hatte vor Langem den Bauch verloren, den er sich angetrunken hatte, und auch wenn etwas mehr silberne Strähnen in seinen braunen Haaren auftauchten, so sah er doch gesund aus.

»Bring's in die Küche.« Er bedeutete Matt, ihm zu folgen.

Matt hielt kurz inne, als sie an dem Nähzimmer seiner Mutter vorbeikamen. Er hatte immer noch vor Augen, wie sie mit einem warmherzigen Lächeln hinter ihrer Nähmaschine aufblickte. *Du solltest lernen, wie man näht, Matty. Du kannst nie wissen, wann du mal etwas reparieren musst.* Man brauchte Matt nie zwei Mal anbieten, etwas zu lernen. Er hatte ihr Angebot angenommen und mit zwölf Jahren konnte er schon besser nähen als die meisten Mütter in der Nachbarschaft. Das vertraute schmerzhafte Gefühl, sie zu vermissen, erfüllte ihn. Er räusperte sich, um es zu verdrängen, und folgte seinem Vater in die Küche.

»Ich hatte mir überlegt, wir könnten draußen grillen.« Er machte sich daran, alles auszupacken, und sein Vater holte das Schneidebrett und den Fleischklopfer heraus – oder wie sein Vater es nannte: den Frustabbau-Holzhammer.

»Das dachte ich mir und der Grill ist schon vorbereitet.« Sein Vater packte die Steaks aus und bearbeitete sie mit dem Fleischklopfer, während Matt einen Salat machte. »Du bist, was Mira angeht, also endlich zur Vernunft gekommen?«

»Es ist nie darum gegangen, dass ich zur Vernunft kommen musste. Sie ist eine alleinerziehende Frau. Ich konnte ja schlecht gelegentlich mal so mit ihr ausgehen. Das wäre weder ihr noch Hagen gegenüber fair gewesen.« Er schob die Salatschüssel beiseite und lehnte sich gegen die Arbeitsfläche. »Ich habe drei Monate Zeit.«

»Und dann?«

»Und dann überlege ich mir was.« Schweigend gingen sie ein paar Minuten weiter ihrer Beschäftigung nach. Matt schnitt die Kartoffeln – in dicke Scheiben, so wie sein Vater sie mochte –, beträufelte sie mit Olivenöl und würzte sie, bevor er sie in einer Auflaufform in den Ofen schob. Dann ging er nach draußen.

»Wie kommt ihr mit dem Boot voran?«, fragte Matt, nachdem sie die Steaks auf den Grill gelegt und auf der Terrasse Platz genommen hatten. Sein Dad und Pete restaurierten ein Segelboot. Das hatte er ihm beigebracht, als Pete noch ein kleiner Junge gewesen war. Und genau so hatte er all seinen fünf Kindern geholfen, ihre Nische zu finden. Für Matt war immer ein endloser Vorrat an Büchern greifbar gewesen, und sie hatten bei jeder sich bietenden Gelegenheit Ausflüge zu Bibliotheken unternommen, wie andere mit ihren Kindern Ausflüge in den Süßwarenladen machten. Er hatte Grayson und Hunter die Arbeit mit Metall beigebracht, und für Sky hatte er einen Schuppen zu einem Kunstatelier umgebaut. Jetzt, während er seinem Vater zuhörte, der von seiner Arbeit mit Pete am Boot erzählte, wurde ihm bewusst, dass er all das auch für seine eigenen Kinder tun wollte. Dieser Gedanke überraschte ihn nicht, da er in den letzten ein, zwei Jahren immer öfter über eine eigene Familie nachgedacht hatte. Doch die Sehnsucht danach war jetzt stärker. Und er wollte all diese Dinge mit

Hagen erleben.

»Wir werden wahrscheinlich in einem Monat fertig«, sagte sein Vater.

»Hagen will ein Boot bauen, und ich hab ihm gesagt, wir fangen erst einmal mit einem Floß an. Möchtest du mitmachen? Ich könnte deine Hilfe bestimmt gebrauchen.«

Sein Vater sah ihn argwöhnisch an und seine Lippen zeigten ein Lächeln, das Matt verriet, das er genau wusste, was er im Schilde führte. »Du brauchst keine Hilfe. Du konntest mit dreizehn schon ein Floß ohne Hilfe von irgendjemandem bauen.«

Matt lachte und stand auf, um die Steaks zu wenden. »Okay, du hast mich durchschaut. Du fehlst mir. Ich will ein Floß mit Hagen bauen und ich möchte Zeit mit dir verbringen. Ist das ein Verbrechen?«

Sein Vater kam zu ihm an den Grill. »Das würde mir Spaß machen, Matty. Dieser Junge ist blitzgescheit, oder?«

»Stimmt. Wir haben am letzten Wochenende einen Roboter gebaut.«

»Ich weiß. Mira hat es mir erzählt. Von ihr hat der Junge seine Intelligenz. Sie ist eine kluge Frau. Verdammt hartnäckig, aber …« Er lachte und klopfte Matt auf den Rücken. »Du weißt, dass ich das bei Leuten mag.«

»Anscheinend. Du hast fünf dickköpfige Kinder großgezogen.«

Sie machten Witze über die Zeit, als Matt und seine Geschwister herangewachsen waren, und sprachen über seine Mutter, was etwas von dem tiefsitzenden Schmerz über ihre Abwesenheit linderte. Als die Steaks fertig waren, aßen sie draußen auf der Terrasse und Matt lenkte das Gespräch auf den Baumarkt.

»Wie läuft's im Laden, Pop?«

Sein Vater winkte ab. »Bringt nichts, sich mit all dem zu belasten.«

»Ich will mich mit nichts belasten. Ich frage mich nur, wie die Geschäfte laufen.«

Sein Vater stand auf und brachte seinen Teller in die Küche. Matt nahm das restliche Geschirr und folgte ihm hinein. So leicht würde er ihn nicht vom Haken lassen.

»Komm schon, Dad. Bitte rede mit mir.«

Mit einem schweren Seufzer drehte sein Vater sich zu ihm um und sah ihn mit einem Ausdruck des Bedauerns an. »Du nennst mich nur Dad, wenn du etwas Ernstes besprechen willst. Lass uns nicht ernst werden, Matt. Die Firma wird nicht in Familienbesitz bleiben, wozu soll ich also all meine Energie da hineinstecken? Ich will mich in ein oder zwei Jahren zur Ruhe setzen. Am liebsten würde ich schon jetzt in Rente gehen, um mehr Zeit mit der kleinen Bea und euch Kindern verbringen zu können. Aber ich muss das Geschäft so lange in Gang halten, bis Mira ihr Examen als Wirtschaftsprüferin gemacht hat.«

Dass sein Vater über Mira sprach, als wäre sie seine eigene Tochter, hätte Matt überraschen müssen, doch das tat es nicht. Er hatte das Foto von Hagen über dem Schreibtisch seines Vaters im Geschäft gesehen. Niemand außerhalb der Familie war *jemals* an dieser Wand verewigt worden. Das sagte mehr als alle Worte. Überrascht war er allerdings darüber, dass sein Vater von Miras Plänen wusste.

»Du weißt davon?«

»Natürlich weiß ich davon. Sie ist zu klug, um nicht zu versuchen, beruflich mehr aus sich zu machen. So wie ich es sehe, wird sie nach Bestehen der Prüfung einen anderen Job finden, und dann mache ich den Laden zu. So einfach ist das.«

Nichts war *einfach* an der Tatsache, dass sein Vater die Firma schließen wollte, die er sein Leben lang aufgebaut hatte. »Du hast so hart dafür gearbeitet, dass Lacroux Hardware eine wichtige Stellung innerhalb des Ortes einnimmt. Und auch unserer Familie bedeutet der Baumarkt viel. Auch wenn keiner von uns acht Stunden am Tag darin verbringen will, heißt das noch lange nicht, dass wir miterleben wollen, wie er untergeht. Willst du das? Die Firma schließen, als hätte es sie nie gegeben?«

Sein Vater schüttelte den Kopf und zuckte mit den Achseln. »Matty, ich habe das Geschäft aufgebaut, um meinen Kindern etwas zu hinterlassen. Das weißt du. Und es ist nicht überraschend, dass ihr alle hinaus in die Welt gegangen seid und euren eigenen Weg gefunden habt. Genau das wollten eure Mom und ich für euch. Dazu haben wir euch ermutigt. Der Baumarkt ist ein veralteter Traum. Ein Traum, der sich lange gehalten und uns ein angenehmes Leben ermöglicht hat. Aber die Zeiten haben sich geändert und nun hält sich der Traum nicht mehr. Die Firma hat ihren Zweck erfüllt, sie wird nicht in der Familie bleiben, und deshalb ist es an der Zeit loszulassen.«

Matt wusste nicht, ob es an Mira oder seinem Vater lag, oder weil er in nostalgischer Stimmung war und über eine Zukunft mit beiden nachdachte. Aber als er die Worte »Und was ist, wenn ich nicht bereit bin loszulassen?« aussprach, versuchte er nicht, sich aufzuhalten.

»Dann würde ich sagen, dass es keinen Sinn macht. Du hast eine gute Position an der Princeton University und einen Buchvertrag mit der Aussicht auf eine Lesereise. Was würdest du mit dem Baumarkt anfangen wollen?«

»Ich muss dir vielleicht Recht geben, Pop, aber hättest du etwas dagegen, wenn Mira und ich versuchen würden, herauszufinden, ob es eine Möglichkeit gibt, das Geschäft konkurrenzfähiger zu machen? Man kann nie wissen. Vielleicht bleibt es ja doch in der Familie.«

Sein Vater verschränkte die Arme – eine Angewohnheit in der Lacroux-Familie, wenn jemand sich einer Situation stellen musste, mit der er nichts zu tun haben wollte. Er senkte das Kinn, und Matt wusste, dass er mit seiner Antwort haderte.

»Es wird dich keinen Penny kosten«, versicherte Matt ihm. »Lass uns ein wenig recherchieren, mit ein paar Leuten reden und sehen, ob es tragfähige Lösungen gibt.«

»Sie redet von neuen Computern und einem Buchhaltungssystem, Matt.« Er hob die Hand und rieb Daumen und Zeigefinger aneinander, um auf ein kostspieliges Unterfangen hinzuweisen.

»Davon reden und es anzuschaffen, sind zwei unterschiedliche Dinge.« Matt ging zur Spüle und machte sich an den Abwasch. »Sie denkt an eine Genossenschaft, in der du und andere Eigentümer von kleinen Firmen zusammenarbeitet und ein Unternehmen gründet, um …«

»Ein Unternehmen gründen? Warum sollte ich noch eine Firma haben wollen, wenn die, die ich habe, schon in Schwierigkeiten ist?« Er nahm einen Teller und trocknete ihn ab.

»Weil es da draußen viele kleine Firmen wie deine gibt. Mira hat schon eine Liste mit einem Dutzend anderer Baumärkte, die in Familienbesitz sind und die wahrscheinlich ebenso zu kämpfen haben wie du. Um konkurrenzfähig zu bleiben, muss man kreativ sein. Wenn ihr zusammenarbeitet, könnt ihr alle Vorteile von Großeinkäufen mitnehmen und größere Rabatte an eure Kunden weitergeben.«

Sein Vater stellte den Teller ab, den er gerade abgetrocknet hatte, und schüttelte den Kopf. »Eine andere Firma führen, um diese hier zu retten? Ich weiß nicht, Matt. Mit jedem Tag komme ich dem Ruhestand näher. Ich hab nicht die Energie, ein weiteres Unternehmen zu führen.«

»Nein, aber Mira schon.« Er schwieg und ließ den Gedanken sacken.

Es war vielleicht nicht fair, Mira mit ins Spiel zu bringen, doch je mehr Matt darüber nachdachte, umso weniger wollte er, dass die Firma seines Vaters einfach so von der Bildfläche verschwand. Er war stolz auf das, was sein Vater aufgebaut hatte, und das war er schon immer gewesen, auch wenn seine eigenen Ziele ihn in eine andere Richtung geführt hatten. Doch jetzt, zurück am Cape, konnte er sich nicht vorstellen, durch Orleans zu laufen und nicht den Baumarkt seines Vaters zu sehen. Matt hatte in Miras Augen eine absolute Entschlossenheit gesehen, hatte die Begeisterung in ihrer Stimme gehört, als sie ihren Geschäftsplan für die Genossenschaft skizziert hatte. Streng genommen war Mira kein Familienmitglied, doch es war offensichtlich, wie sehr sie seinen Vater mochte und wie sehr ihr die Arbeit im Laden gefiel. *Er ist wie ein Ersatzopa, und egoistisch wie ich bin, möchte ich nicht, dass Hagen diese Verbindung verliert.*

»Mira engagiert sich für die Firma und die Gemeinschaft hier auf dem Cape. Sie gehört quasi zur Familie. Ich weiß, dass du das so empfindest. Warum am Baumarkt festhalten, nur damit er – und damit auch sie – dann doch verschwindet? Warum lässt du uns nicht versuchen, ihn zu retten? Etwas Neues daraus zu machen, etwas, in das sie sich hineinstürzen und womit sie dich stolz machen kann?« Wieder schwieg er, um seinem Vater die Möglichkeit zu geben, sich den Weg, den er gerade beschrieben hatte, auszumalen. »Wenn du es nicht um deinetwillen in Betracht ziehst, dann um ihretwillen.«

Sein Vater wischte sich die Hände am Handtuch ab. Mit

den Händen stützte er sich an der Arbeitsplatte ab, dann ließ er den Kopf sinken. »Mira«, flüsterte er. »Du bist nur wenige Monate hier, Matt. Wenn du ihr das Herz brichst, verlässt sie den Baumarkt vielleicht sowieso.«

Und wenn ich es nicht breche, könnte dein Traum, ihn in der Familie zu behalten, vielleicht wahr werden.

Elf

Matt holte Mira und Hagen am Mittwochabend ab, um wie verabredet für das Zelten einzukaufen. In seinem kurzärmeligen weißen Leinenhemd und den Khakishorts sah er gefährlich gut aus.

»Matt!« Hagen rannte zur Tür und Matt hockte sich hin, um ihn zu umarmen, woraufhin Miras Herz gleich noch mehr schmolz.

»Wie geht's, Großer?«

»Gut! Ich hab meinen Roboter mit ins Camp genommen und meine Freunde fanden ihn toll. Und meine Betreuerin hat gesagt, dass ich eines Tages ein toller Wissenschaftler werden kann.«

»Du wirst toll, egal was du später mal sein wirst.« Hinter seinem Rücken hatte er eine Basecap von Princeton versteckt, die er nun hervorholte und Hagen aufsetzte. »Damit sich beim Zelten keine Zecken in deine Haare setzen.«

Hagen strahlte Mira an. »Guck mal, Mom!«

»Das ist eine ziemlich coole Basecap.«

»Hallo, meine Schöne.« Er gab ihr einen Kuss auf die Wange und sein männlicher Duft hüllte sie ein. »Ich hätte dir ja auch eine mitgebracht, aber ich dachte, du hättest lieber das hier.« Er gab ihr einen kleinen Umschlag und legte sich einen Finger auf die Lippen, um dann zu Hagen zu schauen, der sich auf Zehenspitzen stellte, um sich mit seiner neuer Mütze im Flurspiegel zu betrachten.

»Was hast du gemacht?« Sie öffnete den Umschlag und las die handgeschriebene Nachricht.

Sunshine, ich würde mich geehrt fühlen, wenn du mich auf ein Verwöhn- und Entspannungswochenende nach Nantucket begleitest. Ich verspreche dir, dass ich dich sexuell gesättigt (wenn du möchtest) und erholt für eine neue Woche des Mommydaseins nach Hause bringe. Dein M.

Sie legte die Hand aufs Herz und öffnete den Mund, um ihm zu danken, doch heraus kam nur: »Matt ...?«

»Zu anmaßend?« Er legte einen Arm um ihre Taille und flüsterte: »Wir müssen nicht herummachen. Ich möchte nur mit dir zusammen sein.«

Sie schüttelte den Kopf und presste die Lippen aufeinander, während sie versuchte, ihre ausflippenden Gefühle unter Kontrolle zu bekommen. »Das ist es nicht. Das ist so *romantisch*. Nantucket? Da war ich noch nie.«

»Ich bin fertig!« Hagen stürzte mit seinem Roboter unter dem Arm zur Haustür hinaus.

»Wir kommen«, rief Matt ihm hinterher und dann schaute er Mira in die Augen. »Wir können am Freitag nach deiner Arbeit losfahren. Du verdienst alle Romantik auf der Welt, und ich möchte der Mann sein, der sie dir gibt.«

»Das möchte ich auch.« Es war ein kleines Geständnis, doch es fühlte sich riesig an, weil sie es in jeglicher Hinsicht meinte.

Mira schwebte wie auf Wolken, als sie nach Hyannis fuhren, wo sie in einem Restaurant am Wasser zu Abend aßen. Hagen, der sich weigerte, seine Basecap abzusetzen, fütterte die

Seevögel mit Brotstücken, während Matt und Mira Fotos machten und sich verstohlen kurze Küsse schenkten. Mira machte im Geiste eine Liste mit den Dingen, die sie für das Wochenende brauchte – sexy Unterwäsche, Kondome. *Du meine Güte! Kondome!* Sie dachte an die in ihrem Badezimmer versteckte Enthaarungscreme. Matt schien es nicht zu kümmern, was er neulich *da unten* gefühlt hatte, aber sie waren so überwältigt und erregt gewesen, dass er es vielleicht einfach nicht bemerkt hatte.

»Ich habe mit meinem Vater geredet, und ich denke, wir sind auf der sicheren Seite, wenn wir an der Idee mit der Genossenschaft arbeiten wollen«, sagte Matt leise.

Sie war froh, dass er von sich aus verstand, dass manche Themen nicht für Hagens Ohren bestimmt waren. Ihr fiel es viel schwerer, ihre Begeisterung über die Möglichkeit einer Genossenschaft zu zügeln. »Er war einverstanden?«

Matt drehte eine Hand hin und her und gab ihr damit ein *Nicht so unbedingt* zu verstehen. »Aber er sperrt sich nicht mehr vollkommen dagegen. Er wird uns keine Steine in den Weg legen. Ich denke, wir können anfangen.«

»Wirklich?« Sie merkte, dass sie ihn mit großen Augen ansah. »Matt, das ist unglaublich«, flüsterte sie aufgeregt. »Aber ich würde gern mit ihm darüber reden, nur um sicher zu sein. Ich möchte auf keinen Fall, dass er denkt, ich mache etwas ohne seine Zustimmung.«

»Unbedingt.«

Auf dem Weg zum Einkaufszentrum fing Mira an, im Geiste noch eine Liste aufzustellen – für die Genossenschaft. Konnte dieser Tag überhaupt noch besser werden?

Hand in Hand betraten sie das Einkaufszentrum, und als Hagen es bemerkte, ging er um Mira herum auf Matts andere

Seite und nahm seine Hand. »Du bist Moms Freund«, stellte er sachlich fest.

Oh ja, der Tag ist gerade noch um einiges besser geworden.

Matt warf Mira einen Blick zu, und sie wusste, dass er um Erlaubnis bat, Hagens Bemerkung zu bestätigen. Sie lehnte sich näher zu ihm und flüsterte: »Wir hatten ein Gespräch über uns. Ich hoffe, das war in Ordnung.«

Matt legte einen Arm um ihre Schulter und küsste sie auf die Schläfe. »Alles, was du tust, ist in Ordnung.« Er lächelte Hagen an. »Und wie findest du das, kleiner Mann?«

Hagen zuckte mit den Schultern. »Gut. Wenn du nur nicht nach New Jersey zurück müsstest.«

Matt zuckte zusammen. Mira hatte damit gehadert, ob sie Hagen die Wahrheit erzählen und sagen sollte, dass er nur vorübergehend hier war. Letztlich war sie zu dem Schluss gekommen, dass es besser war, Hagen auf Matts Rückkehr nach New Jersey vorzubereiten und ihm keine falschen Hoffnungen zu machen. Als er nachgefragt hatte, ob das bedeutete, dass Matt dann nicht mehr ihr Freund wäre, hatte sie ihm erklärt, was eine Fernbeziehung war. Sie hatte zu lang gewartet, geträumt, gehofft und Fantasien über Matt nachgehangen, um jetzt überhaupt in Betracht ziehen zu wollen, dass sie sich eventuell mit weniger zufrieden geben musste.

»Ich bin nicht sicher, ob ich zurückgehe oder nicht, aber ich freue mich, dass du das mit mir und deiner Mom gut findest«, sagte Matt schließlich. »Denn ich verbringe gern Zeit mit euch beiden.«

»Aber du bist nicht mein Freund«, sagte Hagen. »Du bist mein Kumpel.«

»Genau.« Er schaute mit hochgezogener Augenbraue zu Mira.

»Er wollte Rollen, also hab ich welche verteilt.«

»Kumpel ist gut«, sagte Matt und dann leiser, sodass nur sie es hören konnte: »Fürs Erste.«

Sie versuchte zu überspielen, dass ihre Gedanken angesichts dieser Bemerkung rasten, während sie ihre Einkäufe in den Outdoor-Läden erledigten. Matt füllte einen Korb mit einem Erste-Hilfe-Set, Insektenspray, einer batteriebetriebenen Laterne, einem Kompass und einem Universalwerkzeug, das kein Messer, aber eine Gabel und einen Löffel hatte, und das zusammengeklappt in Hagens Hand passte.

»Okay, kleiner Mann. Jetzt brauchen wir einen Schlafsack.« Er nahm Hagen an die Hand, doch Mira berührte ihn am Arm.

»Drake hat Schlafsäcke, und ich bin sicher, er hat die ganzen anderen Sachen auch. Normalerweise schicke ich ihn mit einem neuen Pyjama und ein paar Spielsachen oder Büchern los, damit er beschäftigt ist.«

Matt zog die Augenbrauen zusammen. »Jeder Junge braucht seine eigene Zeltausrüstung. Würde es dir etwas ausmachen, wenn ich ihm einen Schlafsack kaufe? Ich will dir nicht auf die Füße treten.«

Hagen sah Matt mit seinen unschuldigen blauen Augen ernst an und zog an seiner Hand. »Sag ihr, das ist Männerkram.«

Mira erkannte, dass sie überstimmt wurde, und sie war sich nicht sicher, was sie davon halten sollte. Natürlich fühlte sie sich geschmeichelt, aber sie wollte nicht, dass Matt glaubte, er müsste Hagen verwöhnen. Ebenso wenig wollte sie, dass Hagen glaubte, er bräuchte für jeden Ausflug neue Sachen. Ein Blick zu ihrem Sohn und zum hoffnungsvollen Gesichtsausdruck ihres Freundes genügte und sie gab nach.

»In Ordnung, aber das heißt nicht, dass du für jeden Ausflug so viele neue Sachen brauchst.«

»Ich weiß«, sagten Matt und Hagen einstimmig und sie musste lachen.

Sie kehrten später am Abend mit einem neuen Pyjama, einem Schlafsack und einer Reihe von Campingsachen, die die beiden für lebensnotwendig erachteten, in ihr Cottage zurück. Matt und Hagen verbrachten die nächste Stunde damit, jeden einzelnen Artikel durchzugehen, Etiketten zu entfernen, die richtige Handhabung zu erörtern und alles in Hagens Rucksack zu verstauen.

Als sie Hagen zu Bett brachten, wollte er unbedingt seine Basecap aufbehalten, doch Matt überzeugte ihn, sie auf dem Bettpfosten aufzuhängen, damit sie sich nicht verformte. Sein Roboter stand mitten auf seinem Schreibtisch, gleich neben seinem Buch übers Roboterbauen. Mira war froh, dass Matt zusätzliche Batterien mitgebracht hatte, denn Hagen hatte in jeder freien Minute damit gespielt und das erste Paar war bereits leer.

Sie stand in der Tür und hörte zu, während die beiden die Anleitung für den Floßbau besprachen, die Hagen auf der Website gefunden hatte. Matt lauschte aufmerksam und lobte ihn für seine Fähigkeit, Nachforschungen anzustellen. Forschen, das war genau das, was ihr Sohn liebte. Bis zu diesem Zeitpunkt war sie nicht in der Lage gewesen, das auf den Punkt zu bringen.

»Wie würdest du es finden, wenn Mr. Lacroux uns beim Floßbau hilft?«

»Mr. Neil?«, fragte Hagen. »Das fände ich toll.«

Matt fuhr ihm durch das Haar. »Ja, Mr. Neil.«

Hagen schlang die Arme um Matts Hals. »Das wird das beste Floß aller Zeiten!« Er legte sich zurück aufs Kissen und

Matt strich die Decke glatt. »Matt?«

»Ja, Kumpel?«

»Findest du, ich bin ein Nerd?«

Mira trat ins Zimmer. Ihr Herz zog sich zusammen. Hagen war früher gelegentlich gehänselt worden, aber sie hatte seit Beginn des Camps nichts dergleichen gehört.

Matt schaute zu Mira, die mit den Schultern zuckte und ihn fragend ansah, um ihm zu verstehen zu geben, dass sie keine Ahnung hatte, worauf das hier hinauslief, dass er aber behutsam vorgehen sollte.

»Warum fragst du?«

»Nur so.« Hagen schnappte sich seinen Teddybären vom Bettrand und umarmte ihn.

»Hagen, Schatz, ärgert dich im Lager jemand?«, wollte Mira wissen.

»Nein«, sagte er gähnend.

»Findest du, dass du ein Nerd bist?«, fragte Matt.

Hagen zuckte nur mit den Schultern und legte sich auf die Seite, da er das Gespräch offensichtlich als beendet betrachtete. Matt beugte sich hinunter und flüsterte Hagen etwas ins Ohr, woraufhin Hagen ihn noch einmal umarmte.

Als sie zur Tür gingen, drückte Matt ihre Hand. Mira sagte Hagen noch Gute Nacht und hoffte inständig, dass er nicht wieder gehänselt wurde, während sie sich gleichzeitig fragte, was Matt gesagt hatte, um mit einer weiteren Umarmung belohnt zu werden.

»Hab dich lieb, mein Kleiner.« Sie lehnte die Tür nur an und bemühte sich, ihre Mamaklauen einzufahren.

Matt ging auf der Terrasse auf und ab, während er über Hagen nachdachte und sich den verspannten Nacken rieb. Wenige Minuten später kam Mira mit sorgenvollem Blick zu ihm hinaus. Er nahm sie in den Arm und schluckte seinen Frust hinunter, weil er wusste, dass er sie damit nur noch mehr beunruhigen würde.

»Alles in Ordnung?« Er schob ihr die Haare über die Schultern und küsste sie sanft.

»Ich wünschte, ich könnte das bejahen, aber er wurde früher schon mal gehänselt, und ich dachte, wir hätten das hinter uns. Ich rede morgen mit der Aufsichtsperson im Camp und hör mal, ob sie etwas bemerkt hat.«

»Ich komme mit.«

Sie lehnte sich zurück und statt der Sorge war ihr nun die Überraschung ins Gesicht geschrieben. »Das brauchst du nicht, Matt. Das ist Kinderkram.«

»Es ist Hagen-Kram, und mir macht es nichts aus. Ich möchte da sein.«

Er setzte sich auf das Loungesofa und zog sie zu sich herunter. Sie kuschelte sich neben ihn und ließ die Finger leicht über seine Brust streichen. Lange Zeit saßen sie so da, lauschten den Wellen, die plätschernd auf den Strand trafen, und spürten die Brise auf ihrer Haut.

Irgendwann später, nachdem der anfängliche Schock über Hagens Frage nachgelassen hatte und als Matt spürte, dass Miras Körper sich an seinem entspannte, drehte er sie sanft auf den Rücken und schaute auf ihr schönes, besorgtes Gesicht hinab.

»Dränge ich mich zu sehr auf?«

»Ich weiß nicht. Ich bin es gewohnt, mich selbst um Hagen zu kümmern, und plötzlich bist du bereit, dich zu engagieren und ihn zu beschützen.«

»Und dich«, entwich es ihm, noch bevor er seine Gedanken sortieren konnte, doch nun war es ausgesprochen und er meinte es so. »Ihr beide seid mir sehr wichtig, Mira. All die Monate habe ich aus der Ferne sehr viel für dich empfunden. Du bist die einzige Frau, an die ich seit letztem Sommer gedacht habe. Die einzige Frau, die ich wollte, und jetzt kann ich dir und Hagen endlich zeigen, wie wichtig ihr mir seid.«

Angesichts dieses Geständnisses wurde ihr Gesichtsausdruck nur noch besorgter.

»Sprich mit mir, Sunshine. Was ist los?«

»Du redest so, als wärst du für immer hier, dabei wissen wir beide, dass es nicht so ist. Du bist nur für ein paar Monate hier, und mit jedem Tag wird diese Zeit kürzer. Ich muss Hagens Gefühle beschützen. Er ist jetzt schon vollkommen in dich vernarrt. Ich kann ihn nicht darauf vorbereiten, wie er sich fühlen wird, wenn du abreist. Er wird am Boden zerstört sein.«

Die Wahrheit war nur schwer zu ertragen. »Und du? Wie wirst du dich fühlen, wenn ich zurückgehe?«

»Ich bin erwachsen. Ich spiele keine Rolle«, sagte sie ohne jegliches Bedauern, und das versetzte ihm einen Stich, denn sie spielte eine bedeutende Rolle.

»Deine Gefühle spielen eine Rolle, ebenso wie meine und die von Hagen. Wir sind alle wichtig, auch wenn Hagen Vorrang hat und das auch sollte. Ich weiß nicht, was in drei Monaten passiert. Es sind erst wenige Tage vergangen, aber ich lerne ebenso viel über mich selbst wie darüber, wie es ist, außerhalb der akademischen Welt zu leben. So viele simple Dinge hatte ich schon vergessen, zum Beispiel wie herrlich es ist, mit dir und Hagen Zeit zu verbringen, ohne mir Gedanken darüber machen zu müssen, dass ich am nächsten Morgen abreisen muss und euch wochenlang nicht sehen kann. Und wie es sich anfühlt, sich nicht nur die Zeit für ein richtiges Frühstück zu nehmen, sondern sich auch mit meinem Bruder, meiner Nichte und unseren Freunden an einen Tisch zu setzen. Alles Dinge, die ich zu lang vernachlässigt habe.«

»Und …?«

»Und ich weiß es nicht«, sagte er aufrichtig. Alles geschah so schnell. »Ich kann keine Versprechungen machen, aber ich will Zeit mit dir und Hagen verbringen – richtig Zeit, nicht nur eine Stunde hier oder da –, und das schon seit fast einem Jahr. Endlich haben wir die Gelegenheit dazu. Ich will nicht wegwischen, was wir fühlen, wenn wir zusammen sind. Es ist einfach zu gut. Es fühlt sich zu richtig an. Ich will herausfinden, was es ist, sehen, was passiert und wie es sich entwickelt.«

Er zwang sich, das zu sagen, was er sagen musste, auch wenn er womöglich eine Antwort bekam, die er nicht akzeptieren wollte. »Wenn das für dich ein zu großes Risiko ist, oder für Hagen, dann verstehe ich das, aber es wird mich nicht davon abhalten, es zu versuchen. Ich bin es leid, so zu tun, als würde ich nicht alles dafür geben, Stunden, Tage, Wochen mit dir zu verbringen und dich nackt in meinen Armen zu halten.« Er strich mit den Lippen über ihre, und sie reckte sich ihm entgegen, der Blick voller Sehnsucht und auch etwas Sorge. »Sag es mir, Sunshine. Was willst du?«

Sie legte die Hand um seinen Hals und hob den Kopf. »Dich, Matt. Ich will dich.«

Miras Geständnis löste eine Lawine von Emotionen aus, die durch die Intensität ihrer Küsse nur noch größer wurde. Ihre weichen, warmen Hände glitten unter sein T-Shirt, über seinen ganzen Rücken. Er musste sich zurückhalten und ermahnte sich, dass Küsse alles waren, was er sich heute Abend nehmen durfte. Mit Hagen im Haus wollte er nicht seine Beherrschung auf die Probe stellen, denn er wusste, dass er dann auf verlorenem Posten stand. Doch sie rekelte sich an ihm, gab süße, begehrende Laute von sich, und noch bevor er merkte, was geschah, umfasste er ihre Brust, und das Gefühl ihres harten Nippels unter seinem Daumen durchbrach seine Beherrschung. Er saugte ihre Unterlippe in seinen Mund, zog sanft daran und wurde mit einem Stöhnen belohnt, das so einladend war, dass seine Hände weiter nach unten wanderten und ihre Hüften umfassten, während er sich an ihrer Mitte rieb. Sie ließ den Kopf in den Nacken fallen, schloss die Augen. Sie bot einen schönen Anblick, das Begehren ließ sie erröten.

Er senkte seinen Mund auf ihren Hals, küsste und saugte, während sie mit den Hüften ihren Funken sprühenden Rhythmus fanden. Sie legte ihre Beine um seine Taille, drückte ihn und steigerte sein schmerzhaftes Verlangen noch mehr. Seit seiner Teenagerzeit hatte er nicht mehr so einen leidenschaftlichen Trockensex gehabt, aber als er ihren Hintern umfasste und sie in einem besseren Winkel hielt, fühlte sie sich unglaublich an.

Ihre Finger bohrten sich in seine Haut, und wieder eroberte er ihren Mund, nahm sich einen wilden, groben Kuss, der sie beide stöhnen, zupacken und nach mehr betteln ließ. Ihre Oberschenkel schlossen sich fester um ihn und ihr Atem wurde hektischer. Auf der Suche nach ihrer feuchten Hitze schob er die Finger unter ihren Slip. Sie hob die Hüften an, führte seine Finger dorthin, wo sie sie haben wollte.

»Hör nicht auf«, keuchte sie.

Er rieb seine harte Länge an ihren geschwollenen, empfindlichen Nerven und drang mit den Fingern in sie ein. Mit einem langen, bedürftigen Stöhnen ließ sie den Kopf in den Nacken fallen. Sie war so von all dem berauscht, von *ihm* berauscht, dass er nie mehr aufhören wollte. Sie war so heiß, so begierig, so willig, dass all seine Sinne an die Oberfläche strebten.

Sie klammerte sich an seinen Armen fest und keuchte seinen Namen. *»Matt! Matt! Matt!«*

Am liebsten wäre er an ihrem Körper nach unten geglitten, um sich an ihr zu laben, doch es wäre nicht leicht, das zu überspielen, falls Hagen aufwachte. Seine Lust würde warten müssen, doch ihre zitternden Augenlider und die heftige Atmung verrieten ihm, dass sie kurz vor der Erlösung stand.

»Sieh mich an, Baby.«

Ihr Blick bohrte sich in seine Augen, flehte ihn an, sie in andere Sphären zu treiben. Die hinausgezögerte Vorfreude darauf, sie ganz zu haben, war fast unerträglich. Ein Streicheln ihrer Hand über seine Länge und er würde die Kontrolle verlieren. Er biss die Zähne zusammen und kämpfte gegen das Bild ihrer zarten Hände um seine Länge an, während seine Hüften heftiger stießen und eine so intensive Reibung verursachten, dass er kurz davor war. Er reizte den geheimen Punkt in ihr und wusste, mit einem quälend langsamen Kuss würden ihre Sinne zerbersten. Sie stöhnte, gab genussvolle Laute von sich und bewegte sich so harmonisch mit ihm, dass seine Gedanken abdrifteten. Er vertiefte den Kuss, spürte ihre Mitte um seine Finger herum anschwellen, und so wie er es gehofft hatte, zuckten ihre Hüften, ihre Oberschenkel spannten sich an und sie stöhnte in ihren Kuss. Ihr Körper pulsierte, sein Herz explodierte und ihre Münder liebten sich sanft und wild bis zum allerletzten Beben ihres Höhepunktes.

»Omeingott.« Sie ließ den Kopf in den Nacken fallen und rang nach Luft.

Er küsste sie auf die Wangen, ihr Kinn, ihre Stirn und

schließlich auf ihre Lippen. Ihr Körper zitterte, als er sie auf die Seite drehte und eng an sich zog.

»Du bist richtig gut darin und es ist mir unglaublich peinlich.«

»Peinlich?« Er küsste sie erneut. »Unsinn.«

»Ach, komm schon. Wie viele Freundinnen haben dich … unverrichteter Dinge heimgeschickt?«

Sie drückte ihre Lippen auf seine und fasste ihm in den Schritt. Er unterdrückte ein Stöhnen und schloss kurz die Augen. Als sie die Finger unter den Bund seiner Shorts schob und über die Spitze seiner Länge strich, griff er sanft nach ihrem Handgelenk und schob ihre Hand fort.

»Es wäre nicht unverrichtet, wenn du damit weitermachst.« Er küsste sie auf die rosigen Wangen und konnte nicht widerstehen, auch ihre Sommersprossen auf der Nase zu küssen. »Dieses Wochenende haben wir Zeit allein. Ich habe es nicht eilig, und dir Lust zu bereiten, reicht mir im Moment völlig.«

Ein schläfriges Lächeln trat in ihr Gesicht. »Die meisten Männer nehmen. Du gibst.«

»Verlass dich nicht darauf, Baby. Wenn ich dich allein erwische, dann wird genommen, da kannst du dir sicher sein.« Er lag mit ihr so da, bis ihre Augenlider schwer wurden. »Komm, ich bring dich hinein. Dann werde ich von hier verschwinden, damit du etwas Schlaf bekommst.« Er half ihr auf und sie gingen ins Haus. Während Matt überprüfte, ob die Hintertür verschlossen war, schaute Mira noch kurz in Hagens Zimmer.

»Soll ich mitkommen, wenn du Hagen morgen ins Camp bringst?«, flüsterte er.

»Du hast deine eigene Arbeit.«

»Die kann ich mir legen, wie ich möchte.« Er folgte ihr zur Haustür und zog sie an sich. »Ich weiß, dass du vollkommen in der Lage bist, das alles hinzukriegen, aber du musst es nicht allein hinkriegen, und ich habe Hagen versprochen, wenn ihn jemand ärgert, sorge ich dafür, dass es aufhört.«

»Ist es das, was du ihm zugeflüstert hast?«

»Ja, ich wollte, dass er gut schläft, und wenn er weiß, dass wir beide auf ihn aufpassen, ist es sicher hilfreich.«

»Matt, solche Versprechen kannst du nicht geben. Du kannst ihm nicht garantieren, dass du jemand anderen davon abhältst, etwas zu tun.«

»Und ob ich das kann«, sagte er ruhiger, als er sich fühlte. »Niemand wird damit durchkommen, Hagen zuzusetzen. Nicht, wenn ich in der Nähe bin.«

»Wow! Du musst mir gegenüber nicht den harten Kerl raushängen lassen.« Sie fuhr mit den Fingern über die Haut, die sein offener Kragen freiließ. »Aber im Ernst, du kannst sagen, dass du versuchen wirst, es zu beenden, aber du kannst es nicht versprechen. Er wird es wörtlich nehmen.«

»Ich will, dass er es wörtlich nimmt. Wenn ich ein Versprechen gebe, dann halte ich es auch. Wenn er sich nicht darauf verlassen kann, dass die Erwachsenen ihn beschützen, die ihn lieben, auf wen soll er sich dann verlassen?«

Sie schien darüber nachzudenken, und ihm wurde bewusst, wenn er sich vorher nicht zu sehr aufgedrängt hatte, dann jetzt.

»Es tut mir leid. Von nun an werde ich vorsichtiger sein mit dem, was ich sage. Wenn es dir lieber ist, dass ich nicht mitkomme, dann lasse ich es. Ich kann nur den Gedanken nicht ertragen, dass ihm jemand zusetzt.«

»Egoistisch betrachtet«, sagte sie leise, »wäre es nett, wenn du mitkämst, weil ich dann mehr Zeit mit dir hätte, aber gleichzeitig kommt es mir albern vor. Es geht um ein Gespräch mit der Betreuerin, nicht um eine eidesstattliche Aussage, und du hast schon genug um die Oh–«

Ihre Worte wurden von seinem Kuss verschluckt. Sie war so süß und immer bereit, sich in jeder Situation hintanzustellen – wenn er sie doch an erste Stelle setzen wollte. Wo sie hingehörte.

»Um welche Uhrzeit bringen wir ihn ins Camp?«

Zwölf

»Das alles geht zu schnell, oder?«, fragte Mira am Donnerstagmorgen leise am Telefon. Serena antwortete nicht, und Mira hatte schon Angst, dass die Verbindung unterbrochen war. »Serena?«

»Ich bin noch dran. Ich such nur gerade mein letztes Hemd raus, um so zu werden wie du.«

Mira hörte das Lächeln in der Stimme ihrer Freundin.

»Was ist denn los mit dir? Du hast quasi deinen Vibrator nach diesem Kerl benannt, und jetzt, wo er dir auf einem Silbertablett mit der Notiz ›Hier ist dein Märchenprinz‹ präsentiert wird, hast du Angst, dass es zu schnell geht?«

Mira seufzte. »Aber ich muss an Hagen denken.«

»Genau, und Rick hat ihn gestern Morgen gefragt, was er von Matt hält, und er hat geantwortet, dass er sich wünschte, Matt würde für immer hier bleiben. Wach auf, *Sunshine*. Und hör auf, dir unnötig Kummer einzuhandeln.«

»Ich handle mir nicht unnötig Kummer ein. Ich bin seit Langem alleinerziehende Mutter. Es ist seltsam, dass mich plötzlich jemand anderes als du oder meine Brüder unterstützen will.«

»Verstehe ich«, sagte Serena nachdenklich. »Du bist wie

diese Heimwerker, die alles selbst machen wollen, nur dass die Löcher mit Toilettenpapier stopfen und du Beton nimmst. Lass ihn rein, Mira. Was kann denn Schlimmes passieren? Hagen wird nicht mehr von irgendeinem Rabauken gemobbt, du hast ein paar Wochen tollen Sex – apropos, über den Sex reden wir noch – und dann kehrst du mit neuen Erinnerungen zu deinem batteriebetriebenen Freund zurück. Ihr werdet euch alle paar Wochen sehen und vielleicht wird eines Tages mehr draus. Ich sehe nicht, dass du und Hagen irgendwie schlecht dabei wegkommt.«

»Aber wenn es doch schwierig für Hagen wird?« Sie machte sich Sorgen wegen ihm, aber sie fragte sich allmählich auch, ob sie ihn als Vorwand benutzte, um etwas Abstand zwischen sich und Matt zu bringen, damit *sie* sich nicht emotional zu sehr hineinsteigerte.

»Das habe ich gerade beantwortet. Es geht um dich. Du willst den Ritter auf einem weißen Pferd gar nicht mehr. Die Sache jagt dir eine Höllenangst ein, und versuch gar nicht erst, das abzustreiten. Du hast Angst, dass nach all den Jahren, in denen du für dich und Hagen ein stabiles Leben aufgebaut hast, jemand – oder genauer gesagt, der super sexy, super schlaue heimliche Retter Matt – das auf den Kopf stellt.«

Mira verdrehte die Augen. »Es ist unausstehlich, dass du mich so gut kennst. Ich hätte dir nicht sagen sollen, was ich über diese Sache mit dem heimlichen Retter gehört hab. So beunruhigend, wie ich dachte, ist das gar nicht. Er hat einer Frau geholfen, die einen epileptischen Anfall hatte, als wir zum Mittagessen waren, und er war unglaublich. Wie ein richtiger Rettungssanitäter.«

»Ein Grund mehr, ihn in dein Leben zu lassen. Er wird immer für deine und Hagens Sicherheit sorgen, und auch wenn es dir nicht bewusst ist, du könntest diese Annehmlichkeit gut gebrauchen.«

Alles, was Serena sagte, war vernünftig, aber Mira machte es noch immer nervös. Sie wünschte, es gäbe ein Handbuch, dem sie entnehmen könnte, wie sie das Leben ihres Sohnes nicht vermasselte.

»Und jetzt erzähl mal, du besorgte Mommy, hast du schon die unanständige Studentin gespielt?«

Matt und Mira sprachen mit der leitenden Betreuerin von Hagens Ferienlager. Nora war eine freundliche Blondine und hatte eine Ich-hab-alles-unter-Kontrolle-Ausstrahlung, eine sportliche Figur und ernste grüne Augen, vermutlich alles Eigenschaften, die man brauchte, um ein Camp für Kinder zu managen, wie Mira annahm.

»Und Hagen hat keinerlei Andeutungen gemacht, wer ihn vielleicht hänselt?«, fragte Nora.

»Nein«, antwortete Mira. »Er hat nicht ausdrücklich gesagt, dass ihn jemand hänselt. Er hat gefragt, ob wir ihn für einen Nerd halten, und die Frage kam ganz unvermittelt, was für mich allein schon ein Alarmsignal ist.«

Matt drückte ihr unterstützend die Schulter. Er war einverstanden gewesen, sie reden zu lassen, und sie erkannte an seinen angespannten Kiefermuskeln, dass er sich krampfhaft zurückhielt.

»Dann könnte es sein, dass er sich deswegen einfach nur Sorgen macht«, überlegte Nora. »Als Sie Hagen angemeldet haben, erwähnten Sie, dass er im Laufe des vergangenen

Schuljahres geärgert worden ist, und wir alle achten genau auf jegliche Anzeichen von so einem Verhalten. Als er neulich seinen Roboter mitgenommen hat, schienen alle Kinder fasziniert davon gewesen zu sein, daher wäre ich überrascht, wenn ihn jemand gehänselt haben sollte. Aber es sind Kinder, und man weiß nicht, was in ihren Köpfen vor sich geht. Wir werden ein ganz besonderes Auge auf ihn haben.«

»In Ordnung. Danke. Lassen Sie es uns bitte wissen, wenn Ihnen etwas auffällt.« Mira wollte gehen, doch Matts Hand glitt an ihrem Arm hinunter und hielt sie fest.

»Nur noch eine Frage«, sagte er zu Nora. »Gibt es Zeiten, in denen sich die Kinder außerhalb der Gruppe zu zweit zusammentun? Wenn sie zur Toilette gehen oder einen Spaziergang machen?«

Daran hatte Mira gar nicht gedacht. Sie war froh, dass er danach gefragt hatte, und sie musste zugeben, dass es schön war, seine Unterstützung zu haben. Sonst würde sie sich einfach nur im Stillen darüber den Kopf zerbrechen. Jetzt hatte sie zumindest jemanden, mit dem sie darüber reden konnte. Beim letzten Vorfall hatte sie versucht, mit ihren Brüdern und Serena darüber zu reden, aber sie alle – sogar Serena – hatten so heftig reagiert, dass Mira stattdessen lieber den Mund gehalten hatte. Sie wollte nicht, dass irgendjemand in die Schule – oder ins Camp – stürmte und einen Streit entfachte. Sie meinten es gut, aber Hagen würde auf vielfältige Weise, die sich Mira lieber nicht ausmalen wollte, den Preis für ein solches Verhalten bezahlen.

»Nun ja, sicher«, antwortete Nora. »Wir haben das Zweiergruppensystem, also haben sie immer jemanden bei sich. Wenn wir eine Aktivität im Gelände durchführen, dann schicken wir sie paarweise zur Toilette. Aber sie haben nicht immer denselben Partner.«

Matt schaute mit ernstem Blick über Noras Schulter hinweg zu den Kindern, die weiter weg spielten, bevor er sich freundlich von Nora verabschiedete. »Vielen Dank für Ihre Hilfe, und bitte melden Sie sich, wenn Ihnen etwas auffällt.«

»Das gefällt mir nicht«, vertraute sich Mira ihm auf dem Weg zum Auto an. »Wenn die Betreuer nichts bemerkt haben und Hagen nicht sagt, warum er die Frage überhaupt gestellt hat, dann frage ich mich, was ich übersehe.«

Matt legte den Arm um ihre Taille, als sie über den Parkplatz gingen, und zog sie an seine Seite. Diese besitzergreifende Geste löste ein begehrendes Flirren in ihrem Bauch aus.

»Aber du bist mit der Frage nicht allein«, sagte er leise. »Wir gehen dem zusammen auf den Grund.«

Woher wusste er, was genau er sagen musste, damit die Frau und die Mutter in ihr vor ihm auf die Knie gehen wollten? Er küsste ihren Hals und jagte einen Schauer über ihren Rücken. Seine Hand glitt über ihre Hüfte, während er sie mit dem Mund gekonnt von ihren Gedanken ablenkte und sie mit einem herrlichen Kuss nach dem anderen an ihrem Hals beschenkte. Zum Glück stand ihr Auto am anderen Ende des Parkplatzes und somit außer Sichtweite vom Lager aus. Aber sie wusste, dass auch Matt sich ihrer Umgebung vollkommen bewusst war. Er war immer umsichtig.

Sie kam sich durchtrieben und unanständig vor, und es war ein solcher Rausch, dass sie einfach mehr wollte. Mehr von *ihm*. So war sie nie gewesen, nicht einmal bei ihren ersten Dates, als alles noch neu war.

Er führte sie um das Auto herum, sodass man sie vom Parkplatz her nicht sehen konnte, und nahm sie zwischen dem kalten Metall und seinem harten Körper gefangen. Sie spürte jeden harten Zentimeter seiner Erregung und genoss es, diese Wirkung auf ihn zu haben. Wieder senkte er seinen Mund auf ihren Hals, und er wusste genau, wo er sie küssen musste, damit sie weiche Knie bekam. Als er den Kopf zurücknahm, verwandelte sein fesselnder Blick sie in Lava. Sie schob die Finger in seinen Jeansbund und klammerte sich verzweifelt an ihm fest, um nicht vor seinen Augen zu zerfließen. Seine Mundwinkel hoben sich zu einem unfassbar verführerischen Lächeln.

»Du bist dafür verantwortlich, dass ich am liebsten auf den Rücksitz springen und die Arbeit schwänzen würde.« Ihr Geständnis platzte unvermittelt und gehaucht aus ihr heraus.

»Du bist dafür verantwortlich, dass ich dich am liebsten in mein Bett verschleppen und *alles* andere schwänzen würde, bis wir Hagen hier wieder abholen müssen«, flüsterte er, bevor er sie küsste – und zwar heftig.

Sein Mund war heiß, samten feucht, und sie wollte ihn überall auf sich spüren, auf ihrem Hals, ihren Brüsten und zwischen ihren Beinen, wo die Hitze loderte und das Begehren anschwoll. Seine Hände glitten über ihre Hüften hin zu ihrem Hintern, und er hielt sie wie letzte Nacht, köstlich, perfekt, verlockend eng an sich gedrückt. Sinnlich rieb er seine Lenden an ihr und stöhnte in ihren Kuss. Das pure Begehren, das aus diesem Laut herausklang, zerstörte, was ihr an Zurückhaltung noch geblieben war. Ihr Knie glitt an seinem Oberschenkel hinauf und seine Hand suchte den Weg unter ihren Rock.

»Aah«, flüsterte sie, als er unter ihren Slip fasste und mit den Fingerspitzen ihre feuchte Hitze fand. »Matt!«, keuchte sie. *Aah! Ja! Himmel, ja, da!*

Er eroberte sie mit einem weiteren Kuss und berührte sie mit geschickter Genauigkeit. Sie wollte ihn in sich. *Jetzt.*

»Matt!«, flehte sie.

Er drang mit den Fingern in sie ein und sie verlor die Kontrolle. Sie biss in seine Schulter, um ihre Schreie zu ersticken, während sich ihre inneren Muskeln immer wieder um seine magischen Finger zusammenzogen. Ein wimmernder Laut war zu hören, und sie merkte, dass er von ihr kam. Sie war so weit weg. Ihr Körper prickelte und brannte, schwoll an und pulsierte. Sie brauchte mehr von ihm. Der unerwartete Orgasmus war ein himmlisches Geschenk, doch es war bei Weitem nicht genug.

»Wann musst du bei der Arbeit sein?«, fragte er an ihren Hals geschmiegt.

Arbeit? Ach ja. Arbeit. Ähm … »Halb zehn.«

Er zog seine Finger zurück und ihr stockte bei dem Verlust der Atem. Er zog sie auf die Beifahrerseite des Autos, riss die Tür auf und schob sie hinein. Er stieg ebenfalls ein und küsste sie leidenschaftlich. »Es ist erst fünf nach acht.«

Alle Ampeln auf dem Weg zum Cottage waren grün. Die Sterne standen günstig für ihn und Mira. Zum Glück, verdammt, denn Mira hatte auf der Fahrt die Hand in seinem Schritt, und er war kurz davor, die Kontrolle zu verlieren.

Sie fielen fast aus dem Auto und rannten wie ausgehungerte Teenager zur Hintertür, ohne die Finger voneinander zu lassen. Sie stolperten die Stufen zur Veranda hoch, Matt drückte sie gegen die Tür und küsste sie wild, während er mit dem Schlüssel hantierte.

»Beeil dich«, flehte sie.

Schließlich stieß er die Tür auf und zog Mira mit sich hinein. Und dann waren sein Mund und seine Hände überall auf ihr. Sie zerrten gegenseitig an ihren Klamotten. Ihr Kleid und sein Hemd fielen auf den Boden. Rasch hatte er sich seiner Hose entledigt, bevor er an dem Vorderverschluss ihres BHs herumfummelte. Als der sich endlich löste, entwich Matt ein lautes Stöhnen bei ihrem Anblick in nichts außer einem rosa Spitzenslip.

»Himmel, Sunshine! Ich werde dich verschlingen.«

Er legte seine Hände um ihre perfekten Brüste und saugte an einem harten Nippel, während er den anderen mit seinen Fingern reizte und mit einem bedürftigen Wimmern belohnt wurde. Sie zog an seinen Boxershorts, doch er nahm ihre Hände und drückte sie an die Tür, um sie dann wieder leidenschaftlich zu küssen.

»Ich muss dich kosten.« Er riss ihren Slip hinunter, und seine Augen wanderten genüsslich über ihre süßen Kurven, ihre glatte, seidene Haut und das sexy Haarbüschel, hinter dem sich das Ziel seiner Träume versteckte.

Sie errötete und legte die Hände auf ihren Bauch.

Er entledigte sich seiner Boxershorts und verschränkte seine Hände mit ihren. »Nein, Baby, du gehörst mir. *Ganz.* Ich will jeden einzelnen köstlichen Zentimeter sehen, kosten und berühren.«

Er rieb sich an ihrem Venushügel. Ihre Augenlider wurden verführerisch schwer, ihre Atmung schneller. Als er seine Hüften an sie schmiegte und den Ansatz seiner Härte an all diese süße, feuchte Hitze drückte, stöhnten beide auf.

»Du fühlst dich so gut an«, sagte er an ihrem Mund. »Ich wette, du schmeckst himmlisch.«

Er küsste sie ungezügelt, denn er konnte sein Begehren nicht kontrollieren, und bewegte sich an ihrem Körper hinab, küsste beide Brüste und ließ die Zunge über ihren Nippeln kreisen. Sie wand sich und stöhnte, krallte sich in seine Haut, als er einen Pfad feuriger Küsse an ihr hinab zeichnete. Er küsste die weiche Haut über ihren feuchten Locken, atmete ihren weiblichen Duft ein und knabberte an den Innenseiten ihrer Oberschenkel, sodass sie willig die Beine weiter öffnete. Er küsste sie auf ihre geschwollene Spalte, ließ die Zunge über ihre feuchte Mitte gleiten und kostete ihre Süße ein erstes Mal. Tief in sich spürte er ein quälendes Verlangen nach mehr von ihr. Er umfasste ihre Hüften und liebkoste sie wieder mit dem Mund, leckte, saugte und versenkte die Zunge tief in ihr. Sie drängte sich seinem Mund entgegen, krallte die Hände in seine Haare und hielt ihn bei sich.

»Ja! Da!«, flehte sie. »Oh Gott! Da!«

Er bekam nicht genug von ihr. Da sie an der Tür lehnte, packte er ihren festen wohlgeformten Hintern und hob ihre Beine über seine Schultern, sodass er sie noch besser kosten konnte. Er saugte ihre Perle in seinen Mund, leckte bis zu ihrer Mitte und wiederholte dann diesen göttlichen Rhythmus, bis ihre Atmung schneller wurde und sich ihre Oberschenkel fester um seinen Kopf legten. Er bedeckte ihre Mitte mit seinem Mund und stieß die Zunge tief in sie. Sie schrie so laut auf, dass es von den Wänden widerhallte. Er blieb bei ihr, leckte und saugte, liebte sie mit seiner Zunge bis zum allerletzten Beben.

Ermattet ließ sie sich gegen die Tür fallen, und er nahm sie in den Arm, um sie wild und tief zu küssen, bis der Geschmack ihrer Erregung ihrer beider Zungen bedeckte.

»Umwerfend«, sagte er zwischen Küssen. »Köstlich.« Er packte ihren Hintern und hielt ihn ganz fest. »Du gehörst mir.«

Er trug sie ins Schlafzimmer und legte sie mitten aufs Bett. Ihre Haut war gerötet, ihre Augen so voller Emotionen, dass er spürte, wie er in ihnen versank, als er sich auf sie legte. Sie öffnete die Beine für ihn, lud ihn ein. Sein Mund bedeckte ihren hungrig. Er genoss es, ihre weichen Oberschenkel um sich zu spüren, ihren Saft auf der Spitze seiner Härte zu fühlen. *Aah, verdammt.*

»Kondom«, stieß er zwischen Küssen hervor und griff nach einem auf dem Nachttisch.

Er riss die Verpackung mit den Zähnen auf und streifte es sich rasch über. Sie sah ihm mit großen Augen zu und leckte sich über die Lippen. Sie war so schön, so weiblich, und er sah in ihr auch die leidenschaftliche Verführerin. Der Wunsch, verrucht und unanständig zu sein, wofür sie jetzt keine Zeit hatten, war überwältigend. Doch schon bald würde er sie verrucht verwöhnen. Unanständig verwöhnen. Er würde sie auf all die Arten verwöhnen, die ihr großes sexy Herz begehrte.

Er schaute auf sie hinab, hielt inne, nahm ihre hinreißenden Gesichtszüge, den vertrauensvollen, begehrenden Blick in ihren Augen wahr. In diesen wenigen ruhigen Sekunden bemerkte er, dass sie zitterte. Er küsste sie sanft.

»Baby, was ist?«

Sie schüttelte den Kopf. »Alles okay.«

»Okay ist nicht gut genug. Sollen wir aufhören?« Aufhören war das Letzte, was er jetzt wollte, aber es gab nichts, was er nicht für Mira tun würde.

»Nein!« Sie schlang die Arme um ihn. »Ich bin einfach nur nervös. Es ist lange her.«

»Für mich auch«, gab er zu. »Ich war mit keiner Frau zusammen, seit ich dich kennengelernt habe.«

Sie zog die Augen zusammen und ein kleines Lächeln trat in ihr Gesicht. »Wirklich? Das ist fast ein Jahr her.«

»Ja, wirklich.«

»Kein Wunder, dass deine Hände so stark sind.« Ein Lachen platzte aus ihr heraus. »Tut mir leid, ich kann nichts dagegen tun. Ich bin nervös, und außerdem schlage ich dich um Längen. Seit ich mit Hagen schwanger geworden bin, hab ich das hier nicht mehr gemacht, also sei bitte vorsichtig, denn vielleicht bin ich schon wieder zugewachsen.« Sie lachte erneut und steckte ihn damit an.

»Das ist nicht unbedingt schlecht.« Er küsste sie zärtlich. »Kein batteriebetriebener Freund?«

Ihre Wangen wurden hochrot.

»Aha, jetzt kommt die Wahrheit heraus. Das macht dich noch heißer.«

Sie schloss die Augen und er strich mit einem Finger über ihre Wange. »Mach die Augen auf, Sunshine.«

Als sie das tat, sah sie bezaubernd verlegen und wahnsinnig sexy aus.

»Es hätte mich überrascht, wenn du es nicht getan hättest«, versicherte er ihr. Er verschränkte seine Hände mit ihren und legte sie neben ihren Kopf. »Jetzt weiß ich zumindest, dass du nichts gegen gewisse Spielereien im Schlafzimmer hast.«

Er zuckte vielsagend mit den Augenbrauen, um ihr die Verlegenheit zu nehmen, doch als er ihr in die Augen schaute, blickte ihm eine Leidenschaft entgegen, die jeglichen Schalk verscheuchte. Er senkte seinen Mund auf ihren und sie kam ihm entgegen, während sich ihre Beine wie selbstverständlich und so willig um seine Taille legten, bevor er in ihre enge Hitze eindrang und die ungeheure Lust ihm den Atem raubte. Er füllte sie vollkommen aus, als wären ihre Körper füreinander geschaffen. Von genau diesem Moment hatte er so lange geträumt, aber nichts – *absolut gar nichts* – war mit dem Gefühl zu vergleichen, das er jetzt empfand, als er sich tief in der Frau vergrub, die er vergötterte, während sie unter ihm lag und zu ihm aufschaute. Er verlangsamte den Kuss, um sich auf die unglaubliche Erfüllung ihrer Lust zu konzentrieren.

»Ich habe so lang darauf gewartet, bei dir zu sein. Ich hätte ewig gewartet.« Sein Geständnis klang ehrlich und leicht, und der süße Seufzer, der ihr entwich, verriet ihm, dass sie ganz nah bei ihm war.

Hart und drängend fanden ihre Münder zueinander, wie auch ihre Körper, die in einen gemeinsamen Rhythmus fielen. Sie gab kleine sexy Laute von sich, und ihre Nägel hinterließen Erinnerungen auf seinem Rücken, während sie sich im Einklang bewegten, einander entgegendrängten und Monate der Erwartung in ihrem Liebesspiel auslebten. Er schob die Hände unter ihren Hintern, hob ihn so an, dass er noch tiefer in sie eindringen konnte. Ihre Körper waren schweißnass, als sie ihre Leidenschaft genossen, sich aneinanderklammerten, nach mehr flehten und ihre Träume lebten. Die Hitze breitete sich in Matts Gliedern aus, erfasste seine Brust wie ein Lauffeuer, schoss zwischen seine Beine und brachte ihn an den Rand der Erlösung. Er hielt sich an Miras Schulter fest, drang tiefer, fester und immer wieder in sie ein. Ihre weichen Kurven drängten sich gegen ihn, und ihr straffer Körper umhüllte seine harte Länge. Nie und nimmer würde er noch länger aushalten. Er verlagerte sein Gewicht, strich über den magischen Punkt, der ihr den Atem raubte, und ihr Kopf fiel in den Nacken.

»Ja, genau so, Baby.« Er legte den Mund auf ihren Hals, dorthin, wo er wusste, dass es sie um den Verstand brachte.

»Oh Gott, ja!«, schrie sie.

Er wurde langsamer, wollte ihre Lust verlängern, zog sich langsam zurück, nur um sie dann wieder fester zu packen und mit aller Kraft in sie zu stoßen, was er wiederholte, bis sie schließlich seinen Namen schrie. Sie krallte sich an ihn, während sich ihre Muskeln um ihn zusammenzogen. Eine Woge der Leidenschaft brach über ihm zusammen, zog ihn hinunter und ertränkte ihn in Lust, bis die Welt sich auflöste und er nur noch einen einzigen Gedanken zustande brachte: *Mira, Mira, Mira.*

Dreizehn

Mira fragte sich, wie sie die Arbeit am Donnerstag überstanden hatte, ohne dass jemand mit dem Finger auf sie gezeigt und gesagt hatte: »Hey! Du scheinst ja tollen Sex gehabt zu haben!« Der Gedanke war lächerlich, aber sie hätte schwören können, dass der Duft von Sex und Matt ihre Haut durchdrungen hatte und sie auch nach ihrer Dusche noch wie ein leichtes Parfum umgab. Sie fühlte sich so lebendig wie seit Jahren nicht, und wenn sie in den Spiegel schaute, sah sie das strahlende Leuchten ihres Liebesspiels noch im Glanz ihrer Wangen und im Funkeln ihrer Augen. Sie hatte sich nicht getraut, mit Neil zu reden, sondern bis Freitag gewartet, wobei es ihr da fast ebenso schwerfiel. Als sie endlich den Mut aufbrachte und ihn auf die Genossenschaft ansprechen wollte, rechnete sie fast damit, dass er sie zur Rede stellen würde, weil Matt sie am Tag zuvor zur Arbeit gefahren hatte und weil sie um Punkt halb zehn gekommen war. Normalerweise kam sie mindestens eine halbe Stunde früher, so wie sie es auch heute bewusst getan hatte.

Sie atmete tief durch und ging zu seinem Büro. Er saß am Schreibtisch über dem Bestandsbuch. Sie hoffte, dass Matt recht hatte und Neil sich ihrer Idee, die Möglichkeiten einer Genossenschaft auszuloten, nicht entgegenstellen würde.

»Neil?«

Er legte den Kopf zur Seite und mit seinem freundlichen Lächeln hoben sich seine Wangen. Die meisten Menschen wurden mit jedem Jahr älter, aber Mira hätte schwören können, er war im vergangenen Jahr jünger geworden oder zumindest entspannter.

»Können wir kurz reden?« Ihr Herz raste, aber sie wusste nicht, ob das an dem bevorstehenden Gespräch oder ihrem Rendezvous mit Matt lag.

»Natürlich.« Er deutete auf den Stuhl neben seinem Schreibtisch und lehnte sich zurück.

Sie nahm Platz und sagte sich, dass sie aufhören sollte, sich wegen Matt so einen Kopf zu machen. Sie waren erwachsen, und jeder wusste, dass Erwachsene Sex hatten. Vielleicht keinen wilden Komm-wir-müssen-uns-beeilen-Sex, aber trotzdem ...

»War Hagen aufgeregt, bevor er zu seinem Campingwochenende aufgebrochen ist?« fragte Neil.

Er fragte immer nach Hagen. Ihr Sohn war heute Nachmittag mit ihren Brüdern aufgebrochen. »Ja, er freut sich darauf, seine neue Ausrüstung zu benutzen. Drake hat angerufen, als sie ihn vom Sommerlager abgeholt haben, und Hagen hat gesagt, man sollte das Camp lieber ›Spielzeit‹ nennen, weil sie da überhaupt kein richtiges Zeltlager haben.«

»Er ist ein schlaues Kerlchen.«

»Das ist er.« Über ihren Sohn zu reden, beruhigte ihre Nerven. »Matt hat gesagt, dass es für dich in Ordnung ist, wenn wir die Idee mit der Genossenschaft mal unter die Lupe nehmen?«

Sein Lächeln wurde so unvermittelt noch strahlender, dass sie gar nicht wusste, was sie davon halten sollte. »Hat er das?«

»Ähm ...« *Oder etwa nicht?* »Ja?«

Neil lachte. »Mein Sohn verliert keine Zeit, oder?«

Du meine Güte! Du siehst, dass wir gestern Sex hatten!

Als sie nicht sofort antwortete, weil sie über diesen Gedanken einfach nicht hinwegkam, sagte er: »Von all meinen Kindern scheint er derjenige zu sein, der am meisten Geduld hat, oder?«

Jetzt war sie vollkommen verwirrt. Wovon genau sprach er eigentlich?

»Er ist sehr geduldig«, stimmte sie zu, während sie immer nervöser wurde.

»Normalerweise jedenfalls. Aber wenn er sich erst einmal etwas in den Kopf gesetzt hat, ist Geduld nicht gerade seine Stärke. So haben Bea und ich wohl unsere Kinder erzogen – dass sie ihrem Herzen und ihrem Verstand folgen und sich von nichts aufhalten lassen. Matty hat es endlich verstanden.«

»Entschuldige, aber reden wir immer noch über die Genossenschaft?«

Als sie sein langsames Kopfschütteln sah, wurde ihr ganz schwindelig. »Die Genossenschaft. Sein Buchvertrag. Dass er nach Hause gekommen ist. Du und Hagen. Ist das nicht alles Teil des großen Ganzen?«

Der Buchvertrag? Sie und Hagen waren Teil des Buchvertrag-großen-Ganzen? Nein, der Buchvertrag war Matts Alternativplan. Eigentlich wollte er den Posten als Dekan haben, und als er gemerkt hatte, dass er den nicht bekommen konnte, hatte er sich für Plan B entschieden.

Ich bin Plan B.

Das war schwer zu schlucken und stand im Widerspruch mit Matts Geständnis vom gestrigen Morgen. *Ich habe so lang darauf gewartet, bei dir zu sein. Ich hätte ewig gewartet.* Konnte es sein, dass er gemeint hatte, er hatte auf den Sex mit ihr gewartet? Nur den Sex? Das fühlte sich weder von ihrem

Verstand her noch in ihrem Herzen richtig an.

»Das kann ich nicht beurteilen«, brachte sie schließlich heraus. »Aber ich weiß, dass er mit der Genossenschaft helfen und versuchen will, das Geschäft zu retten, für das du so hart gearbeitet hast.«

»Ja. Ja, plötzlich will er das, oder?«, fragte Neil mit einem weisen Lächeln.

Plötzlich? Sie interpretierte viel zu viel in all das hinein, dessen war sie sich sicher. Aber Neil war vorher überhaupt nicht bereit gewesen, über dieses Thema auch nur zu reden, und jetzt war er es, weshalb sie sich fragte, ob er sie … *verkuppeln* wollte? Ob er sich für sie als Paar stark machte? Nein, sicher nicht. Er war wahrscheinlich einfach nur zur Vernunft gekommen, nachdem er mit Matt geredet hatte, und ihm war bewusst geworden, wie viel auf dem Spiel stand, wenn er die Firma so weiterführte wie bisher.

»Du hast also deine Meinung geändert?«, fragte sie vorsichtig.

»Es lohnt sich durchaus, das mal zu durchdenken. Wir können dann ja mal überlegen, wie weit wir damit gehen wollen.«

Der hammermäßige Sex gestern hatte ihr Hirn eindeutig vernebelt, denn sie interpretierte alles, was er sagte, als hätte es mit ihr und Matt zu tun. Die Glocke an der Eingangstür klingelte und Mira war froh über die Ablenkung.

»Danke, Neil. Ich bin gespannt darauf, herauszufinden, wohin uns das führt.« Sie stand auf und war so perplex, weil das, was sie gerade gesagt hatte, sich für sie auch so anhörte, als würde sie über sich und Matt reden. »Mit der Genossenschaft, meine ich.«

Sie drehte sich um und knallte gegen Matts Brust.

»Hallo!«, sagte Matt und legte die Arme um ihre Taille.

»Tut mir leid«, stieß sie eilig hervor. Innerlich schmolz sie dahin und gleichzeitig wollte sie einfach nur weglaufen. Sonst wurde sie nie so verlegen, aber mit all den Gedanken über sich als Plan B, der seltsamen Unterhaltung mit seinem Vater und ihren Hormonen, die aufgeschreckt wurden, sobald sie Matt nur spürte und seinen mittlerweile vertrauten Duft wahrnahm, war sie ein einziges Nervenbündel.

Matt gab ihr einen kurzen Kuss. »Muss es nicht.«

Sein Vater lächelte, während ihre Haut in Flammen stand. Sie war überzeugt, dass sie sich demnächst häuten würde.

»Wir haben gerade über die Genossenschaft gesprochen«, sagte sein Vater und klopfte Matt auf den Rücken.

»Das ist eine großartige Idee«, sagte Matt. »Findest du nicht?«

»Die beste, die ich seit Jahren gehört habe«, sagte Neil und ging in den Laden.

Mira wurde klar, dass Neil ihr überhaupt keine Fragen gestellt hatte, zum Beispiel wie die Genossenschaft funktionieren sollte oder an welche Unternehmen sie als mögliche Geschäftspartner gedacht hatte. Vielleicht hatte er doch über sie und Matt gesprochen.

Matt hatte lange und intensiv darüber nachgedacht, wo er mit Mira das Wochenende verbringen wollte, bevor er sich schließlich für sein Sommerhaus in Nantucket entschieden hatte. Er hatte überlegt, ob er mit ihr nach Boston fahren sollte, doch er wusste, dass Hagen dort eine Bibliothek sehen wollte, und er hätte kein gutes Gefühl dabei, ohne ihn hinzufahren. Er wollte auch nicht zu weit wegfahren, für den Fall, dass Hagen sie plötzlich brauchte und sie spontan zurückkehren mussten, aber er wollte sie doch an einen besonderen und unvergesslichen Ort entführen. Viel Zeit hatte er in seinem Sommerhaus nicht verbracht, und er war noch nie mit einer Frau in Nantucket gewesen, was es zu dem perfekten Wochenendausflugsziel machte. Perfekt für erste gemeinsame Erinnerungen.

Die Überfahrt mit der Fähre war unterhaltsam und ging zu schnell vorbei. Als sie bei seinem idyllischen Sommerhaus mit Blick aufs Meer ankamen, bezahlte Matt den Fahrer und warf sich die Taschen über die Schulter. Die pure Freude und Bewunderung, die Mira ins Gesicht geschrieben waren, als sie das entzückende Sommerhaus in Augenschein nahm, bestätigten ihn in seiner Entscheidung. Üppige rosa und weiße Rosen kletterten über den weißen Zaun, an den Seiten des Hauses hinauf und um ein Geländer herum, das die vordere Veranda umgab. Inmitten der Fülle von hübschen Blüten und dichtem Grün lugten verwitterte Zedernschindeln und weiße Zierleisten hervor.

»Es ist unglaublich schön«, sagte Mira, als sie den mit Muschelkalk ausgelegten Weg zur Haustür entlanggingen. »Wie hast du es geschafft, das so kurzfristig zu mieten? Ich kann mir vorstellen, dass die ganze Insel den Sommer über ausgebucht ist.«

Er legte einen Arm um ihre Schulter, als sie seitlich am Haus vorbeigingen und den Blick auf das Wasser genossen. Ein Sandweg verlief durch eine weite Fläche von Dünengras zwischen dem Haus und dem Privatstrand. An seinem Ende funkelte das Wasser wie Glas. Boote zierten das Meer, und zum ersten Mal seit Matt das Haus gekauft hatte, fragte er sich, wie es wäre, hier mehr Zeit zu verbringen. In den Ort konnte man zu Fuß gehen, aber Matt hatte telefonisch zwei Fahrräder gekauft, die er hatte liefern und in seinem Schuppen unterstellen lassen, falls Mira die entlegeneren Gegenden der Insel erkunden wollte.

»Der Eigentümer vermietet es nicht.«

Sie sah zu ihm auf. Die Sonne spiegelte sich in ihren Augen und ließ die grünen und goldenen Flecken um ihre Pupillen funkeln. »Wie hast du ihn denn überzeugt, dass wir darin wohnen können?«

»Es gehört mir, Sunshine.«

Die Überraschung war ihr anzusehen.

»Ich habe es als Investition gekauft, bin aber nie dazu gekommen, es zu vermieten.«

»Das hier gehört dir?« Voller Bewunderung schaute sie sich auf dem Grundstück um, als er die Tür aufschloss. »Warum mietest du dich in einem Ferienhaus in Seaside ein, wenn dir das alles hier zur Verfügung steht?«

Er lächelte angesichts ihres Staunens und stellte die Taschen ins Haus, um dann zu ihr in den Garten zu kommen und die Arme um ihre Taille zu legen. »Weißt du das denn nicht? War ich nicht deutlich genug?«

Verwirrt zog sie die Augen zusammen.

»Schon gut. Ich wusste es auch nicht so richtig. Bis Freitagnacht.«

»Was …?«

»Ich dachte, ich komme nach Cape Cod zurück, um meiner Familie wieder näherzukommen und herauszufinden, was vielleicht aus uns werden könnte, aber ich habe mich geirrt.« Er legte eine Hand an ihre Wange und küsste sie sanft. »Freitagnacht wurde mir klar, dass ich nach Cape Cod zurückgekommen bin, um herauszufinden, was aus uns wird. Meiner Familie wieder näherzukommen, war ein zusätzlicher Pluspunkt.«

»Aber wir sind Plan B«, sagte Mira gedankenverloren.

»Plan B? Baby, wovon redest du?«

»Du hast erzählt, dass dir klar geworden ist, dass du den Posten an der Uni, den du gern gehabt hättest, nie bekommen würdest, also hast du dich für Plan B entschieden.«

»Oh nein, Baby. Dabei ging es um die Arbeit, nicht um dich. Du bist überhaupt kein *Plan*.«

Sie schob einen Finger in den Bund seiner Hose. »Was genau willst du also damit sagen?«

»Ich will damit sagen, dass ich mich fast ein Jahr lang aus meilenweiter Entfernung in dich verliebt habe, und dass ich versucht habe, unsere Nachrichten *freundschaftlich* zu halten, weil ich nicht das Risiko eingehen wollte, dein Leben auf den Kopf zu stellen. Aber jetzt weiß ich, und zwar ohne jeglichen Zweifel, dass ich zurück nach Cape Cod gekommen bin, um herauszufinden, ob wir beide es zusammen schaffen könnten. Alles andere war zweitrangig.«

Vierzehn

Mira wartete darauf, aus dem romantischen Kaninchenloch gezogen zu werden, in das sie gefallen war. Sie und Matt genossen ein fabelhaftes Essen in einem reizenden französischen Restaurant im Ort, bevor sie dann durch das Zentrum schlenderten, in dem Laternen goldene Lichtkugeln auf gepflasterte Gehwege strahlten. Pärchen spazierten Hand in Hand, Kinder verschlangen Eiswaffeln und Hunde trotteten glücklich neben ihren Besitzern her. Fahrräder standen entlang des Kopfsteinpflasters, und die Geräusche eines sorgenfreien Sommerabends erfüllten die Luft. Nantucket unterschied sich mit seinen altmodisch wirkenden Schaufenstern, den breiten Gehwegen und der maritimen Atmosphäre nicht so sehr von den kleinen Orten am Cape. Aber irgendwie … Hier jetzt allein mit Matt kam es ihr so vor, als wären sie in einer ganz anderen Welt. Es fühlte sich magisch an.

»Bist du sicher, dass wir uns nicht mal nach Hagen erkundigen sollten?«, fragte Matt nun schon zum dritten Mal, seit sie auf der Insel angekommen waren.

»Ja, ich bin sicher«, sagte sie, auch wenn sie ihren kleinen Kerl vermisste. »Wenn er mich braucht, rufen meine Brüder mich an. Als er noch kleiner war, hab ich immer angerufen und nach ihm gefragt, wenn er bei ihnen oder bei Serena übernachtet hat, und das hat ihn dann nur daran erinnert, dass er mich vermisst. Er hat so viel damit zu tun, Spaß zu haben, dass er eine Zeit lang vergisst, dass es mich gibt.«

»Und das stört dich nicht?«

»Früher schon«, antwortete sie leise. »Aber dann hat meine Mutter mich daran erinnert, dass genau das die Aufgabe von Eltern ist: unsere Kinder zu unabhängigen Menschen zu erziehen. Mein egoistisches Ich würde gern seine Stimme hören, aber das wäre für mich, nicht für ihn. Er amüsiert sich prächtig und macht Jungskram.«

»Männerkram«, sagte er mit einem schelmischen Lächeln. »Du bist eine wunderbare Mutter, Sunshine. Ich kann mir vorstellen, dass es nicht immer leicht ist.«

Matt zog sie eng an seine Seite, als sie zum Wasser gingen und über persönliche Dinge redeten, die sie bisher – bevor sie die Grenze von Freunden hin zu Liebenden übertreten hatten – nicht angesprochen hatten.

»Nichts ist leicht, aber als Mutter gibt es mehr schöne als schwere Zeiten. Um nichts auf der Welt würde ich mich anders entscheiden.«

Sie erzählte ihm von den vielen schlaflosen Nächten und Tagen als Schlafwandlerin, die sie durchgemacht hatte, als Hagen noch ein Baby war, und wie sie sich hingelegt hatte, sobald er eingeschlafen war. Sie redeten darüber, wie ihre Mutter die erste Woche nach Hagens Geburt bei ihr geblieben war und wie sehr ihre Brüder und Serena ihr seitdem geholfen hatten.

»Möchtest du noch mehr Kinder haben?«, fragte er.

»Ja, irgendwann«, antwortete sie aufrichtig. »Und du?«

Er nickte. »Unbedingt.«

Sie war keine Frau mit einer Checkliste, so wie viele alleinstehende Frauen sie anscheinend hatten. Aber wenn sie es gewesen wäre, dann hätte ein Mann, der eine Familie haben wollte, ganz oben auf der Liste gestanden, gleich neben zuverlässig, loyal, liebevoll und vertrauensvoll.

Mira erfuhr, dass Matts Vater ihn immer zu wöchentlichen Ausflügen in die Bibliothek mitgenommen hatte und sie den ganzen Sommer über auf Bücherflohmärkten herumgestöbert hatten.

»Das würde Hagen gefallen«, sagte sie.

»Dann lass uns das doch machen. Es gibt keinen Grund, warum er die Dinge verpassen sollte, die er mögen würde.« Er blieb stehen und hob ihr Kinn mit seinem Finger an.

Als sie unter dem dunklen samtenen Himmel standen, lächelte Mira zu dem Mann auf, in den sie sich mit jeder gemeinsamen Minute immer mehr verliebte.

»Kommt nächste Woche mit mir nach Boston. Ich muss ein paar Sachen recherchieren, und Hagen könnte einige Stunden in der Bibliothek verbringen. Es steht doch auf eurer Bucketlist.«

»Wir beide?« Ihr Herz schlug bei der Vorstellung gleich schneller.

»Natürlich. Wir mieten uns eine Suite mit zwei Schlafzimmern. Du und Hagen könnt in einem Zimmer übernachten und ich in dem anderen. Das wird dann unser nächstes Abenteuer.«

»Es würde dir nichts ausmachen, in getrennten Schlafzimmern zu schlafen?« Im Universum der Dates galt sie als jemand mit Gepäck – ein Begriff, den sie in Bezug auf ihren Sohn gar nicht mochte, mit dem aber trotzdem herumgeworfen wurde. Bei all seinen Besuchen hatte Matt nie versucht, Hagen zu ignorieren. Er hatte ihr nie das Gefühl gegeben, dass ihr Sohn lästig war, und auch jetzt tat er es nicht.

Unser nächstes Abenteuer.

Sie hatte so lang versucht, Matt nicht als möglichen Partner zu sehen, dass sie sich immer noch an den Gedanken gewöhnen musste, dass sie ein Paar geworden waren. Ein Paar, das vielleicht ein nächstes Abenteuer erleben würde.

Er drückte seine Lippen auf ihre. Mit einem aufmerksamen, liebevollen – ja, *liebevollen* – Blick, der ihr Herz erwärmte, sagte er: »Ich werde alles tun, um mit dir und Hagen zusammen zu sein. Ich würde mir ein eigenes Hotelzimmer nehmen, aber egoistisch, wie ich nun mal bin, möchte ich die Zeit beim Zubettgehen mit euch erleben, den Morgen … einfach mehr Familienzeit haben. Deshalb habe ich die Suite vorgeschlagen.«

Der versonnene Seufzer, der ihr spontan über die Lippen kam, war absolut hormongesteuert. *Familienzeit.* Mit Sicherheit hatte er den Begriff nur benutzt, um die alltäglichen Aktivitäten zu beschreiben, die für Paare mit Kindern wohl üblich waren, aber dennoch wurde ihr innerlich ganz warm. Sie wusste, dass sie auf Hagens Herz – und ihres – achtgeben musste, da Matt nach Princeton zurückgehen würde, aber sie wollte nicht vorsichtig sein. Vor allem nicht, wenn ihr Herz alle Vorsicht weit von sich wies. Serena hatte recht. Selbst wenn sie sich dann nur alle paar Wochen sähen, was würden sie und Hagen verpassen? Diese gemeinsame Zeit war zu schön, um darauf zu verzichten.

»In Ordnung«, sagte sie. »Das würde uns sehr gefallen.«

Sie gingen ans Wasser, redeten über die Reise und wie sehr Hagen sich darüber freuen würde. Am Anlegeplatz spielte ein Quartett, und Matt zog Mira an sich, um zu tanzen.

»Ich wusste gar nicht, dass du so gern tanzt«, sagte sie und lachte, als er sie herumwirbelte.

»So gern tanze ich gar nicht, aber mir ist jeder Vorwand recht, um dich in den Armen zu halten.« Dann küsste er sie, ausgiebig, langsam und so sinnlich, dass er sie automatisch fester hielt, als ihre Knie ganz weich wurden.

»Du sorgst dafür, dass ich so vieles will«, flüsterte er ihr ins Ohr, während sie sich im Takt der romantischen Melodie bewegten. »Dich, Hagen, Zeit mit euch beiden. Das hier. Du sorgst dafür, dass ich bleiben will.«

Ach, wie sehr sie ihm glauben wollte, diese Worte wahr werden lassen wollte, aber sie wusste es besser. »So etwas darfst du nicht zu mir sagen«, sagte sie leise und drückte ihn noch fester an sich.

»Aber es ist doch wahr, Baby. Warum sollte ich nicht wollen, dass du weißt, was ich fühle?« Er sprach direkt in ihr Ohr, hielt sie fest an sich gedrückt, als wollte er sie niemals gehen lassen.

»Weil ich dann das will, was nicht sein kann, und ich muss vorsichtig sein, Hagen zuliebe.«

»Du musst auch dir zuliebe vorsichtig sein, Sunshine.« Er drückte seine Lippen auf ihre Wange. Sie waren weich, warm und beruhigend. »Aber es ist wahr«, flüsterte er ihr zu. »Es ist wahr, und ich möchte, dass du mich beim Wort nimmst. Du kannst dir meiner sicher sein, Mira. Selbst wenn ich nach New Jersey zurückgehe, wird es nur dich geben. Wir finden einen Weg. Aber im Moment, in diesen nächsten Wochen, möchte ich, dass du bei mir bist. Bitte, lass deine Ängste los und sei bei mir.«

Fragen wirbelten in ihrem Kopf herum. Wie sollten sie einen Weg finden? Der Gedanke an eine Fernbeziehung war zu schmerzhaft, um sich damit zu befassen, und die Vorstellung, von ihrer Familie und Freunden wegzuziehen, nachdem sie und Hagen endlich ein stabiles Umfeld gefunden hatten, war verstörend. Aber sie würde in tausend Jahren nicht von Matt verlangen, das aufzugeben, wofür er sein ganzes Leben lang gearbeitet hatte. Sie schloss die Augen, erlaubte es sich, seine unmöglichen Hoffnungen aufzunehmen und – nur ein paar Augenblicke lang – so zu tun, als könnten sie eines Tages Realität werden.

Er schaute ihr in die Augen. »Sei bei mir, Mira.«

Die Sorgen, die ihren Verstand einnahmen, hielten ihrem Herzen nicht stand, das so von Matt erfüllt war, dass sie gar nicht anders konnte.

»Das bin ich schon.«

Als sie zurück zum Sommerhaus fuhren, waren die Straßen schon fast leer, und je näher sie Matts privatem Strandabschnitt kamen, um so mehr fühlte es sich an, als hätten sie die ganze Insel für sich. Sie hatten über so viele Dinge geredet – über Miras erste Schritte in Sachen Genossenschaft, Hagens Befürchtung, dass er als Nerd angesehen werden konnte, ihre Brüder, seine Familie, sein Buch. Als sie sein Haus erreichten, kannte er sie noch viel besser als nur wenige Stunden zuvor, und doch war es nicht annähernd gut genug. Sie nahmen sich Decken und Kissen und breiteten sie am Strand aus, um es sich dann nebeneinander bequem zu machen.

Miras Haare fielen in weichen, üppigen Wellen über ihre Brust. Sie trug das hübsche pinke Kleid, dass sie auch an dem Tag angehabt hatte, als er sie auf Graysons Verlobungsparty kennengelernt hatte. Es bauschte sich über ihren Oberschenkeln. Bei der Erinnerung an diesen Nachmittag ging ihm das Herz auf. Damals hatte sie beide eine ganz besondere Stimmung umgeben, aber er hätte niemals geahnt, wie sehr sie ihn in den kommenden Monaten berühren würde.

»Macht es dir nichts aus, dass deine Kissen ganz sandig werden?«

Er strich ihre Haare hinters Ohr, damit er ihr Gesicht besser sehen konnte. »Überhaupt nicht. Du lebst jeden Tag mit den Einschränkungen einer Mutter und ich habe bis vor Kurzem innerhalb der Mauern der akademischen Welt gelebt. Aber an diesem Wochenende haben wir keine Regeln, keine Mauern. Wir haben nur uns. Das hier ist ein Privatstrand, und ich habe vor, unsere Privatsphäre voll auszunutzen. Mit sandigen Kissen und allem, was dazugehört.«

»Meine Güte, von welchem Planeten kommst du eigentlich? Ich habe noch nie einen Mann wie dich kennengelernt.«

Er küsste sie zärtlich. »Ich bin auch noch nie dieser Mann gewesen, bis jetzt. Bis du in meinem Leben aufgetaucht bist.«

Sie lachte leise und dieser angenehme Laut hüllte sie ein. »Ich habe das Gefühl, wir daten uns schon seit Monaten.«

»Irgendwie ist es ja auch so, Sunshine. Wenn ich daran denke, wie viele Dinge zu meiner Entscheidung geführt haben, diese Auszeit zu nehmen, kommt es mir so vor, als hätten die meisten davon mit dir zu tun. Immer, wenn du mir in deinen Nachrichten erzählt hast, dass du dich bei einem Lagerfeuer oder einem Grillabend mit deiner Familie oder mit Freunden amüsiert hast, oder was Hagen gesagt oder getan hat. Und auch diese qualvollen Nachrichten, in denen du gesagt hast: ›Ich wünschte, du hättest dabei sein können.‹ Jetzt wird mir bewusst, dass jede einzelne dieser Nachrichten zu meiner Entscheidung beigetragen haben, mir endlich diese Auszeit zu nehmen und das hier – das mit uns – zu versuchen.«

Er war erst seit einer Woche zurück, und schon fragte er sich, wie er je wieder in Vollzeit lehren und Stunden entfernt von Mira, Hagen und seiner Familie leben konnte. Der morgendliche Kaffee mit Pete war zu einer Angewohnheit geworden, auf die er sich freute, und in der kommenden Woche würde er seine Brüder Grayson, Hunter und ihre Verlobten Parker und Jana wiedersehen. Die Zeit verging zu schnell, und er wünschte, er bekäme drei zusätzliche Tage für jeden einzelnen geschenkt, der verrann.

»Ob ich dir wohl die Nachrichten geschickt hätte, die ich wirklich schreiben wollte, wenn du dir früher eine Auszeit genommen hättest?« Sie schenkte ihm einen sinnlichen Blick.

Matt strich mit den Fingern über ihre Wange und sie lächelte. Er liebte ihr Lächeln. Er liebte ihr Gesicht, ihren Körper, ihren Verstand und ihren Sohn. Wie kam es, dass er seine Gefühle in New Jersey so unter Kontrolle gehabt hatte und nun in ihrer Gegenwart jedes Mal eine ungeheure Explosion in ihm stattfand? Normalerweise ging er methodisch vor und überlegte vor jeder Entscheidung gründlich, aber Mira weckte einen Teil in ihm, von dem er bisher nichts gewusst hatte.

»Erzähl mir von den Nachrichten, die ich nie erhalten habe«, drängte er sie.

Sie errötete und leckte sich nervös die Lippen. Sie war so verdammt süß, dass er gar nicht anders konnte, als den Arm um sie zu legen und sie fest an sich zu drücken. Sie fühlte sich so gut an! Warm, weich und jeder Zentimeter schmiegte sich perfekt an ihn.

»Das kann ich dir nicht erzählen«, sagte sie schüchtern.

»Doch, das kannst du, Sunshine. Du kannst mir alles erzählen, weil du mir vertraust.« Er legte sie sanft auf den Rücken und schaute ihr in die von Begierde erfüllten Augen. Er schob ein Knie über ihre Beine und legte die Hand auf ihre Wange. »Erzähl mir alles, was du zurückgehalten hast.«

»Matt«, flüsterte sie und knabberte an ihrer Unterlippe.

Er befreite die gefangene Lippe mit seinen Zähnen und saugte sie in seinen Mund.

»Ich will hören, wie du es sagst. Willst du mir unanständige Nachrichten schicken?« Er wusste, dass er sie aus ihrer Komfortzone hinausdrängte, aber das wollte er auch. Er wollte ihr Vertrauen, ihre Worte, ihr Herz.

»Wolltest du eine Einladung aussprechen?« Er küsste sie sanft. »Mir sagen, dass du mich vermisst und du dir wünschst, ich wäre nachts in deinem Bett?«

Sie öffnete die Lippen und ihre langen Wimpern zuckten, als sie in seinem Blick forschte, um dort alle Antworten zu finden. Genau das hatte er sich vorgenommen, und er hoffte, dass sie sie dort eines Tages finden würde.

Die Wellen schlugen ans Ufer und eine leichte Brise wehte über ihre Haut. Matt strich über die Außenseite von Miras Oberschenkel. Sie atmete tief durch, und als seine Finger den Saum ihres Slips berührten, stockte ihr der Atem.

»Erzähl mir, welche unanständigen Gedanken du für dich behalten hast, während wir getrennt waren«, forderte er sie auf.

»Ich wollte, dass du mit mir flirtest.«

Zu hören, wie sie ihr Begehren formulierte, auch wenn es nur um ein bisschen Flirten ging, öffnete eine Tür, hinter der Matt noch viel sinnlichere Begehren vermutete.

»Willst du hören, welche Fantasien ich hatte?«, fragte er in der Hoffnung auf ein Ja, denn er wollte sehen, wie viel die heißblütige alleinerziehende Mom zurückgehalten hatte.

Sie nickte. Ihre großen Augen verrieten freudige Erregung und wurden dunkel vor Begierde.

Seine Hand legte sich fest um ihren Oberschenkel. »Wie ich mir gewünscht habe, dass ich länger geblieben wäre, damit wir uns näher kennenlernen könnten? Wie ich mir auf der langen Fahrt nach New Jersey ausgemalt habe, diese entzückenden langen Beine um meine Hüfte gelegt zu spüren, während ich dich so tief liebe, dass du mich noch am nächsten Tag spürst?«

»Ja«, flüsterte sie erwartungsvoll. Sie krallte ihre Finger in die Decke.

»Wie ich mir dich in sexy Unterwäsche vorgestellt habe, auf meinem Bett, während du mir zugesehen hast, wie ich deinen Slip langsam herunterziehe? Mit den Zähnen.« Er schwieg kurz, um die Bilder lebendig werden zu lassen. »Wie ich dich reizen wollte, bis du um jeden harten Zentimeter von mir betteln würdest?«

Sie fing am ganzen Körper an zu beben, und er strich über ihre Taille aufwärts, umfasste ihre Brust und rieb an ihrem frechen Nippel, während er weitersprach: »Soll ich dir erzählen, wie ich an deinen wunderschönen Brüsten saugen wollte, bis die Hitze dich so sehr erfasst hätte, dass du es zwischen den Beinen gespürt hättest? Oder vielleicht wie ich mir gewünscht habe, meinen Mund zwischen deinen Beinen zu vergraben und dich zu verschlingen, bis ich deinen Geschmack für die Ewigkeit verinnerlicht hätte und du so geschwollen wärst, dass dein Begehren nach mir schon fast schmerzhaft wäre?«

Sie wimmerte, und er schob den Träger ihres Kleides herunter, sodass ihre Brust frei lag. Sie schaute ihm in die Augen, bevor er seinen Mund auf ihren festen Nippel senkte und mit der Zunge damit spielte. Sie schloss die Augen und er hielt inne. Sie riss die Augen auf.

»Genau, Sunshine. Sieh mir zu, wie ich dich verwöhne.«

Wieder berührte er sie an der Brust und kreiste mit der Zunge langsam um die rosige Knospe. Sie reckte sich ihm entgegen, zog seinen Kopf hinunter, doch er widerstand ihr, denn er wollte sie an den Rand der Erfüllung bringen, bis sie vor Lust zerfloss.

»Vielleicht möchtest du hören, wie ich dich mir vorgestellt habe, auf allen vieren auf meinem Bett, während ich dich von hinten genommen und dich gerade so fest an den Haaren gezogen habe, dass du es zwischen den Beinen gespürt hast«, sagte er schamlos, um herauszufinden, wie unanständig sie sein wollte.

Wieder sah sie ihn mit großen Augen an. »Ich hab noch nie …«

»Keine Sorge, Baby. Wir werden nichts tun, was du nicht willst. Und ich verspreche, dass wir alles tun werden, was dein Herz begehrt. Ist das die Art von Nachrichten, die du dir gewünscht hast?«

»Ja.« Ihre Stimme war zittrig, ihre Haut gerötet.

Er zog den Träger wieder zurück. Die Verwirrung war ihrem wunderschönen Gesicht anzusehen. Dann schob er die Hand unter ihr Kleid und streichelte sie durch ihren feuchten Slip.

Wieder schloss sie die Augen und er hielt inne. »Mach sie auf, Baby.« Zaghaft hob sie die Lider. »Genau so.«

»Mehr, Matt. Erzähl mir mehr.«

Das vielsagende Lächeln, das in sein Gesicht trat, konnte er nicht unterdrücken. Nicht ganz sanft zog er ihr den Slip aus, knüllte die Seide und Spitze in seiner Hand zusammen und roch genüsslich daran. Voller Staunen sah sie ihn an.

»Dein Duft ist berauschend.« Dann ließ er den Slip neben

ihr fallen. Er strich über ihre Schamhaare und wieder atmete sie tief ein. Die Handfläche legte er über ihren Hügel und mit den Fingern strich er leicht über ihre feuchte Mitte. Sie öffnete die Beine noch mehr, drängte sich seiner Hand entgegen, und mit ihrem Blick flehte sie ihn an, mehr von seinen Fantasien zu erzählen.

»Weißt du, wie viele Nächte ich wachgelegen und mir ausgemalt habe, wie es sich wohl anfühlt, dich hier zu berühren?« Er strich mit dem Daumen über ihre Perle und wieder biss sie sich auf die Unterlippe. Mit einem Finger glitt er zwischen ihre nassen Falten, bewegte ihn langsam vor und zurück, während er spürte, dass ihr Atem schneller wurde, sie ihre Hüften im Rhythmus bewegte und ihre Erregung vor Begehren noch feuchter wurde.

Ihre Lider zuckten, und er schob die Fingerspitze in sie, tauchte ein und zog sie wieder hinaus, drang aber nicht tief in sie ein. Sie wimmerte, und dieser Laut schoss durch ihn hindurch, entfachte ein Feuer, das von innen nach außen drang.

»Wie viele Nächte ich daran gedacht habe, wie du wohl aussehen magst, wenn du unter mir in Ekstase gerätst? An meiner Zunge? Unter meinen Händen?« Er spürte, wie ihre Mitte sich zusammenzog, und dann legte er die Finger auf sie, verharrte regungslos und genoss das Pulsieren an seiner Haut.

»Du bist gerade so sexy, Sunshine.« Er zog seine Hand zurück und ihr stockte der Atem. »Setz dich für mich auf, Baby.«

Er half ihr hoch und hob das Kleid über ihren Kopf. Sie legte die Arme über Kreuz vor ihre Brust und ließ den Blick nervös über den dunklen verlassenen Strand huschen.

»Wir sind allein. Ich würde dich nie mit jemandem teilen.« Er zog sein T-Shirt aus und stand auf, um sich seiner Hose zu entledigen. Nackt kniete er sich neben sie und strich sich über seine harte Länge. Sie leckte sich über die Lippen, und er musste seine ganze Beherrschung aufbringen, um seine Länge nicht dazwischenzudrängen, doch er hatte andere Pläne. Er wollte sehen, dass sie sich ihm völlig hingab, dass sie all ihre Hemmungen ablegte.

Er zog sie an sich und legte sie sanft auf den Rücken. Kurz hob er ihren Kopf an, um ein Kissen darunter zu schieben. Dann nahm er eine der Decken und legte sie neben sie, um sie zu wärmen. Sie griff danach, doch er legte seine Hand auf ihre.

»Ich werde dich wärmen, Baby. Vertrau mir.«

Sie ließ die Hand sinken. »Heb die Hüfte an«, forderte er sie nun auf, um das andere Kissen darunter zu platzieren. »Perfekt.«

Fünfzehn

Mira zitterte am ganzen Körper, von der Brise, aus Nervosität und wegen der Tatsache, dass sie nackt an einem Strand lag, während Matt sie mit seinen Blicken verschlang, so als überlegte er, wo er anfangen sollte. Noch nie hatte jemand so verruchte Dinge zu ihr gesagt, und sie genoss es, verdammt noch mal.

Matt legte sich neben sie, und seine Erektion drückte verführerisch an ihre Hüfte, während er mit einem Finger langsam von ihrem Hals zu ihrem Bauchnabel strich, über ihre Schamhaare und hin zu ihrer Mitte. Sie erschauderte unter dieser intimen Berührung, und als er den Finger auf demselben Weg wieder nach oben gleiten ließ, hatte sie das Gefühl, fast in Flammen aufzugehen. Ihre Nippel wurden hart, ihr Inneres zog sich zusammen und sie bekam einen trockenen Mund. Wieder strich er mit dem Finger nach unten, bedeckte dann aber ihre weichen Falten mit der ganzen Hand. Seine langen Finger ruhten auf ihrer feuchten Spalte, während er sie mit einem derben, intensiven Kuss eroberte, der nicht endete und der ihr mit jeder Sekunde mehr von ihrer Fähigkeit zu denken raubte. Als sein Daumen dann langsam und präzise um ihre Perle kreiste, konnte sie die bedürftigen Laute, die aus ihr herausbrachen, nicht unterdrücken. Immer wieder strich er über ihre

Mitte, reizte und lockte sie, während er ihren Mund verschlang und alle Gedanken verscheuchte.

Sein Mund wanderte zu ihrem Kinn, dann zu ihrer Halsbeuge. Sie liebte es, wenn er sie dort küsste. Funken sprühten unter ihrer Haut, in der Luft um sie herum und unter seinem Mund, als er sanft mit den Zähnen über ihre Nippel strich und einen köstlichen Schmerz bis in ihr Innerstes jagte. Ihre Mitte zog sich um seine Finger zusammen und er stöhnte auf.

»Mein Mädchen mag es gern etwas derber.« Seine Stimme klang sündig tief.

Noch während sie sich über *mein Mädchen* freute, tauchte er mit einem Finger in sie ein.

»Oh, ja!« Sie hob die Hüfte an, und er reizte sie weiter, drang mit dem Finger immer wieder mit einer qualvollen Präzision in sie ein, um gleichzeitig mit dem Daumen den perfekten Druck auf all diese empfindlichen Nerven ihrer Perle auszuüben.

So fest saugte er an ihrem Nippel, dass sie aufschrie und er innehielt.

»Zu heftig?« Bedauern lag in seinen Worten.

»Nein, es ist nur … Ich hab noch nie … Nein, es ist gut.« Himmel! Es war so gut!

Er senkte den Mund wieder auf ihre Brust und sie spürte, wie sein Lächeln sie umschloss. Er saugte, reizte, knabberte – *Oh ja! Ja!* Noch einmal saugte er, umspielte die zarte Haut mit seiner Zunge, um dann zärtlich zuzubeißen, während er gleichzeitig die Finger in sie stieß.

»Himmel! Ja! So gut!« Den Strom ihrer Worte konnte sie gar nicht unterbinden. »Unglaublich. Da! Ja! Beiß zu. Ja. *Genau da!*«

Sie kniff die Augen zu, als er seine Finger zurückzog und

durch ihre nassen Spalten strich. Ihr Innerstes pulsierte. Sie drängte sich ihm entgegen, doch er vergrub sich nicht in ihrem Körper.

»Sag mir, was du brauchst, Baby.« Sein Blick brannte durch sie hindurch, flehte nach ihren Worten.

Sie konnte es nicht. Sie konnte nicht sagen, was sie wollte. Sein Mund prallte so fordernd auf ihren, dass es sie direkt an den Rand der Erlösung brachte. Sie konnte kaum atmen. Sie zog die Zehen an, krallte die Finger in die Decke. Sie war so kurz davor, dass sie es spürte, dass sie es sah. Sein Kuss wurde langsamer, wie in Zeitlupe umspielte er ihre Zunge. Sie keuchte in seinen Mund, der nahende Orgasmus zog sich wieder zurück, und in dem Moment wurde ihr bewusst, dass er *genau* wusste, was er tat.

»Bitte, Matt. Ich brauche dich in mir«, flehte sie.

Er stieß mit den Fingern in sie. All ihre Sinne taumelten, ihre Gedanken zerbarsten und sie schrie seinen Namen. Er eroberte sie mit einem weiteren besitzergreifenden Kuss, während ihr Körper bebte und zitterte. Ihre Hüfte löste sich vom Kissen, und er verlangsamte den Kuss, wobei er gleichzeitig seine Finger wieder schneller bewegte und sie gleich noch einmal zur Erlösung brachte. Als sie schließlich aus den herrlichen Höhen herabsank, waren ihre Glieder schwach und ihre Atmung flach. Dann lag sein Mund wieder auf ihrer Brust, und innerhalb von Sekunden stand sie erneut kurz vor der Explosion – und dann war er fort. Zwischen ihren Beinen löste er mit dem Mund die Finger ab, und – *oh ja!* – wieder verlor sie die Kontrolle und kam so heftig, dass sich ihr ganzer Körper wie ein einziger angespannter Muskel anfühlte.

Mit einer raschen Bewegung kam er über sie, sodass seine Männlichkeit an ihrer Mitte lag. Ihre Nerven waren so sensibel, dass sie wieder kommen würde, sobald er sich nur ein bisschen bewegte.

Matt küsste sie zärtlich. Der Geschmack und Duft ihrer Erregung war überall.

»Schmeckst du das, Baby?« Er lächelte sie an. »Das ist so gut. Von nun an möchte ich, dass du bei jedem unserer Küsse an meinen Mund zwischen deinen Beinen denkst. Du sollst dich daran erinnern, wie gut es sich angefühlt hat, an meiner Zunge zu kommen.«

Was er sagte, erregte sie nur noch mehr. Wie sollte sie ihn jemals wieder küssen, ohne an all das zu denken?

Er ging auf die Knie, strich mit den Fingern über ihre Mitte, brachte ihren gesamten Körper zum Vibrieren und legte seine feuchten Finger um seine Härte. Er streichelte sich selbst mit einer Hand, legte sich neben sie und führte *ihre* Hand zwischen ihre Beine.

»Mach es dir selbst, für mich«, forderte er sie auf.

Sie erstarrte. Sie hatte das noch nie gemacht, wenn ihr jemand zusah.

»Komm schon, Baby«, ermutigte er sie, während er seine Hand noch immer um seine Härte gelegt hatte. »Wir werden noch viel mehr als das hier machen. Für Verlegenheit gibt es bei uns keinen Platz.«

Ach, wie sehr ihr dieses Versprechen gefiel, aber sie war trotzdem noch nicht sicher, ob sie sich vor ihm berühren konnte. »Aber ich möchte dich lieben«, sagte sie schüchtern.

»Keine Sorge. Wir sind noch lange nicht fertig.« Er nahm ihre Hand in seine und gemeinsam brachten sie sie wieder bis kurz vor die Erlösung.

Er ließ ihre Hand los. »Mach weiter. Ich möchte, dass du dich frei mit mir fühlst.«

Sie schloss die Augen und streichelte sich weiter.

»Mach die Augen auf, Baby.«

Sie stöhnte, war dem nächsten Orgasmus schon zu nah, um zu widerstehen, als ihr Blick auf seine Länge und die kräftige Hand wanderte, die in einem schnellen Tempo immer wieder nach oben strich, über die Spitze und wieder hinunter. Ein Tropfen bildete sich und faszinierte sie mit seinem Funkeln im Mondschein.

»Schneller, Baby«, drängte er.

Ihr war nicht bewusst gewesen, dass sie langsamer geworden war. Wieder schloss sie die Augen.

»Sieh mich an«, sagte er erregt.

»Dann will ich dich nur noch mehr.« Das Geständnis brach aus ihr hervor.

»Gut.« Er senkte den Mund auf ihren und küsste sie hart und fordernd.

Dann war seine Hand auf ihrer, bewegte sich mit ihr und schob ihre Finger zusammen mit seinen in sie. Das war so tabu, so erotisch, dass sie nicht aufhören wollte – nicht einmal, als sie so heftig kam, dass sie kaum atmen konnte. Nicht, als er weiter vordrang und forschte. Sie krallte sich mit ihrer freien Hand in seine Haare, hielt seinen Mund an ihrem, als sie ihre Lust noch einmal gemeinsam erlebten. Sie war noch nie so oft und so heftig gekommen. Regelrecht süchtig wurde sie danach, und als sie wieder aus den höchsten Sphären herabtaumelte, drehte er sich um und senkte seinen Mund auf ihre Mitte.

»Ah, Matt!«, schrie sie, als er an ihrer Perle saugte und ihr prickelnd schmerzhafte Lust bereitete. Sie drängte sich seinem Mund entgegen, und als sie die Augen öffnete, war seine harte Länge direkt neben ihr und lockte sie mit diesem funkelnden Tropfen. Sie legte die Finger um ihn und er stöhnte an ihrer

Mitte. Das Vibrieren erfasste ihr Innerstes, und als sie schließlich den Mund um ihn schloss, stöhnte sie laut auf und hoffte, ihm ein ebenso verlockendes Vibrieren zu schenken. Sie nahm ihn tief in sich auf und summte ungehemmt an seiner Härte.

»Ah, verdammt, Baby«, sagte er, während er weiter die Finger immer wieder in sie schob und ihr unnachlässig Lust bereitete. »Wenn du weitermachst, komme ich.«

Sie summte lauter und bewegte die Hüften im gleichen Rhythmus, wie sie ihn leckte. Als der Orgasmus über sie hereinbrach, krallte sie sich an ihn, stöhnte unaufhörlich und versuchte, ihm die gleiche explosive Lust zu bereiten. Er versuchte, sich aus ihrem Mund zurückzuziehen, doch sie hielt ihn fest und wollte alles von ihm. Der erste heiße Strahl glitt ihre Kehle hinunter, der nächste blieb in ihrem Mund, doch sie zog sich nicht zurück. Sie wollte alles nehmen, was er zu geben hatte, ebenso wie er es für sie tat. Und zu wissen, dass sie ihm so viel Lust bereitete wie er ihr, war so unfassbar befriedigend, dass es ihr die Tränen in die Augen trieb.

Matt legte sich neben sie und nahm sie in den Arm, um sie dann so intensiv zu küssen, dass sein Geschmack sich mit ihrem vermischte und wahrlich zu einem wurde.

Als ihre Münder sich voneinander lösten, glitt seine Hand wieder über ihren Bauch hinunter zu ihrer so empfindlichen Mitte. Sie wusste nicht, ob sie das noch aushalten konnte. Er war wie eine Sexmaschine und ihr Körper fühlte sich matt und befriedigt an. Seine Finger strichen über ihre Haut und all ihre Sinne tobten.

Oh ja, sie konnte.

»Und jetzt, meine Süße«, flüsterte er ihr ins Ohr und jagte ihr damit einen Schauer über den Rücken, »drehst du dich herum und lässt mich dich bis zum morgigen Tag lieben.«

Er griff nach seiner Hose und zog ein Kondom heraus, das er sich rasch überstreifte.

Umdrehen? Besorgt legte sie sich auf den Bauch.

»Du bist so umwerfend schön! Keine Sorge, Baby. Ich mache nichts, was du nicht willst.«

Nicht wollen? Sie hatte keine Ahnung, ob es überhaupt irgendetwas gab, was sie nicht mit ihm tun wollte.

Seine starken Hände glitten über ihre Haut, strichen über ihre Arme, ihre Schultern, ihren Rücken und dann an der Wirbelsäule entlang nach unten. Sie schloss die Augen, als er zwischen ihre Beine ging, dann mit den Händen an ihren Hüften auf und ab, während er auf ihrem unteren Rücken einen Pfad heißer Küsse hinterließ. Das Kissen lag noch unter ihren Hüften, sodass ihr Hintern erhöht war, und als er ihre Pobacken auseinanderzog und mit der Zunge über die Spalte fuhr, krallte sie die Finger wieder in die Decke. Noch nie hatte sie etwas so Köstliches empfunden. Seine Zunge wanderte tiefer, zu ihrer Mitte. Sie schob die Hüfte zurück, wollte diese talentierte Zunge tief in sich spüren. Er glitt mit einer Hand unter sie und fand diesen anderen sensiblen Punkt, während er sie mit dem Mund liebkoste und ihren Körper den herrlichen Qualen eines weiteren Höhepunkts entgegenjagte.

Als sie herabtaumelte, führte er die Spitze seiner Härte an ihre Pforte und legte ihr die Haare über eine Schulter, während er ihre Haut mit zärtlichen Küssen überschüttete. »Du weißt, dass ich nichts tun werde, was du nicht willst.«

»Das weiß ich.« Er fühlte sich unglaublich an, all diese harten Muskeln an ihrem Rücken, seine Hüfte fest an ihrem Hintern.

»Wenn du mehr willst, machen wir es.«

Sie wusste, dass sie mehr machen wollte, und jetzt verstand

sie auch, was Serena meinte, als sie gesagt hatte, dass sie es mit dem Richtigen wollen würde.

Matt verschränkte die Finger mit ihren. »Ich will dich von Angesicht zu Angesicht lieben, aber das hier wird sich gut für dich anfühlen. Lass uns nur eine Minute lang etwas spielen.«

Ihr kam plötzlich der Gedanke, was sie wohl all die Jahre verpasst hatte. Sie war nie sehr kreativ gewesen, was Sex anging. Über die Missionarsstellung war sie nie hinausgekommen. Er drang in sie ein und bewegte sich mit verstärktem Druck über diesen magischen Punkt. Der Winkel war perfekt, die Reibung intensiv. *Heilige Mutter aller orgasmischen Wunder!* Es war nicht von dieser Welt. Wer hätte gedacht, dass ein Kissen und die Bauchlage so einen Unterschied machen würden? Mit dem Mund auf ihrem Nacken schob er die Hände unter sie und drückte ihre Nippel. Eine Woge unzähliger Empfindungen rauschte durch sie hindurch, und als er anfing, sich langsam und sinnlich zu bewegen, musste sie sich ermahnen, weiter zu atmen.

»Genau, Baby. Fühlst du es? Das sind wir.« Er ließ eine seiner Hände abwärts wandern, zwischen ihre Beine, während er mit der anderen weiter ihren Nippel reizte.

»Bist du«, sie versuchte, ihr Hirn zur Konzentration zu bewegen, »in Wirklichkeit ein Sexprofessor?«

Er lachte und küsste sie auf die Wange. »Nur bei dir, Baby. Oh, Sunshine, ich muss dich sehen.«

Sie drehte sich herum, und als ihre Körper sich wieder vereinten, küsste er sie erneut, tief und intensiv. Mit so einem warmen Kuss, den sie sich für kalte Winternächte wünschte.

»Ich habe noch nie so etwas gefühlt«, gestand er. »Ich kann einfach nicht genug von dir bekommen. Ich muss dein Gesicht sehen, wenn wir uns lieben. Ich brauche diese Verbindung.«

In ihrer tiefen Vereinigung verschmolzen die Leidenschaft in seinen Augen und das Gefühl, ihn zu spüren, und in diesem Moment wusste sie, dass es egal war, ob sie eine Woche, einen Monat, ein Jahr oder zehn zusammen gewesen waren. Sie war dabei, sich in Matt Lacroux zu verlieben, und das schon seit sehr langer Zeit.

Sechzehn

Nachdem sie sich gestern Abend am Strand geliebt hatten, war Mira sicher in Matts Armen auf seinem Kingsize-Bett eingeschlafen. Matt hatte noch lange wachgelegen und daran gedacht, wie schnell er sich an ein Leben außerhalb der Seminarräume gewöhnt hatte. An ein Leben, in dem seine obersten Prioritäten durch das festgelegt wurden, was er wollte, und nicht durch bürokratische Zwänge und Listen, die abgehakt werden mussten. Es war mitten am Nachmittag, die Sonne schien und Matt fühlte sich so glücklich wie seit Jahren nicht. Er schaute auf seine Shorts und die Flipflops hinab.

Vielleicht trage ich nie wieder Socken.

Es war ein alberner Gedanke, aber ein Gedanke, den er vor seiner Auszeit niemals gehabt hätte. Er schaute zu Mira, die ganz in seiner Nähe in einem kleinen Buchladen in der Stadt in einem Buch blätterte. Sie sah sexy in den weißen Shorts und dem grünen Tanktop aus, das ihre grünbraunen Augen betonte. Wie war es nur möglich, dass sie mit jedem Tag mehr strahlte?

Sie schaute auf und ein zaghaftes Lächeln trat in ihr Gesicht. Als er mit Mira in den Armen aufgewacht war, hatte er seine ganze Willenskraft aufbringen müssen, um sie schlafen zu lassen, anstatt sie aufzuwecken und seine unersättliche Begierde zu stillen. Zum Glück war sie kurz danach mit dem gleichen Begehren aufgewacht. Das Liebesspiel mit ihr war himmlisch und wurde nur noch besser dadurch, dass sie ihm vertrauen und ihre unanständige Seite erforschen wollte, die er ebenso liebte wie ihre süßen und mütterlichen Seiten. Sie liebten sich vor dem Frühstück und noch einmal, bevor sie duschten und sich Badesachen unter ihrer Kleidung anzogen, bevor sie aufbrachen, um auf dem Fahrrad die Insel zu erkunden. Sie sahen sich eine Kunstgalerie an, ein Geschäft mit handgefertigter Kleidung und einen Juwelierladen, in dem Mira beim Anblick eines gelben Diamantringes ins Schwärmen geriet. Sie hatten am Wasser etwas zu Mittag gegessen, und die letzte Stunde hatten sie damit verbracht, in diesem gemütlichen Buchladen herumzustöbern, in dem es nach Äpfeln und Zimt roch. Er hatte gewusst, wie gut er und Mira miteinander auskommen würden, aber ihm war nicht klar gewesen, wie mühelos sich ihre Leben verbinden würden.

»Was hat dieser Blick zu bedeuten?«, fragte sie leise.

Er ging zu ihr und bemerkte, dass ihr Atem gleich schneller und ihre wunderschönen Augen dunkler wurden. Den Arm um ihre Taille gelegt, flüsterte er ihr ins Ohr – denn er liebte es, wie sie dabei immer den Atem anhielt: »Mir geht gerade durch den Kopf, dass ich dabei bin, mich heftig in dich zu verlieben.«

Sie knabberte an ihrem Mundwinkel und sah mit einem sinnlichen, leicht schüchternen Blick zu ihm auf, der ihn innerlich erweichen und äußerlich hart werden ließ.

»Matt«, sagte sie verträumt und stellte sich auf Zehenspitzen, um ihn zu küssen. »Das ist alles so wunderbar, aber es macht mir auch ein wenig Angst.«

»Das weiß ich. Ich habe dir gesagt, dass ich über meine Optionen nachdenke. Nachdem der Posten als Dekan vom

Tisch ist und die Forschungs- und Schreibarbeit meine wissenschaftliche Neugier, die ich immer haben werde, befriedigt, vermisse ich die Lehre gar nicht.«

Sorgenfalten schlichen sich auf ihre Stirn. »Ich verlange nicht von dir, das Unterrichten aufzugeben.«

Er küsste sie auf diese Falten und hoffte, sie damit fortzuwischen. »Das weiß ich. Das würdest du nie. Schon seit einiger Zeit habe ich immer weniger Lust zu unterrichten. Die Forschung und das Schreiben, das interessiert mich, und selbst das wird einem durch die Bürokratie erschwert. Sunshine, für mich hat sich in den letzten Jahren so viel verändert. Dabei zuzusehen, wie meine Geschwister sich verlieben und es schaffen, sowohl beruflich als auch privat glücklich zu sein, hat mir die Augen für die Dinge geöffnet, die ich immer ›irgendwann mal‹ machen wollte. Ich bin Mitte dreißig. Das Irgendwann ist da und ich strample mich immer noch im akademischen Hamsterrad ab. Als mein Vater davon gesprochen hat, sich zur Ruhe setzen zu wollen, wurde mir klar, dass ich nicht mehr wirklich hier gelebt habe, seit ich achtzehn war. Ich will es nicht mehr versäumen, Teil seines Lebens zu sein. Oder Teil des Lebens meiner Brüder oder Skys. Oder Beas. Und dann habe ich dich und Hagen kennengelernt …«

Er schob eine Hand in ihren Nacken und sah in ihre hoffnungsvollen und besorgten Augen. »Und seitdem konnte ich nicht mehr aufhören, an dich zu denken. Ich weiß, dass du Angst hast, zuzulassen, dass du dich in mich verliebst oder dass Hagen sich zu sehr an mich gewöhnt, weil meine Zukunft unklar ist. Aber ich werde dir beweisen, dass ich das Risiko wert bin. Du kannst das nicht leugnen, was zwischen uns ist, Sunshine. Es ist zu stark.«

»Aber wie sollen wir …?«

»Es hinkriegen? Wir müssen darauf vertrauen, dass wir beide wissen, was das Richtige ist, wenn wir an diesen Punkt kommen.« Als sie lächelte, drückte er seine Lippen auf ihre. »Lass uns die Bücher bezahlen und dann gehen wir Fallschirmsegeln.«

Mit weit aufgerissenen Augen sah sie ihn an. »Fallschirmsegeln?«

Er trug die Bücher zur Kasse und bezahlte, während sie über seinen Vorschlag sprachen.

»Vielleicht habe ich ja Höhenangst?«, überlegte Mira nervös.

»Vielleicht?«

»Ich hab es nie in der Praxis überprüft, aber die Möglichkeit besteht.«

Er zog sie an sich, als sie den Buchladen verließen. »Ich werde bei dir sein. Komm schon, Sunshine. Ich habe nur ein paar Wochen Zeit, um dich davon zu überzeugen, dass du mir vertrauen kannst. Welchen besseren Ort gäbe es, als den Himmel über dem Meer voller Haie?«

»Das kann ich nicht!« Mira klammerte sich verzweifelt an die Griffe des Fallschirmsegels. »Die Geburt war das Beängstigendste, was ich je in meinem Leben gemacht habe, und die fand in einem sicheren Krankenhausbett statt!«

Matt klopfte ihr auf den Oberschenkel. »Die NASA hat sich das hier als Überlebenstraining für ihre Piloten ausgedacht, die sich über dem Wasser mit dem Schleudersitz in Sicherheit bringen müssen. Es kann nichts passieren.«

Der Lehrer, ein stämmiger Kerl, der aussah, als würde er Haie zum Frühstück verspeisen, und der ihnen auf der Fahrt hinaus aufs Meer von seinen Action-Videos erzählt hatte, erklärte ihnen, dass sie vom Boot aus starten und dort auch wieder landen würden. Er sagte, sie könnten auch ins Wasser eintauchen, wenn sie wollten. Nah an der Küste zu schwimmen, war eine Sache, aber nachdem Matt ihr den Floh mit den Haien ins Ohr gesetzt hatte, würde sie auf keinen Fall auch nur mit der Zehe ins Wasser eintauchen.

Sie schaute über die dunkle Wasseroberfläche, die das Boot umgab. »Es sei denn, man fällt und wird in diesem Meer voller Haie gefressen.«

»Das war nur Spaß. Wahrscheinlich gibt es da nur ein paar.«

»Matt!« Sie verpasste ihm einen Klaps und er gab ihr einen lauten Kuss auf die Lippen.

»Bereit?«, fragte der Lehrer.

Na großartig. Sie würde vom Himmel fallen und von den Haien gefressen werden, während dieser Typ das wahrscheinlich mit seiner Actionkamera festhalten und mit einem YouTube-Video davon ein Vermögen machen würde.

Matt signalisierte dem Lehrer, dass sie bereit waren, und das Boot setzte sich in Bewegung.

»Ich verstehe die Vorstellung, dass man in einer sicheren kleinen Welt lebt, in der man alles um sich herum unter Kontrolle hat. Das hab ich mein ganzes Leben lang getan, so wie du es getan hast, seit du Hagen hast. Es wird Zeit, dass wir herausfinden, was wir verpassen.«

»Hast du nicht! Du bist ein heimlicher Retter.« Sie sagte das so nebenbei, aber irgendwann, wenn sie nicht gerade kurz davor standen, wie Drachen übers Meer zu fliegen, wollte sie diese Seite von ihm eingehender erkunden und herausfinden, was das alles auf sich hatte.

Er lachte.

Der Wind küsste ihr Gesicht, als das Boot an Fahrt aufnahm und die Seile sich spannten. Als sie sich aus ihrer sitzenden Position erhoben und ihre Zehen das sichere Boot verließen, wurde ihr klar, was Matt gerade gesagt hatte.

»Du hast das noch nie gemacht?«, brüllte sie.

Matt lächelte und legte die Hand um ihre, mit der sie immer noch verzweifelt den Griff umklammerte. »Nein, aber ich vertraue darauf, dass wir gemeinsam alles überstehen können.«

»So gewinnst du das Vertrauen einer Frau nicht!« Ihre Fingerknöchel traten weiß hervor, während sie sich weiter an den Griffen festhielt und der verschlafene kleine Ort und das Meer darum in Sicht kamen. Es war ein spektakulärer Anblick.

Matt deutete auf ihr Haus und die Straßen, die sie mit dem Fahrrad entlanggefahren waren, doch Mira war damit beschäftigt, ihn zu beobachten. Der Wind wehte ihm die Haare aus dem Gesicht, was seine markanten Züge betonte, die an dem milden Nachmittag eine leichte Bräune angenommen hatten. Es sah so aus, als wäre sein Tanktop auf all diese festen Muskeln aufgesprüht worden, die sie in der vergangenen Nacht so gut kennengelernt hatte. Als Matt sich wieder zu ihr umdrehte, wurde sein Blick trotz des peitschenden Windes ganz warm.

»Alles in Ordnung, Sunshine?«

Sie konnte nur mit einem Nicken antworten. In seinen Armen aufzuwachen und ihn zu lieben, war eine ganz neue Erfahrung. Er liebkoste nicht einfach nur ihren Körper; er drang bis tief in ihre Seele vor, streichelte ihr Herz mit zärtlichen, fürsorglichen Händen und gab ihr das Gefühl, in Sicherheit und etwas Besonderes zu sein. Er riss ihre Mauern stetig weiter ein. Sie hatte überhaupt keine Chance gegen diesen leidenschaftlichen, liebevollen Mann, der sie ansah, als hätte sie persönlich die Welt erschaffen.

»Wir sollten das mal mit Hagen machen«, sagte er und ihr Herzschlag setzte kurz aus.

Sie verkniff sich ihren ersten Instinkt, *Auf keinen Fall! Das würde ihm eine Höllenangst einjagen!* auszurufen. Er umfasste ihr Kinn und schenkte ihr einen langen, sinnlichen Kuss, sodass all ihre Sinne wieder köstlich prickelten. Sie verlor sich in seinem unerbittlichen Mund, seiner warmen Hand, die sich um ihren Hinterkopf legte, als er den Kuss vertiefte, und dem Wind, der über ihre Haut wehte. Und wie von selbst verflog ihre Angst.

Siebzehn

Entspannt beschrieb nicht annähernd das Gefühl, das Mira in vollen Zügen genoss. Der sonnige Nachmittag war in einen warmen, klaren Sommerabend übergegangen. Sie und Matt hatten die ganze Insel mit dem Fahrrad erkundet, die Strände und Leuchttürme gesehen, die historischen Häuser und alles andere. Als sie zum Sommerhaus zurückgekehrt waren, hatten sie sowohl die Eingangstür als auch die Tür nach hinten hinaus geöffnet, und so erfüllte die abendliche Brise das gemütliche Heim. Es war erst sechs Uhr, und sie beschlossen, spät zu essen, nachdem sie sich etwas Zeit zum Ausruhen genommen hatten. Sie las die beiden Nachrichten, die sie im Laufe des Tages bekommen hatte. Eine war von Drake, der ihr berichtete, dass es Hagen gut ging und ihr Sohn ihm und Rick beibrachte, wie man einen Kompass benutzte. Die andere war von Serena, die wissen wollte, ob Mira nachgegeben und die Enthaarungscreme benutzt hatte. Rasch antwortete sie Drake – *Danke! Gib ihm ein paar Küsse von mir. Wir sehen uns Sonntagnachmittag* – und Serena – *Nein! Und er hat sich auch nicht beschwert.*

Sie legte sich auf das Sofa, schloss die Augen und dachte an den unglaublichen Tag, den sie genossen hatten.

Wenige Minuten später kam Matt aus dem Schlafzimmer –

außer einem Handtuch und einer Brille mit schwarzem Gestell trug er nichts. Ihr blieb die Spucke weg. Ihre versaute Professor-Studentin-Fantasie stand vor ihr, live und in Farbe.

Er schmunzelte und ging um das Sofa herum.

»Wenn du deine Meinung geändert hast und Hagen anrufen willst, sollten wir das wahrscheinlich jetzt machen.«

»Nicht nötig. Drake hat geschrieben und gesagt, dass er sich gut amüsiert und ihnen beibringt, wie man einen Kompass benutzt.« Sie konnte den Blick nicht von ihm losreißen, als er ihre Hand nahm und sie zu sich hochzog.

»Eine Brille«, flüsterte sie. Wie konnte eine Brille ihn noch heißer machen? »Meine Herren! Wo hattest du die denn versteckt?« Sie legte die Hände auf seine Brust und spürte, wie seine Muskeln unter ihrer Berührung zuckten.

»Meine Kontaktlinsen haben mich gestört.« Er legte einen Arm um ihre Taille und drückte sie an sein nun ausgebeultes Handtuch.

»Haben dich deine Klamotten auch gestört?«

Sein tiefes Lachen konkurrierte mit seinem verführerischen Blick. »Ich habe versprochen, dich zu verwöhnen.« Er küsste sie zärtlich und führte sie dann in das große Bad, in dem auf jeder Fläche brennende Kerzen standen. Die riesige Badewanne war mit Schaum gefüllt. Das Fenster war geöffnet und versorgte sie mit einer wohltuenden Kühle inmitten der Hitze, die zwischen ihnen brodelte.

Matt hob ihr das T-Shirt über den Kopf und legte es auf das Waschbecken, um ihr dann aus der restlichen Kleidung zu helfen und dabei ihre freigelegte Haut zu küssen. Er küsste ihre Schultern, ihren Brustansatz, und als er ihren Slip hinunterzog, ging er auf die Knie und gab ihr einen Kuss auf beide Oberschenkel und auf die Locken über ihrer Mitte. Sie war nicht mehr verlegen, hatte nicht mehr das Bedürfnis, sich zu bedecken. Matt schien ihre Kurven zu mögen. Ach was, er mochte alles an ihr. Da gab es kein *schien*.

Er nahm sein Handtuch ab und stellte sich nackt vor sie, sodass seine erwartungsvolle Länge ihren Bauch berührte. Er entsprach allen Professor-Fantasien, die sie heraufbeschwört hatte, seit sie ihm das erste Mal begegnet war – nur war die Realität noch viel besser.

»Trägst du die Brille in deinen Seminaren?«

»Manchmal. Warum?« Er schob ihre Haare über die Schulter zurück und half ihr in die Badewanne. Sie hatte erwartet, dass er hinter ihr hineinstieg, doch er setzte sich ihr gegenüber und legte behutsam ihre Beine um sich, sodass sie zwischen seinen Knien saß und ihre Körper nur wenige Zentimeter voneinander entfernt waren.

»Hast du …? Warst du …?« Es war ihr peinlich, dass sie diesen verrückten Gedanken in ihrem Kopf auch nur dachte, aber durch seine Brille sah er sehr professorenhaft aus, und das rief Erinnerungen an Freundinnen hervor, die mit ihren Professoren geschlafen hatten.

Er legte die Brille neben die Wanne und machte einen Waschlappen nass, den er mit himmlisch riechendem Badeöl aufschäumte. »Was, Sunshine?«

»Hast du mit irgendwelchen Studentinnen mal den ›unanständigen Professor‹ gespielt?« Sie biss sich auf die Unterlippe und kam sich albern vor, danach zu fragen.

»Nur mit ein paar«, sagte er und strich ihr mit dem Waschlappen sanft über die Schulter und den Arm.

»Nur ein *paar*?« Ihr wurde übel. »Widerspricht das nicht den Richtlinien der Uni oder so?«

Er hob ihr Kinn an und schüttelte belustigt den Kopf. »Sehe

ich wie die Art von Kerl aus, der mit einer Studentin schläft?«

Erleichtert atmete sie aus. »Das kannst du nicht mit mir machen! Du hast meine Lebenszeit gerade um zehn Jahre verkürzt.«

Er schlang die Arme um sie. »Die Mädchen, die versuchen, ihre Professoren zu verführen, haben eindeutig problematische Vater-Kind-Beziehungen erlebt. Ich fühle mich zu Frauen hingezogen, nicht zu Mädchen, Mira. So gut solltest du mich kennen.« Eindringlich sah er sie an. »Und so gut solltest du dich auch kennen. Würdest du das Wochenende mit einem Typen verbringen, von dem du denkst, dass er so etwas macht?«

»Nein, aber ...« Sie nahm seine Brille und hielt sie vor sich. »Die hier hat Schuld. Du hast so heiß damit ausgesehen, dass meine Fantasie mit mir durchgebrannt ist.«

Er lächelte, aber sein Blick blieb ernst, während er liebevoll ihre Taille und ihren Bauch wusch.

»Heißt das, du glaubst, ich habe eine problematische Vater-Kind-Beziehung erlebt, weil ich mit dem unanständigen Professor spielen will?« Sie musste es einfach fragen.

Er lächelte und küsste sie mit einem verführerischen Funkeln in den Augen. »Du bist nicht meine Studentin. Das macht einen großen Unterschied.« Wieder wurde sein Blick ernst, und während er weitersprach, strich er mit dem Waschlappen über ihr Brustbein und um ihre Brüste herum, sodass sie kaum einen Gedanken fassen konnte. »Es ist ein Wunder, dass du überhaupt jemandem vertraust, nach dem was Hagens Vater abgezogen hat.«

Den Blick auf ihre Augen gerichtet glitt er mit dem Waschlappen über ihren Oberkörper hinunter zu ihrem Oberschenkel. Sie beobachtete seine Hand und hoffte, sie würde zwischen ihre Beine gleiten.

»Hast du auch deswegen niemanden gedatet?«, fragte er.

Sie brauchte einen Augenblick, um ihr lusterfülltes Hirn dazu zu bringen, die Frage zu verarbeiten. Sie wusste, dass sie irgendwann mehr über dieses Thema sprechen würden, aber sie hatte es nicht jetzt erwartet und es traf sie unvorbereitet. Sie schlang die Arme um seine Beine, um Halt zu finden.

»Zum Teil.« Das würde nicht leicht werden, aber sie wollte ehrlich zu ihm sein, und irgendwie wurde es etwas leichter, ihre Seele in der Badewanne zu offenbaren, wo sie beide sich hinter nichts und niemandem verstecken konnten. »Ich glaube, es ist immer in meinem Hinterkopf, dass Kerle lügen.« Sie wusste, wie hart das klang, und fügte hinzu: »Ich bin mir sicher, dass Frauen auch lügen. Wir sind nicht perfekt, aber natürlich hat mich meine Erfahrung beeinflusst. Und bei den wenigen Dates, die ich hatte, wurde bestätigt, wie sehr sich mein Leben von dem einer alleinstehenden Frau unterscheidet. Die meisten Männer haben keine Ahnung, was es heißt, ein Kind großzuziehen. Die glauben, ein Kind ist wie ein Hundebaby. Ab in die Kiste damit, es wird sich schon daran gewöhnen.«

Sie schwieg und nahm wahr, wie ernst er sie ansah und wie behutsam er sie jetzt berührte, als er seine Hände um ihre Taille legte. Er war ihr Halt geworden und wusste genau, was sie gebraucht hatte. *Wieder einmal.*

»Der Grund dafür, weshalb ich es mir gestattet habe, so schnell mit dir weiterzugehen, liegt darin, dass ich das Gefühl habe, wir befinden uns schon fast ein Jahr lang auf diesem Weg. Das ist wirklich lang, und ich kenne deine Familie und Freunde, und ich hatte Monate Zeit, dich kennenzulernen und dir zu vertrauen.«

Er nahm ihre Hände und schaute ihr in die Augen. »Ich werde immer ehrlich zu dir sein. Darauf kannst du dich verlassen.«

Sie nickte, denn sie glaubte ihm von ganzem Herzen, und die nächsten Worte kamen ihr überraschend leicht über die Lippen. »Ich gebe es nicht gern zu, aber es war schwer, ein kleines Baby, die Arbeit und das Leben unter einen Hut zu bringen. Bevor dein Vater mich eingestellt hat, waren die Firmen, für die ich gearbeitet habe, nicht besonders entgegenkommend, wenn es darum ging, für Hagen freizubekommen. Und bei Kindern weiß man nie, wann sie mal krank werden. Wir sind vorher ein paar Mal umgezogen, immer abhängig von Babysittern und Jobs. Jetzt verläuft unser Leben endlich in ruhigen Bahnen, und wenn mir etwas zustößt, ist meine Familie für Hagen da.«

»Du hast es sehr gut mit ihm gemeistert«, versicherte Matt ihr und strich nun mit dem Waschlappen über ihren Rücken, sodass sie sich noch näher waren. »Er scheint sehr ausgeglichen und glücklich zu sein.«

»Danke. Meine größte Angst ist es, dass ich ihm irgendwie Schaden zufügen könnte. Der Gedanke, einen Mann in mein Leben zu lassen, ist immer noch beunruhigend, denn letzten Endes wirken meine Entscheidungen sich auf Hagens Leben aus. Du hast die problematischen Vater-Kind-Beziehungen angesprochen, und ich bin mir nicht sicher, ob er die nicht auch entwickeln wird, wenn er die Wahrheit erfährt.«

Matt hatte selbst schon darüber nachgedacht und ebenso über Hagens Bemerkung, er könnte als Nerd angesehen werden. Dieses Thema war für ihn noch lange nicht beendet. Aber Mira gab ihm zu verstehen, dass sie Grenzen aufrechterhalten musste, und er wusste, wie wichtig es war, dass er seine Sorgen mit Bedacht äußerte.

Er wusch sie zärtlich und küsste sie auf ihre nasse Haut.

»Ich glaube nicht, dass alle Kinder, die mit nur einem Elternteil aufwachsen, Probleme haben. Hagen hat ein starkes unterstützendes Umfeld.«

»Stimmt, und ich hoffe, das reicht aus. Ich habe meinen Dad verloren, als ich zwölf Jahre alt war, und das war sehr schwer. Aber ich glaube, das ist etwas anderes, denn ich weiß, wie sehr er mich geliebt hat, bevor er starb.«

»Ja, das ist etwas anderes, aber jede Situation ist anders. Ich war als Erwachsener nicht darauf vorbereitet, meine Mutter zu verlieren. Aber einen Elternteil zu verlieren und so behandelt zu werden, als gäbe es dich gar nicht, ist etwas vollkommen anderes. Vielleicht, wenn die Zeit reif, Hagen älter ist und er unweigerlich die Wahrheit erfährt, kannst du ihn zu einem Therapeuten schicken, damit er einen sicheren Ort hat, um das zu verarbeiten.«

»Das steht bereits auf meiner Liste. Ich werde ihn, solange es mir möglich ist, vor der Wahrheit schützen, aber es wird eine Zeit kommen, wenn er ärztliche Formulare ausfüllen muss oder er einfach nur neugierig ist, und dann muss ich es ihm sagen. Ich freue mich nicht gerade darauf.«

Matt legte die Arme um sie und hielt sie fest. Gern hätte er ihr versprochen, dass er sie unterstützen würde, wenn es so weit war, aber er spürte, dass es nicht das war, was sie hören musste. Stattdessen sagte er: »Er hat Glück, dass er dich hat.«

Als das Wasser kühler wurde, trocknete er sie mit einem dicken Handtuch ab, um dann die Kerzen auszupusten und sie ins Schlafzimmer zu führen. Er wusste, dass sie an all die körperlichen Aktivitäten, die sie heute hinter sich gebracht hatten, nicht gewöhnt war, und er hatte einen netten entspannten Abend geplant, an dem er seine entzückende Freundin verwöhnen wollte.

Er befreite sie von dem Handtuch und sie krabbelte auf allen vieren aufs Bett, wobei sie sich wie ein verführerisches Kätzchen über die Matratze bewegte. Die schüchterne Frau von gestern war verschwunden. Sie schaute über die Schulter, die Haare fielen ihr vor ein Auge, und fast hätte er auf das geplante Verwöhnprogramm verzichtet, doch er wollte, dass sie so liebevoll umhegt wurde, wie sie es verdiente.

»Leg dich auf den Bauch, meine Schöne.«

Sie kam seiner Bitte nach und sah unfassbar hinreißend aus, wie sie so ausgestreckt auf der Decke lag, mit ihren Haaren, die in weichen Wellen von ihrem Gesicht wegflossen, und mit ihren süßen Kurven. Sie schloss die Augen, und er nahm die Bodylotion aus dem Nachttisch, bevor er sich rittlings auf sie setzte. Nachdem er die Lotion auf seine Hände gegeben hatte, verteilte er sie auf ihren Schultern und begann, ihre leichten Verspannungen zu massieren.

»Das fühlt sich so gut an.«

»Du fühlst dich gut an, Baby.« Er massierte ihre Schultern, an ihren Armen bis hinunter zu den Händen und wieder hinauf.

»Meine Arme fühlen sich an wie Pudding.«

»Gut. Entspann dich, Sunshine. Du hast nie Gelegenheit, dich an erste Stelle zu stellen, also geht es heute Abend mal nur um dich.«

»Matt?«

»Mhm?« Er konzentrierte sich auf ihren Nacken und rieb intensiv all die Stellen, in denen er ihre Verspannung spürte.

»Warum hast du niemanden gedatet?«

Er bewegte sich abwärts und massierte nun vorsichtig ihren oberen Rücken. Lächelnd – denn er wusste, wie kitschig die Wahrheit klang – antwortete er: »Weil ich dich kennengelernt hatte und du nicht bei mir in New Jersey warst.«

Sie drehte den Kopf herum und sah ihn ungläubig an.

»Das ist die Wahrheit.« Nachdem sie es sich wieder auf dem Kissen bequem gemacht hatte, sagte er: »Ich war nie so ein Typ, der mit einer Frau schlafen konnte, ohne wirklich etwas für sie zu empfinden. Ich klinge sicher entweder wie ein Lügner oder ein Dummkopf, aber so bin ich nun mal.« Seine Hände glitten über ihre Taille hinunter zu ihren Hüften.

»Aber guck dich doch mal an!«, sagte sie noch immer mit geschlossenen Augen. Er beugte sich über ihren Rücken und küsste sie auf die Wange. »Baby, guck dich an. Da gibt es keinen Unterschied, außer dass du dich um Hagen kümmern musstest.«

Sie öffnete die Augen und er legte sich neben sie. »Aber du bist ein *Mann*.«

Er drückte seine Erektion an ihre Hüfte. »Dieser Tatsache bin ich mir vollkommen bewusst. Aber das heißt nicht, dass ich ein Tier bin, das sich nicht beherrschen kann. Ich hatte ein gesundes Sexleben. Ich war kein Heiliger, aber nachdem ich dich kennengelernt hatte, warst du die einzige Frau, die ich wollte.«

Sie lächelte und berührte seine Wange. »Aber du konntest nicht wissen, dass es so mit uns kommen würde.«

Er führte ihre Finger an seine Lippen und küsste sie. »Das wusste ich nicht, aber mein Herz wollte dich. Ich war mit Forschungsprojekten und Studenten beschäftigt, und ich habe überlegt, was ich mit meinem Leben anstellen wollte. Als mir der Buchvertrag angeboten wurde, habe ich das als ein Zeichen gesehen. Und hier sind wir jetzt.«

»Die ganze Zeit?«, fragte sie ihn mit großen Augen.

»Es ist erstaunlich, wozu der Verstand und der Körper fähig sind.« Erneut küsste er sie, um dann weiter ihren Rücken zu massieren. Mit einem süßen Lächeln entspannte sie sich wieder auf der Decke.

Er arbeitete sich an ihrer Wirbelsäule hinab und befreite ihre Muskeln von der Anspannung. Als er knapp über ihrem Gesäß Küsse verteilte, musste er sich daran erinnern, dass dies eine Verwöhneinheit und kein Vorspiel war, auch wenn sein Körper andere Vorstellungen hatte. Er massierte ihren Hintern und verkniff sich ein Stöhnen.

»Mmh. Fühlt sich so gut an«, wiederholte sie.

Er schob ihre Oberschenkel auseinander und massierte jedes Bein von ihrer Kniekehle aufwärts bis hin zum Ende der Oberschenkelmuskulatur. Sie bewegte sich in seinem Rhythmus auf der Matratze und stöhnte leise ... *erotisch*. Er biss die Zähne zusammen, um die Beherrschung nicht zu verlieren. Seine Hände glitten über die Innenseiten ihrer Oberschenkel und berührten leicht ihre feuchte Mitte. Sie atmete heftig ein, und er presste die Kiefer noch fester aufeinander und kämpfte – auf verlorenem Posten – um die Kontrolle über sich. Er strich weiter nach unten, massierte ihre Waden und schließlich ihre Füße und wurde mit einem weiteren sinnlichen Stöhnen belohnt.

»Dreh dich um, Baby.«

Sie drehte sich auf den Rücken und sah so entspannt und schön aus, dass sein Herz zu bersten drohte. Sie leckte sich über die Lippen und ihre langen Wimpern zuckten über den vor Begehren trägen Augen. Matt gab noch einmal etwas Lotion auf seine Hände und streichelte die Vorderseiten ihrer Beine. Als er oben an ihren Oberschenkeln ankam, wurde ihre Atmung schneller. Mit dem Daumen strich er über ihre feucht glänzende Mitte, in die er so gern eingetaucht wäre, und ihr entwich ein langes, bedürftiges Stöhnen.

»Himmel noch mal«, fluchte er leise. Das hier sollte nichts mit Sex zu tun haben. Er zwang sich, die Hände auf ihre Hüften zu legen, drückte seine Finger fest in ihre Haut und massierte die letzte verbliebene Anspannung aus ihr heraus. Dann glitten seine Hände an ihren Rippen hinauf, unter ihre Brüste, und er beugte sich hinunter, um einen rosigen Nippel zu küssen.

»Matt«, flüsterte sie drängend, noch immer mit geschlossenen Augen. Sie krallte die Finger in das Laken. »Berühr mich.«

Er legte die Hände um ihre wunderschönen vollen Brüste und kämpfte gegen das Verlangen an, sie in seinen Mund zu nehmen, während er einen Kuss auf ihren anderen festen Nippel hauchte. Sie wimmerte, ihr ganzer Körper drängte sich ihm entgegen, um mehr zu bekommen.

»Bei dem hier sollte es nicht um Sex gehen, Baby.« Nur mit Mühe löste er sich von ihren entzückenden Brüsten und massierte ihre Schultern und Arme. Nachdem er jeden Zentimeter von ihr massiert hatte, einschließlich jedes einzelnen Fingers und jeder Zehe, arbeitete er sich wieder nach oben vor. Und als er ihre Oberschenkel massierte, zog sich ihre Mitte sichtbar zusammen.

»Bitte, Matt! Sorg dafür, dass es um Sex geht.«

Er küsste sie auf die Innenseite ihres Oberschenkels und atmete den berauschenden Duft ihrer Erregung ein – seine neue Lieblingsdroge.

»Bitte! Berühr mich.«

Das Flehen in ihrer Stimme durchbrach seine Willenskraft

und lockte seinen Mund auf ihre Mitte. Mit der Zunge glitt er über ihre geschwollene, feuchte Haut.

»Oh ja! Ja!«

Noch einmal leckte er über ihre Mitte, und sie öffnete die Beine etwas mehr, um seine breiten Schultern willkommen zu heißen. Er liebte sie mit dem Mund, spürte das Pulsieren und Zucken und nahm den Saft ihres Begehrens genussvoll auf. Sie vergrub die Hände in seinen Haaren und hielt ihn fest, während er ihr Lust bereitete. Ihre Beine waren angespannt und über ihre Lippen entwichen sexy Laute. Er wusste, dass sie kurz davor war, und er wollte bei ihr sein. Mit einer raschen Bewegung schnappte er sich ein Kondom vom Nachttisch und streifte es sich so schnell über, dass er eine Goldmedaille hätte gewinnen können, um dann ihre Hände auf die Matratze zu drücken und mit seiner harten Länge in sie einzudringen.

Sie schrie auf und ein Strom leidenschaftlicher Ausrufe brach aus ihr heraus. »Ja! Härter! Oh ja, Matt! Jaaa!«

Ihre inneren Muskeln zogen sich wie ein Schraubstock um ihn zusammen. Diese enge Hitze war pure Perfektion. Er ließ ihre Hände los und zog ihren Körper noch fester an sich, um sie noch tiefer nehmen zu können. Sie krallte die Fingernägel in seinen Rücken, zog ihn mit sich, als die Fluten der Leidenschaft über sie hereinbrachen. Die reale Welt entfernte sich in einem Taumel, und zurück blieben nur sie beide und ein Meer aus purer, unverfälschter Liebe.

Eine Stunde, eine gemeinsame Dusche und mehrere köstliche Küsse später stand Mira auf der Terrasse und schaute hinaus aufs Wasser. Unten am Strand sah sie ein Funkeln. Sie kniff die Augen zusammen und versuchte zu erkennen, was das sein konnte. Hinter ihr wurde die Fliegentür geöffnet, und sie atmete tief ein, während ihr Herzschlag in Erwartung auf Matts Berührung gleich schneller wurde. Sie erahnte schon das Gefühl seiner warmen Lippen, fest und fordernd auf ihrer Haut, als er zu ihr kam.

Die Arme um ihre Taille gelegt, küsste er sie zärtlich neben das Ohr. »Bist du bereit, zum Essen zu gehen?«

»Mhm. Guck mal da unten.« Sie deutete auf die Lichter, die in der Ferne tanzten. »Was ist das?«

Matt legte einen Arm um ihre Taille, und als sie die Stufen von der Terrasse hinunter und über den Sand gingen, legte sie den Kopf auf seine Schulter. Er sah wie ein Model aus in seinen dunklen Leinenhosen, dem weißen Baumwollhemd, das sich eng um seinen breiten Oberkörper legte, und dieser sexy Brille, die in ihrem Bauch Verrücktes anstellte.

»Vielleicht sollten wir uns mal ansehen, was das da unten ist«, schlug Matt vor. Er nahm ihre Hand und führte sie zur Vorderseite des Hauses.

»Aber ich dachte, wir wollten uns ...« Sie brach abrupt ab, als sie eine Pferdekutsche erblickte. Ein Mann, bekleidet mit schwarzen Hosen und einem weißen Hemd, stand neben zwei beeindruckenden Schimmeln vor der hölzernen Kutsche.

Matt legte eine Hand auf ihren Rücken. »Ich glaube nicht, dass deine Träume, von deinem Mr. Right umworben zu werden, unreif waren. Ich glaube, es war einfach zu früh dafür.«

Freudentränen brannten in ihren Augen. »Das ist ... Oh, Matt.« Sie schlang die Arme um seinen Hals und küsste ihn. »Ich fasse es nicht, dass du das gemacht hast. Und wie? Wann? Wir waren den ganzen Tag zusammen.«

Frech zuckte er nur mit der Schulter. »Wo ein Wille ist …«

Matt gab dem Kutscher sein Handy, damit der ein Foto von ihnen vor dem Gespann machen konnte. *Als Erinnerung an unser Abenteuer.* Als ob sie diesen magischen Moment jemals vergessen würde.

Der Kutscher stellte einen Schemel auf den Boden, und Matt hielt Miras Hand, als sie in den Wagen stieg, in dem ein Strauß Gloxinien für sie lag. *Liebe auf den ersten Blick.*

»Ich wünsche dir einen schönen Samstagabend, Sunshine.« Er legte den Arm um sie, der Kutscher nahm vorne seinen Platz ein und schon wurden sie von den Pferden über das Kopfsteinpflaster gezogen.

Erneut umarmte sie Matt, während sie dem Klappern der Pferdehufe lauschte, das mit ihrem lauten Herzschlag wetteiferte. »Danke! Du hättest dir all diese Mühe gar nicht machen müssen. Ich freue mich darüber, aber einfach nur mit dir zusammen zu sein, reicht mir schon.«

»Wir werden noch genügend Zeit haben, einfach nur zusammen zu sein, auch ohne all das. Aber du hast auf so viel verzichtet, während du dich auf dein Leben als Mutter konzentriert hast. Wir müssen einiges nachholen, und ich werde dafür sorgen, dass du nie mehr auf irgendetwas verzichten musst.«

Während sie in der Kutsche durch die Straßen fuhren, die sie zuvor mit dem Fahrrad erkundet hatten – und durch einige, die sie noch nicht gesehen hatten –, hatte Mira das Gefühl, in einem Märchen gelandet zu sein. Aber Märchen waren nicht real und Matt war absolut real. *Und du bist mit keiner anderen Frau zusammen gewesen, seit wir uns kennengelernt haben.* Sie konnte nicht aufhören, darüber nachzudenken. Sie hatte nicht gewusst, dass Männer sich nach Frauen sehnten. Sie dachte, das käme nur in Liebesromanen vor. Ihre Mutter sagte oft zu ihr, dass Gutes denen widerfuhr, die darauf warteten, aber sie hatte nicht auf Matt gewartet. Für sie war er außer Reichweite gewesen. Ein Mann, dessen Leben und Lebensstil zu weit von ihrem eigenen entfernt waren.

Vielleicht irrte ihre Mutter sich. Vielleicht widerfuhr der Person Gutes, die von ihrem widerlichen Ex betrogen worden war.

»Wir müssen unbedingt mit Hagen herkommen«, sagte Matt. »Ihm würde dieser kleine Buchladen gefallen und auch das Fallschirmsegeln. Und du weißt ja, sobald er eine Pferdekutsche sieht, wird er eine bauen wollen.«

Es war herrlich, dass Hagen immer Platz in seinen Gedanken hatte.

Die Kutsche brachte sie an den Rand des Strandes, an dem sie die funkelnden Lichter gesehen hatten. Ein glänzender silberner Baldachin mit Lichterketten war über einem für zwei gedeckten Tisch gespannt. Ein Kellner in Smoking stand mit einem weißen Tuch über dem Arm bereit. Kerzen flackerten in roten Gläsern, die um den Baldachin in Herzform aufgereiht waren. Noch nie in ihrem Leben hatte Mira etwas gesehen, das so romantisch und geschmackvoll war.

Der Kutscher stieg ab, stellte den Schemel auf den Boden und half ihr aus dem Wagen. Sie hielt den Strauß in den Armen, während Matt sich bei dem Fahrer bedankte und ihm etwas zusteckte, was sicherlich ein Trinkgeld war.

»Du hast auch die Lichter aufgestellt?« Wahrscheinlich hätte es sie nicht überraschen sollen, aber sie fühlte sich wieder wie ein aufgeregtes achtzehnjähriges Mädchen.

»Wer weiß …?« Matt kniete sich neben sie, zog ihr lächelnd die Sandalen aus, um dann auch seine Schuhe auszuziehen und sie beiseitezustellen.

Er zog sie an sich, als sie auf dem kühlen Sand standen. Vielleicht hatte sie tatsächlich zu früh auf Mr. Right gewartet.

Achtzehn

Mira beobachtete, wie die Insel in der Ferne immer kleiner wurde, als die Fähre sie zurück zum Cape brachte. Der Sonntag war zu schnell gekommen. Sie wollte nicht, dass ihr Wochenende schon endete. Der Gedanke war von einem mütterlichen Schuldgefühl begleitet. Sie und Matt saßen an der Reling, während die Vormittagssonne auf sie hinabschien und die salzige Luft um ihre frisch gebräunte Haut wehte. Sie schloss die Augen und lehnte sich an Matt, während sie im Geiste all die Dinge durchging, die sie zu erledigen hatte, sobald sie nach Hause kam – Hagen nach Zecken absuchen, Wäsche machen, eine Strategie in Sachen Genossenschaft ausarbeiten –, und so auch ihre Tagträume und mütterlichen Schuldgefühle abschaltete. Es war ja nicht so, dass sie ihren Sohn bei einem Fremden zurückgelassen hatte, um für ein ausschweifendes Sexwochenende abzuhauen. Hagen hatte wahrscheinlich eine tolle Zeit mit seinen Onkeln gehabt, und in wenigen Stunden würde sie wieder ihr normales Leben führen. Bei den Gedanken an all das, was sie zu tun hatte, fragte sie sich, wie sie die Telefonate mit den Unternehmen noch unterbringen sollte. Der beste Zeitpunkt, um einen Firmeninhaber zu erreichen, war gleich nach der Ladenöffnung, bevor zu viel zu tun war, doch da würde sie

Hagen ins Sommerlager fahren. Sie ahnte schon, dass sie Nachrichten hinterlassen musste, die niemand beantworten würde. Vielleicht konnte sie während ihrer Mittagspause anrufen, doch wie gut standen die Chancen, dass Firmeninhaber während der Mittagszeit erreichbar waren?

Matt küsste sie auf die Schläfe und riss sie aus ihren Gedanken. »Bereit, wieder Mommy zu sein?«

Sie lächelte und fragte sich, ob sie eine schlechte Mutter wäre, wenn sie zugeben würde, dass sie sich noch einen Tag mehr allein mit ihm gewünscht hätte. »Ich bin immer bereit, Mommy zu sein, aber ich möchte mehr Zeit mit dir haben.«

»Ich gehe nirgendwohin.« Er küsste sie sanft. »Mir gefällt mein derzeitiger Tagesablauf, bei dem ich immer früh aufstehe, ein paar Stunden recherchiere und in die Tasten haue, dich dann manchmal zum Mittagessen sehe und abends mit dir und Hagen Zeit verbringen kann.«

Sie brachte ihre hoffnungsvollen Gedanken zum Schweigen, denn sie wusste, dass er von dem Rest seiner Auszeit sprach und nicht seiner ganzen Zukunft. Es versetzte ihrem Herzen einen kleinen Stich.

»Ich meinte jetzt. Egoistisch, wie ich nun mal bin, hätte ich gern noch einen Tag allein mit dir.«

»Ich auch, Sunshine. Keine Sorge, wo ein Wille ist … Wir finden Zeit für uns. Was geht sonst noch so in deinem hübschen Kopf vor?«

Sie zuckte mit den Achseln. »Nur Sachen wegen der Arbeit.«

»Denkst du an die Genossenschaft?«

»Ja. Ich will morgen damit anfangen, die Firmen anzurufen.« Sie erklärte ihr Zeitproblem.

»Das lässt sich leicht regeln. Ich fahre Hagen morgen ins Lager, während du die Telefonate erledigst. So habe ich mehr

Zeit mit ihm. Vielleicht öffnet er sich auch mehr und erklärt mir, warum er gefragt hat, ob er ein Nerd sei.«

Er küsste sie noch einmal. Er küsste sie ständig und sie genoss es.

»Aber du hast doch gerade gesagt, dass du morgens gern arbeitest.«

»Das ist eine der großartigen Dinge, die ich am Leben als richtiger Schriftsteller entdecke – im Gegensatz zum Dasein als Dozent, der nebenbei auch wissenschaftliche Artikel schreibt. Ich muss niemandem Rechenschaft ablegen. Meinen Plan mache ich mir selbst, und morgen fahre ich eben Hagen ins Sommerlager und arbeite dann etwas später.«

»Matt, ich möchte nicht, dass du das Gefühl hast, dass ich dich als Babysitter benutze oder –«

Mit einem weiteren wunderbaren Kuss brachte er sie zum Schweigen. Vielleicht sollte sie in seiner Gegenwart immer irgendeinen Unsinn faseln.

»Das Gefühl habe ich überhaupt nicht«, versicherte er ihr. »Ich habe es angeboten, und für mich ist es vollkommen in Ordnung, dass du mich als deinen Partner benutzt. Es gibt einen großen Unterschied zwischen einem Babysitter und einem Partner. Die Partner und die Eltern babysitten nicht. Sie kümmern sich um die Kinder, die sie lieben.«

Sie musste schlucken, um die Emotionen, die ihr einen Kloß im Hals bescherten, zu bewältigen. Die meisten Menschen wussten gar nicht, dass es da einen Unterschied gab. »Du kannst dir gar nicht vorstellen, wie viel es mir bedeutet, das zu hören.«

»Du kannst dir nicht vorstellen, wie viel es mir bedeutet, dass du mich in Hagens Leben lässt.«

Cape Cod kam in Sichtweite, während sie in angenehmem Schweigen beieinandersaßen. Mira stand auf, um zur Toilette zu gehen, und Matt begleitete sie mit beschützender Hand auf ihrem Rücken. Seit sie ein Mädchen gewesen war, hatte niemand sich um sie kümmern oder sie zur Toilette begleiten müssen, aber auch hier hatte Serena recht. Es war ein gutes Gefühl, zu wissen, dass sie Matt so wichtig war und er die kleinen Dinge tat, von denen sie glaubte, sie bräuchte sie nicht.

Auf dem Weg begegneten sie einem Paar, das sich heftig stritt. Sie flüsterten, aber der Tonfall war unüberhörbar. Mira warf Matt einen Blick mit hochgezogener Augenbraue zu, als wollte sie sagen: *Zum Glück ist das bei uns nicht so*, doch ihr unfassbar beschützender Freund bemerkte das gar nicht. Sein Griff um sie wurde fester und das wütende Paar ließ er keine Sekunde aus den Augen. Mira hatte keine Ahnung, was ihm solche Sorgen bereitete. Paare stritten sich nun mal. Das gehörte zum Leben. Und der Typ sah auch nicht heruntergekommen aus oder wie jemand, der jeden Moment ausrasten konnte. In seinen Khakihosen und dem Polohemd wirkte er wie jemand, der direkt vom Golfplatz kam. Doch auf den zweiten Blick bemerkte Mira, dass die Frau langsam rückwärts trat.

»Geh da hinein, Sunshine. Ich bin hier, wenn du wieder herauskommst«, sagte Matt und schob sie zur Tür.

Sie betrat die Damentoilette und stellte sich vor, wie er mit verschränkten Armen wie ein Bodyguard auf sie wartete. Gerade wollte sie eine Kabine betreten, da hörte sie einen grellen Aufschrei. Mira stieß die Tür auf und ihr blieb das Herz stehen. Matt drückte den streitenden Mann mit einer Hand um seinen Hals gegen die Wand. Die andere Hand hatte er nach hinten ausgestreckt, um eine Distanz zwischen dem Mann und der Frau zu schaffen, die nun weinte.

Die Adern an Matts Hals und Armen standen hervor, sein finsterer Blick war furchteinflößend und wütend zischte er:

»Wenn Sie irgendeinem Mann, einer Frau oder einem Kind etwas antun, dann werde ich dafür sorgen, dass Sie es nie wieder tun können.« Die Menschentraube, die sich um sie versammelte, schien er gar nicht wahrzunehmen.

»Du kannst mich mal, du Arschloch«, fuhr der Typ ihn an. Sein Blick, der das Blut in Miras Adern gefrieren ließ, fiel auf die Frau, doch letztendlich waren es die dunklen Abdrücke einer Hand auf dem Arm der verängstigten Frau, die Mira veranlassten, beruhigend den Arm um sie zu legen.

»Seien Sie still«, sagte Matt unnormal ruhig. Die Beherrschung, die herauszuhören war, verriet Mira, dass er sich wegen der umstehenden Menge zusammenriss. »Die Polizei wird sich um Sie kümmern, aber noch ein mieses Wort aus Ihrem Mund, und Sie werden nicht mehr in der Lage sein, Ihre Version der Geschichte zu erzählen.«

Mira konzentrierte sich auf die zitternde Frau neben ihr. »Alles in Ordnung mit Ihnen? Was ist passiert?«

»Ich habe«, sie schluchzte, »keine Ahnung. Wir hatten ein Blind Date und ich …« Sie schüttelte den Kopf und wischte die Tränen weg.

Mira umarmte sie, redete beruhigend auf sie ein und beobachtete Matt voller Bewunderung und Sorge, bis Sicherheitspersonal sich durch die Menge drängte und übernahm.

Nachdem Matt seine Aussage gemacht hatte, hatte die Fähre auch schon angelegt. Auf dem Weg zum Auto legte Matt den Arm um ihre Taille.

»Tut mir leid, Sunshine«, sagte er wie beiläufig. »Alles in Ordnung mit dir?«

»Mit mir? Matt, du hast dich gerade für eine fremde Person in Gefahr gebracht. Was, wenn dieser Typ dich verletzt hätte?«

Er lächelte sie an. »Dann würde ich behaupten, dass meine vielen Jahre Selbstverteidigungstraining ziemlich nutzlos gewesen wären.«

Sein toughes männliches Auftreten turnte sie ebenso an, wie es ihr Sorgen bereitete. Er hätte verletzt werden können. Und dann meldete sich ihr Mommy-Hirn zu Wort. »Ich meine es ernst, Matt.«

»Ich auch«, erwiderte er.

»Was, wenn Hagen dabei gewesen wäre?«

»Dann hätte ich dafür gesorgt, dass du ihn mit auf die Damentoilette nimmst.«

»Und das ist alles? Du hättest dich trotzdem in Gefahr gebracht? Ich habe die Gerüchte gehört, dass du wie eine Art Superman Leute rettest, und das ist total heiß. Und Parker hat mir erzählt, dass du ausgesehen hast, als hättest du dich gerade geprügelt, als sie dich kennengelernt hat. Aber dich in diese Situation auf dem Boot einzumischen, war wirklich gefährlich.«

Sie blieben neben seinem Auto stehen und er ergriff ihre beiden Hände. Er ließ das Kinn auf die Brust sinken und schloss kurz die Augen.

Matts erster Instinkt war, Miras Bemerkungen einfach abzutun. Seit seiner Zeit am College war er damit durchgekommen, Menschen und ihre Kommentare einfach abzutun. Warum sollte es jetzt anders sein? Er atmete tief ein und öffnete die Augen. Ein Blick in Miras sorgenerfülltes Gesicht und sein Herz versetzte ihm einen Stich. Sie hatte es nicht verdient, einfach *abgetan* zu werden. Alles war anders, wenn sie betroffen war. Er hatte sie um ihr Vertrauen gebeten, und sie hatte das Recht, das Gleiche zu erwarten.

»Ich habe dir versprochen, dich nie anzulügen«, sagte er, »und das werde ich auch nicht. Aber ich bin nicht sicher, was du hören willst.« Er ließ ihre Hände los und ging auf und ab. »Dieser Typ hat sie so heftig gepackt, dass sie geschrien hat. Wäre es dir lieber, ich hätte so getan, als wäre nichts passiert?«

»Nein, aber …« Sie verschränkte die Arme und die unterschiedlichsten Emotionen spiegelten sich in ihrem Gesicht.

»Aber was? Soll ich sagen, wenn Hagen dabei gewesen wäre, hätte ich weggeguckt? Denn das wäre gelogen. Ich hätte dafür gesorgt, dass er in Sicherheit ist, so wie ich es mit dir gemacht habe. Doch ich habe die verräterischen Anzeichen an der Körpersprache dieses Typen gesehen, die Gefahr, die in seinem Blick gelauert hat. Die Frau ist schon zurückgewichen, bevor er sie überhaupt berührt hat. Sie hatte eindeutig Angst.«

»Ich weiß, aber …«

»Aber das ist nicht unser Problem?«

»Nein, das hab ich nicht gemeint.«

Fehlgeleitete Wut brodelte tief in ihm, Wut darauf, dass er vor all den Jahren nicht da gewesen war, um der Freundin zu helfen. Er fuhr sich durch die Haare, versuchte, die hässlichen Gefühle, die ihn aufwühlten, zu unterdrücken. Nach ein paar tiefen Atemzügen zwang er sich, ruhiger weiterzusprechen.

»Mira, ich bin kein Typ, der ›Das ist nicht mein Problem‹ sagen und dann weggucken kann, und ich weiß, dass du das auch nicht wollen würdest. Sicher war es für dich beunruhigend, das mitzuerleben, und das tut mir leid. Aber ich kann dich nicht anlügen und so tun, als würde ich es nicht wieder machen. Das heißt jedoch nicht, dass ich dich oder Hagen in Gefahr bringen würde. Wenn ich das Gefühl hätte, eine

Situation nicht bewältigen zu können, würde ich mich raushalten.«

»Würdest du?« Ihr Tonfall war so ernst, dass er nicht nachdachte, bevor er antwortete.

»Vielleicht auch nicht«, sagte er ehrlich.

Sie verdrehte die Augen, und er trat zu ihr, sodass die Liebe zu ihr die Wut verdrängte.

»Es ist nicht so einfach. Das alles hat eine Vorgeschichte.« *Und die ist sicher unter Verschluss, zusammen mit ausreichend Schuldgefühlen, die mich ewig so weitermachen lassen.*

Ihr Blick wurde sanfter und sie legte die Hände auf seine Brust. Sie lächelte so süß, dass es sich wie eine Umarmung anfühlte.

»Ich habe dir meine Geschichte erzählt«, sagte sie. »Erzählst du mir auch deine?«

Neunzehn

Als Matt und Mira zurück zu ihrem Haus fuhren, wo sie ankommen wollten, bevor Hagen eintraf, überlegte Matt, womit er anfangen sollte. Es war eine Sache, Pete sein Vergehen zu gestehen, der immer – egal, was war – zu ihm hielt. Mira die Wahrheit zu beichten, wäre sicher nicht annähernd so schwer, wie anschließend den Ausdruck in ihren Augen zu ertragen, wenn sie es schließlich begriff. Wenn ihr bewusst wurde, was er mit seinem egoistischen Ansporn, am College erfolgreich zu sein, einer anderen Frau angetan hatte.

»Macht es dir etwas aus, wenn wir uns hinterm Haus nach draußen setzen?«, fragte er, nachdem er die Taschen in ihr Schlafzimmer getragen hatte.

»Nein, das ist in Ordnung.«

Sie setzten sich auf die Stufen zur Terrasse, mit den Füßen im Sand, und sie sah ihn mit einer Mischung aus Bewunderung und Sorge an.

»Was du getan hast, hat Mut erfordert, und jetzt, im Nach-hinein, bin ich einfach noch mehr in dich verknallt. Seien wir ehrlich. Wer hätte nicht gern einen Freund, der vor nichts Angst hat? Aber ich muss an Hagen denken und daran, was wir ihm vorleben. Ich möchte nicht, dass er glaubt, sich in Situationen einmischen zu müssen, die er nicht bewältigen kann. Außerdem mache ich mir Sorgen um dich.«

Sie legte die Hände um seine Wangen und küsste ihn. »Ich habe dich gerade erst gefunden. Ich will dich nicht verlieren, weil irgendein Mistkerl ein Messer zieht oder so. Und ich muss es verstehen.«

Matt stibitzte sich noch einen Kuss, bevor er sich an den Versuch machte, alles zu erklären. »Zum einen: Mir wird nichts passieren. Zum anderen: Glaubst du nicht, wenn Hagen so etwas miterleben würde, dass ich ihm dann sofort erklären würde, warum ich das getan habe, und dass ich Grenzen festlegen würde, damit er nicht denkt, dass er sich in eine Situation hineinbegeben soll, die er nicht bewerkstelligen kann?«

Sie rümpfte die Nase und lächelte wieder. »Ich weiß, dass du das machen würdest.«

Er konnte gar nicht anders, als sie direkt auf die Nase zu küssen, wo all diese niedlichen Sommersprossen tanzten.

»Mira, was ich dir erzählen werde, könnte deine Gefühle für mich verändern.«

»Das bezweifle ich«, sagte sie unbeschwert.

Das werden wir ja gleich sehen. »Als ich am College war, habe ich mich nur auf eine Sache konzentriert: Ich wollte der Beste meines Jahrgangs sein. Ich wusste, dass ich Dozent in Princeton werden wollte, und dafür musste ich alle anderen hinter mir lassen. Meine Brüder werden dir sagen, dass ich mich nur für das Studium interessiert habe, während sie sich für das Leben interessiert haben, für Frauen …«

»Du willst damit also sagen, dass du fast kein Sozialleben hattest?« Sie wirkte verwundert, was nicht überraschte, denn sie wartete auf eine klare, kurze Antwort, während er versuchte, ihr die Situation als Ganzes zu beschreiben, als würde das irgendetwas ändern.

Nichts würde etwas ändern.

»Das kann man wohl so sagen. Mein Sozialleben kam nach meinem Studium. Ich hatte Dates und bin mit Freunden ausgegangen, aber das waren nicht meine Prioritäten.« Er knetete die Hände und dachte an diese stressigen Jahre, in denen er sich über alle vernünftigen Grenzen hinaus angetrieben hatte. »An einem Abend hatte ich vor, mich mit einer Freundin zu treffen. Cindy Feutra.« Er hatte ihren Namen so lang nicht ausgesprochen, dass ihm nun eine Gänsehaut über den Rücken lief. »Wir wollten gemeinsam auf eine Party gehen, aber ich habe die Zeit vergessen, bis morgens um drei gelernt und bin nicht auf dieser Party aufgetaucht.«

Er wandte den Blick ab und erinnerte sich an den Schock am nächsten Morgen. Als er sie gesucht hatte, um sich dafür zu entschuldigen, dass er nicht gekommen war, hatte er gehört, was passiert war. »Cindy wurde in jener Nacht auf dem Weg zurück zu ihrem Wohnheim überfallen.«

Es schnürte ihm die Kehle zu, und als Mira seinen Arm berührte, zwang er sich, ihr in die Augen zu schauen. Das Mitgefühl, das er dort sah, erschlug ihn fast.

»Die Arme!«

»Ja.« Seine Stimme brach. Er wartete darauf, dass sie noch etwas sagte, dass sie wütend oder angewidert reagieren und ihm die Schuld geben würde, da er sie eindeutig hatte. Mit angespannten Muskeln bereitete er sich darauf vor, das zu hören, was ihm zustand, doch sie drückte einfach nur seinen Unterarm und ihr Blick blieb warm und liebevoll.

Er wusste nicht, womit er sie verdient hatte, aber er dankte seinem Schicksal und erzählte ihr den Rest der Geschichte. »Als ich mich am nächsten Tag bei ihr entschuldigen wollte, war sie fort. Sie war in der Nacht ins Krankenhaus gebracht worden und die Nachricht hatte sich schon am Morgen auf dem Campus herumgesprochen. Sie ist nie ans College zurückgekehrt. Wochenlang habe ich versucht, sie zu erreichen, aber sie hat mich nicht zurückgerufen.«

»Und du gibst dir die Schuld«, sagte Mira leise.

»Natürlich. Wenn ich mich – wie verabredet – mit ihr getroffen hätte, wäre das nicht passiert. Ich hätte sie niemals allein nach Hause gehen lassen.«

»Aber du kannst nicht wissen, was *wirklich* passiert wäre.«

»Du hast recht. Wichtig ist nur, was passiert *ist*.«

»Ach, Matt, ich verstehe dich, wirklich, aber ein großes Herz zu haben, macht das Leben manchmal schwerer als nötig. Haben sie den Kerl gefasst, der ihr das angetan hat?«

Matt zuckte mit den Schultern. »Es gab Gerüchte, aber soweit ich weiß, wurde nie jemand verhaftet.«

»Also hilfst du seit jener Nacht anderen Menschen, wenn sie in Schwierigkeiten geraten, quasi als eine Art selbstauferlegte Strafe?«

»So in etwa. Um den Fehler auszubügeln, den ich niemals wiedergutmachen kann. Und glaub mir, ich versteh den Psychokram, der dahintersteckt. Es ist nicht so, als würde ich nicht kapieren, warum ich das mache. Obwohl dir meine Brüder erzählen werden, dass ich auch schon davor vor nichts zurückgeschreckt bin, um anderen Menschen zu helfen, und das ist auch wahr. Es wurde nur einfach nicht durch das gleiche Feuer angetrieben.«

»Dann ... sind die Gerüchte also wahr? Du ziehst los und *suchst* Leute, die du retten kannst?«

Er hätte es leugnen können, nicht offenbaren können, wie

sehr diese Dämonen von ihm Besitz ergriffen hatten, und sie würde es nie erfahren. Aber er wollte nicht, dass es irgendwelche Geheimnisse zwischen ihnen gab. Das war etwas, was seine Mutter ihm eingebläut hatte, als er älter wurde, ebenso wie sie ihm eingebläut hatte, dass der Schlüssel zu einem glücklichen Leben darin lag, seinem Herz zu folgen. Immer mehr verstand Matt das nun in einem viel weiteren Sinne als bisher.

»Das habe ich tatsächlich früher gemacht«, gab er vorsichtig zu, während er beobachtete, wie sie seine Worte aufnahm. »Ich habe vielen geholfen.« Er hatte keine Ahnung, wie vielen Menschen er im Laufe der Jahre beigestanden hatte, denn er hatte nie zahlenmäßig eine Schuld abgetragen. Es war einfach zu einer Lebensweise geworden.

»Warum hast du aufgehört?«

»Aufgehört?«

»Du hast gesagt, dass du es *früher* gemacht hast. Warum jetzt nicht mehr?«

Er lächelte. Endlich eine einfache Frage. »Das war keine bewusste Entwicklung. Mir wurde neulich klar, dass sich einiges geändert hat, seit ich wieder zu Hause bin, seit wir zusammen sind. Ich bin nicht mehr so rastlos und unruhig, wie ich immer war. Ich spüre nicht mehr diesen Drang, Geister zu jagen.«

Stirnrunzelnd zog sie ihre schmalen Augenbrauen zusammen. »Heißt das, du hast das Gefühl, dass ich und Hagen gerettet werden müssen?«

»Nein, Sunshine. Du und Hagen müsst nicht gerettet werden. Ihr beide seid mir wichtig, und dazu gehört, dass ich euch beschützen möchte, aber dabei geht es nicht um Rettung.« Ihre Mundwinkel zuckten nach oben und die Sorge schien aus ihrem Gesicht zu weichen. Er kam näher, denn er brauchte diese Verbindung, um ihr seine ganz geheimen Wahrheiten anzuvertrauen.

»Mein Leben hat sich verändert. Als Dozent hatte ich selten Zeit für irgendetwas anderes, und das ist auch einer der Gründe dafür, aus denen ich ernsthaft darüber nachdenke, diese Tätigkeit aufzugeben. Anderen zu helfen, war wahrscheinlich auch meine Art, eine Leere zu füllen, die ich ignorieren wollte. Doch nachdem wir uns begegnet sind, wurde es immer schwerer, diese Leere zu ignorieren. Ich wollte dich, und ich habe mich um dich und Hagen gesorgt, aber ich musste diese Gefühle permanent verdrängen, weil du hier warst und ich meilenweit entfernt.« Er schwieg kurz.

»Ich ziehe nicht mehr los und suche diese Situationen, weil die Leere auf eine andere, natürliche Art gefüllt wurde, indem ich für dich und Hagen da sein darf, und wahrscheinlich auch dadurch, dass ich wieder bei meiner Familie bin und für sie da sein kann.«

Sie drückte seine Hand. »Gut, denn ich glaube auch nicht, dass wir gerettet werden müssen, aber wir genießen es, dich in unserem Leben zu haben. Hast du darüber nachgedacht, Cindy ausfindig zu machen und dich bei ihr zu entschuldigen, damit du so vielleicht damit abschließen kannst?«

»Ich hab oft darüber nachgedacht, aber es könnte ihr vielleicht mehr schaden, als dass es gut für sie ist, und sie ist diejenige, die in dem Ganzen wichtig ist. Und außerdem wird es mein Verhalten nicht ändern, wenn ich damit abschließe, Mira. Ich bin so. Ich werde nicht wegschauen, wenn jemand Hilfe braucht, aber ich verspreche dir, dass ich nie etwas tun werde, was dich oder Hagen in Gefahr bringt. Wenn das für dich ein Problem darstellt, dann musst du eine Entscheidung treffen, Sunshine. Entweder du kommst mit einem Kerl wie mir zurecht oder nicht. Es ist am besten, wenn wir das so früh wie möglich herausfinden.«

Die Haustür flog auf und Hagen rannte durchs Haus. »Mom!«

Matt und Mira standen auf, als Hagen auch schon zur Hintertür herausstürmte und Mira in die Arme sprang.

»Es war so toll!«, rief Hagen, während Mira ihn auf die Wange küsste. Er befreite sich aus den Armen seiner Mutter und umarmte Matt. »Ich hab ihnen gezeigt, wie man den Kompass benutzt, und hab sie bei einer Wanderung durch den Wald geführt! Bleibst du zum Essen? Onkel Drake und Onkel Rick haben mir beigebracht, wie man über einem Lagerfeuer was kocht, und ich will für dich und Mom kochen.«

»Das muss deine Mom entscheiden, kleiner Mann.« Matt schaute Mira an.

In ihren Augen funkelten unmissverständlich Zärtlichkeit und Leidenschaft um die Wette. »Meine Entscheidung lautet«, sie machte eine lange Pause, und in dem Schweigen, in ihrem liebevollen Blick und der Wärme, die sie ausstrahlte, wurde deutlich, dass sie auf seine vorherige Frage antwortete, »unbedingt! Matt kann so lange bleiben, wie er will.«

Zwanzig

Wieder zurück in den Mommy-Modus zu kommen war leicht, in den Arbeitsmodus zu finden dagegen schon etwas weniger. Die Gedanken an ihr liebeserfülltes Wochenende mit Matt vernebelten Miras Hirn. Als Matt am Montagmorgen kam, um Hagen ins Sommercamp zu fahren, sprühten die Funken, die sie in seiner Gegenwart mittlerweile freudig erwartete, doch sie wurden von viel tieferen Gefühlen als noch vor wenigen Tagen getragen. Sie hatten sich so viel voneinander erzählt, dass die Grenze zwischen ihrem und seinem Leben verschwamm, und das gefiel ihr. Sehr sogar.

Die ruhige Zeit, die Matt ihr mit dem Fahrdienst verschaffte, nutzte sie, um mit den Telefonaten loszulegen, mit denen sie andere Unternehmer für die Idee einer Genossenschaft begeistern wollte. Die ersten Anrufe stießen auf geringes Interesse, und auch das nur, nachdem sie Fragen beantworten musste, bei denen sie sich wie eine Verbrecherin oder Telefonbetrügerin vorkam – *Woher haben Sie meine Nummer? Wie kommen Sie darauf, dass meine Firma Hilfe braucht?* Ihre Idee wurde nicht gerade als das vielversprechende Unterfangen aufgenommen, als das sie es sah.

Sie sammelte gerade ihre Sachen zusammen, um zur Arbeit

aufzubrechen, als ihr Handy klingelte und Matts Bild auf dem Display auftauchte. Allein sein Foto zu sehen, beschleunigte ihren Herzschlag.

»Der Adler ist gelandet«, sagte Matt geheimnisvoll.

Mira lachte. »Vielen Dank! Hat Hagen sich benommen?«

»Er war großartig. Wir hatten einen Riesenspaß und haben uns über das Floß unterhalten, das wir bauen wollen. Und wir dachten, wenn es dir recht ist, könnten wir übernächsten Samstag damit anfangen. Du brauchst vielleicht ein paar Wochen, um das mit der Genossenschaft auszuarbeiten, und ich wollte dir da keinen Druck machen.«

Die Schmetterlinge in ihrem Bauch hörten angesichts der Worte dieses unglaublich liebevollen Mannes gar nicht mehr auf zu flattern. »Klar. Perfekt.«

»Super! Dann sag ich Pete und meinem Dad Bescheid. Lass uns einen schönen Tag daraus machen. Nimm deine Badesachen mit, dann kannst du dich mit Jenna am Strand entspannen, während wir unseren Männerkram machen.«

Männerkram. Warum gefiel ihr das so sehr? *Weil es sein und Hagens Ding ist.*

»Klingt so, als wäre es nur eine hinterhältige Masche von dir, mich wieder in meinem Bikini zu sehen.«

»Sunshine, ich nehme jede Gelegenheit war, dich zu sehen, ob angezogen, nackt oder spärlich bekleidet.«

Sie spürte, dass sie errötete. »Mhm. Hört sich gut an.«

»Ich würde das Thema ja gern noch vertiefen, aber ich fahre gerade in die Seaside-Siedlung und kann es nicht gebrauchen, mit ausgebeulter Hose erwischt zu werden.«

»Das wollen wir doch wirklich nicht«, sagte sie kichernd. Sie hatte ihre Sachen gepackt und ging nach draußen zum Auto.

»Fast hätte ich es vergessen ... Donnerstag machen sie in

Hagens Camp anscheinend einen Ausflug.«

»Ja, ins Theater. Die Formulare hab ich alle ausgefüllt. Brauchen die noch etwas?«

»Nein, aber Hagen hat gefragt, ob ich als Begleitperson mitkomme.«

Mira ließ den Motor gerade an und dachte, sie hätte sich vielleicht verhört. »Er hat dich gefragt, ob du als Begleitperson mitkommst?«

»Genau. Ist das in Ordnung?«

»*Willst* du das?« Mira war in der Vergangenheit auf so vielen Schulausflügen mitgegangen, dass ihre Nerven angespannt waren, wenn sie nur daran dachte, auf all diese aufgeregten Kinder aufpassen zu müssen.

»Warum nicht? Den *Zauberer von Oz* hab ich seit Jahren nicht gesehen, und Hagen hat mir versprochen, dass ich keine Angst haben muss, wenn die fliegenden Affen auf die Bühne kommen. Das kann ich mir doch auf keinen Fall entgehen lassen.«

Ihr wurde ganz warm ums Herz, wenn sie daran dachte, dass Matt das für Hagen tun wollte und auch dass Hagen ihm dieses Versprechen gegeben hatte. Er kümmerte sich gern um die Menschen, die ihm wichtig waren – ebenso wie Matt.

»Und was ist mit der Arbeit an deinem Buch? Ich möchte nicht, dass du dich dazu verpflichtet fühlst, nur weil er gefragt hat.«

»Mira, ich möchte das wirklich gerne, und mit meiner Arbeit komme ich gut voran. Heute Morgen habe ich zwei Stunden geschrieben, bevor ich Hagen gefahren habe, und dann arbeite ich gleich noch ein paar Stunden, nachdem wir aufgelegt haben. Glaub mir, ich habe nicht das Gefühl, irgendetwas zu müssen. Ich habe monatelang darauf gewartet, all das zu machen. Jetzt hör auf, dir Sorgen zu machen, und erzähl mir von deinen Telefonaten.«

Sie stellte die Freisprechanlage ein und machte sich auf den Weg zur Arbeit. »Wegen der ganzen Dinge, die ich über sie wusste, weil ich vorher so viel recherchiert habe, haben die Leute gedacht, ich wäre eine Betrügerin, die nur an ihr Geld will.«

»Weil sie dich nicht kennen. Das verstehe ich. Das war auch so, als ich die ersten E-Mails von den Verlagen bekommen habe. Das waren einfach nur Standardbriefe ohne ein Gesicht dahinter. Du brauchst eine persönliche Verbindung.«

»Eine persönliche Verbindung? Aber wie? Wie hast du entschieden, welchen Verleger du zurückrufst?«

»Das war eine leichte Entscheidung. Eine der E-Mails war nicht so ein typischer Standardbrief. Ich wurde darin gefragt, ob wir uns mal zum Essen treffen und uns dabei unterhalten könnten. Danach gab es nichts mehr zu überlegen. Er war ein lebendiger, atmender Mensch. Darum geht es, Mira. So was brauchst du.«

»Wie soll ich das machen? Ich arbeite in Vollzeit und habe Hagen. Ich kann mir nicht einfach so die Zeit nehmen und ein Dutzend Unternehmen besuchen.«

»Nein, aber du hast gesagt, dass drei von neun Firmen mehr Informationen haben wollen, und du brauchst nur sechs, oder? Hattest du das nicht erzählt?«

»Je nachdem, wie viel die einzelnen Betriebe investieren, brauche ich fünf oder sechs, ja.« Sie parkte hinter dem Baumarkt. »Meinst du, ich sollte weiter Interesse wecken und dann die Firmen besuchen, die mehr Information erhalten wollen? Zwei von den dreien sind in Boston, die andere in New York.«

»Genau, Sunshine. Du wolltest doch die Ostküste bereisen.

Warum nicht Geschäftliches und Vergnügen vermischen?«

»Ich wollte mit Hagen einen Roadtrip machen. Als Urlaub. Auf keinen Fall kann ich mit einem Sechsjährigen im Schlepptau Unternehmer treffen, und ihn für eine Woche allein lassen, das geht auch nicht.«

»Du hast doch jetzt mich und einen kleinen Jungen, der ein paar Bibliotheken sehen will. Wir fahren alle zusammen los. Ich passe auf Hagen auf, während du deine Meetings hast. Die werden kaum mehr als zwei, drei Stunden dauern. Dann gehen wir in die Bibliotheken. Das wird toll. Vielleicht schaffen wir es nicht, alles anzusehen, was du und Hagen geplant hattet, aber ich werde dafür sorgen, dass er voll auf seine Kosten kommt.«

»Ist das dein Ernst? Selbst wenn ich fünf oder sechs Leute dazu bringe, sich mit mir zu treffen, dann könnte das mit der Fahrzeit und allem eine Woche oder länger dauern.«

»Dann fliegen wir notfalls.«

»Das kann ich mir nicht leisten.« Sie stellte den Motor ab und lehnte sich zurück in den Sitz. »Das alles ist zu viel, Matt. Ich glaube nicht, dass ich das kann.«

»Aber ich kann, und es ist das Geschäft meines Vaters, das du zu retten versuchst.«

»Matt …« Konnte sie es zulassen, dass er das tat? So eine Reise erforderte viel Geld und Zeit. »Was ist mit deiner Arbeit an dem Buch? Du hast gesagt, du musst nächstes Wochenende nach Boston, um zu recherchieren. Davon kann ich dich nicht abhalten. Außerdem, wie willst du vorankommen, wenn wir unterwegs sind? Du hast nur ein paar Wochen Zeit, bevor du wieder zurück musst.«

»Ich habe mehrere Wochen, und ich nehme mir morgens Zeit zum Schreiben, bevor Hagen aufwacht, oder nachdem er abends zu Bett gegangen ist. Und die Recherche in Boston verschiebe ich bis zu dem Zeitpunkt, zu dem wir gemeinsam dort sind.«

»Aber ich kann deinen Vater nicht so lange ohne Hilfe allein lassen.«

»Das musst du auch nicht. Mein Vater hat dieses Geschäft für seine Familie aufgebaut. Es ist an der Zeit, dass wir ihm aushelfen. Ich kümmere mich darum. Wenn wir zusammenarbeiten, können wir es schaffen. Kannst du noch ein paar Telefonate machen, wenn ich Hagen die nächsten Tage ins Sommerlager fahre?«

Ihre Freude über die Vorstellung, mit ihrem Projekt die nächste Phase anzugehen, und über Matts selbstloses Angebot, ließ sie kaum einen klaren Gedanken fassen.

»Was meinst du, Sunshine? Hast du Lust auf einen Roadtrip mit deinen beiden Lieblingsmännern?«

»Mehr als du dir vorstellen kannst.«

Matt ging hinüber zu Petes Garten, in dem er und Caden gerade die Bauteile für eine Schaukel von Petes Pick-up abluden. Joey bellte und kam ihm entgegen. Sie sprang an ihm hoch, legte die Vorderpfoten auf seine Oberschenkel und ließ sich von ihm streicheln.

»Hallo, Matt«, sagte Caden. »Ihr könnt ja schon mal quatschen. Pete, ich geh mal rein und hol was zu trinken. Wollt ihr was?«

»Nein, ich nicht, danke«, antwortete Matt.

»Danke, ich auch nicht. Mach Platz, Joey«, sagte Pete und die Hündin gehorchte sofort. »Ich wollte dir schon schreiben.

Lust auf ein Baseball-Spiel mit mir und den Jungs am Dienstagabend?«

»Ich war seit Ewigkeiten nicht bei einem Spiel. Klar, ich bin dabei. Soll ich Mira und Hagen fragen?«

»Dieses Mal nicht. Nur Hagen, wenn das in Ordnung ist? Wir machen einen Daddy-Kind-Ausflug. Das planen wir alle paar Wochen. Dann haben die Frauen mal eine Pause und wir haben Zeit mit unseren Kleinen. Win-win.«

»Klingt gut. Ich frage Mira, aber rechne mich und Hagen schon mal ein.«

»Geht klar. Was ist bei dir so los? Wie war Nantucket?«

»Es war wunderbar, aber du musst mir einen Gefallen tun. Erinnerst du dich, was Mira mir über Dads Geschäft gesagt hat?«

»Ja.« Pete streichelte Joey, die um Aufmerksamkeit buhlte.

Matt kniete sich neben sie und ließ sich von ihr das ganze Gesicht ablecken.

»Du bist so ein leichtes Opfer«, scherzte Pete.

»Musst du gerade sagen.« Matt erzählte ihm von dem Plan hinsichtlich der Genossenschaft. »Es wäre toll, wenn alle ein wenig mit anpacken und auf den Baumarkt aufpassen, während wir weg sind. Ich rede auch mit Grayson, Hunter und Sky. Kannst du ein, zwei Tage aushelfen?«

»Was schwebt dir vor? Eine Woche? Zehn Tage?«

»Eine gute Woche, denke ich.« Matt stand auf, als Jenna mit Bea aus dem Ferienhaus kam und Joey ihnen entgegenlief.

»Onke Matt!« Bea tapste in ihrem hübschen blauen Strandkleid auf ihn zu.

»Hallo, meine Schöne.« Er nahm sie auf den Arm und küsste sie auf ihre Pausbacken.

Pete lächelte. »Sie hat dich gern hier, musst du wissen.«

»Ja, und ich bin gern hier.« Matt erwiderte Petes ernsten Blick. »Was meinst du? Glaubst du, du könntest etwas aushelfen, während wir weg sind?«

»Wo willst du denn hin?«, fragte Jenna, die ein ähnliches Kleid wie Bea und dazu passende Flipflops trug.

Pete erklärte ihr, worum es ging.

»Das machen sie schon. Mach dir keine Sorgen, und wenn sie nicht können, dann machen die Mädels und ich das.« Jenna zuckte vielsagend mit den Augenbrauen. »Das sieht nach einer ernsten Sache aus, oder?« Sie ging auf Zehenspitzen und zog Matt an seinem T-Shirt zu sich, damit sie in sein Ohr sprechen konnte. »Wenn du ihr das Herz brichst, bringt Pete dich um.«

Matt schaute zu Pete, der nur mit den Schultern zuckte. »Wahrscheinlich hat sie recht. Sie ist der reinste Segen für Dad. Und er behandelt sie wie eine Tochter.«

Bea bekam noch einen Kuss, bevor Matt sie an Pete übergab. »Für mich ist sie auch der reinste Segen.«

Nach dem Gespräch mit Pete rief Matt Grayson an. Der war in seiner Firma Grunter's Ironworks und stellte ihn auf Lautsprecher, damit Hunter mithören konnte.

»Hallo, Bruderherz«, begrüßte ihn Hunter. »Wie ich gehört habe, seid du und Mira unzertrennlich geworden. Hat ja auch lange genug gedauert.«

Matt lachte, denn er hatte sich selbst auch schon gesagt, dass es verdammt noch mal an der Zeit gewesen war.

»Wir freuen uns für euch«, sagte Grayson.

»Danke, das ist echt nett von euch.« Er erklärte die Idee mit der Genossenschaft und fragte, ob sie aushelfen konnten.

»Klar. Parker und ich sind jetzt erst mal hier bis zur Hochzeit, also kann ich mir die Zeit nehmen«, antwortete Grayson.

»Ich bin auch dabei«, bot Hunter an. »Aber nur damit ich

das richtig verstehe... Du hast dir eine Auszeit genommen, um zu schreiben, und stattdessen verbringst du deine Wochenenden auf Nantucket, vögelst dich um den Verstand und ...«

Hunters Stimme verebbte und Matt hörte nur noch eine Rangelei, konnte aber nicht heraushören, was gesagt wurde. Er musste grinsen, denn so wie er Grayson kannte, machte er Hunter wegen seiner Bemerkung die Hölle heiß.

»Meine Güte, Gray!«, brüllte Hunter. Dann war wieder nur ein Raufen zu hören.

»Jetzt sag's ihm«, forderte Grayson ihn ernst auf. Dann lachten beide.

»Der Vollpfosten hat mich geschlagen«, beschwerte sich Hunter.

Wie in den guten alten Zeiten. Matt schmunzelte.

»Tut mir leid, Matt«, lenkte Hunter ein. »Du weißt, was ich meine. Du stellst das Schreiben an zweite Stelle, hinter eine Beziehung. Das ist für dich eine große Sache.«

»Warum hast du das nicht gleich so gesagt?«, fragte Grayson ihn noch immer mit ernstem Tonfall.

»Meine Güte, Gray«, sagte Hunter. »Sich um den Verstand vögeln ist doch was Gutes.«

Das Gespräch drehte sich dann wieder darum, wie sie im Baumarkt aushelfen konnten, und als Matt auflegte, um Sky anzurufen, konnte er gar nicht mehr aufhören, zu grinsen. Er hatte seine Brüder viel mehr vermisst, als er sich zugestanden hatte.

Er erklärte Sky, wo er und Mira in ihrer Beziehung standen, denn das interessierte sie am meisten, und erst dann erzählte er ihr von ihren Plänen.

»Dein Ernst?«, kreischte Sky. »Natürlich springe ich ein. Was immer ihr braucht. Cree kann hier meine Schichten übernehmen, also macht ihr einen Plan und ich bin da.« Cree war ihre neue Mitarbeiterin.

»Danke, Sky.«

»Ich ruf die Mädels an. Mira wird Hilfe brauchen. Sie kann unmöglich alles allein für diese Meetings vorbereiten.«

»Sie hat ja mich«, erinnerte Matt sie, obwohl er sich unglaublich freute, dass seine Schwester die Clique für Mira zusammentrommeln wollte.

»Ja, aber du bist nicht wir. Die Mädels und ich haben die ganze Dreier-Hochzeit geplant. Na ja, mit der Hilfe von Lizzie und ihrer Freundin Brandy für die Blumen und das Catering natürlich. Wir können alles organisieren, was Mira braucht, damit sie gut vorbereitet ist.« Sky berichtete Matt in allen Einzelheiten, was sie für das anstehende Hochzeitsfest geplant hatten. »Ich wünschte nur, Mom wäre hier und könnte zusehen, wie wir alle vor den Altar treten.«

Matts Herz zog sich schmerzhaft zusammen. Er vermisste ihre Mutter, und er wünschte sich auch, dass sie die Hochzeit seiner Geschwister hätte miterleben können. Ihm wurde bewusst, dass das Schuldgefühl, das seit dem Tod seiner Mutter wie ein Schleier über ihm gehangen hatte, endlich verschwunden war, und er ahnte, dass es damit zu tun hatte, dass er wieder zu Hause bei seiner Familie war.

»Sie wird da sein«, versicherte Matt ihr. »Sie hat uns immer im Blick.«

Einundzwanzig

Am Dienstagabend saß Mira auf ihrer Veranda und überarbeitete die Liste mit Dokumenten, die sie für die möglichen Genossenschaftsmitglieder vorbereiten musste. Hagen war begeistert gewesen, mit Matt und den anderen zum Baseballspiel gehen zu dürfen. Matt hatte auch Drake und Rick eingeladen, worüber sie sich sehr freute. Sie wollte nicht, dass sie das Gefühl hatten, aus Hagens Leben verdrängt zu werden, weil Matt nun eine größere Rolle darin spielte.

Wie versprochen hatte Matt an den letzten beiden Tagen Hagen ins Sommerlager gefahren und ihr so mehr Zeit verschafft, ihr Projekt zu verfolgen. Viel Glück hatte sie dabei allerdings nicht. Montag und Dienstag war sie ihre ganze Liste infrage kommender Firmen durchgegangen und hatte sogar noch sechs weitere aufgetan und angerufen. Niemand war interessiert, aber sie gab nicht auf. Matt hatte angeboten, Hagen weiterhin zu fahren, bis sie genügend potenzielle Mitglieder gefunden hatte, damit eine Genossenschaft überhaupt Sinn machte. Auf keinen Fall konnte sie Recherche betreiben, um weitere Firmen ausfindig zu machen, und gleichzeitig die Unterlagen vorbereiten, die sie brauchte, falls die Meetings erfolgreich verliefen. Zum Glück kam Serena vorbei, um ihr zu helfen.

»Ist mein kleiner Lieblingsmann unterwegs, um Männerkram zu machen?«, fragte Serena, als sie mit einer Tüte in einer Hand und ihrem Laptop in der anderen ums Haus herumkam.

»Ja, unterwegs und total happy.«

»Ich hab ihm was mitgebracht.« Sie stellte ihren Laptop und die Tüte auf dem Tisch ab, holte ein dünnes Kinderbuch heraus und legte es vor Mira hin. »Du hast mir doch erzählt, dass sie so ein Floß in Huckleberry-Finn-Manier bauen wollen, also hab ich ihm ein Kinderbuch gekauft, das darauf anspielt: *Hinkleberry Funn, der Floßbauer*. Und für uns hab ich ein paar *Utensilien* mitgebracht.«

Sie brachte eine Flasche Wein, eine Schachtel Cracker und etwas Käse zum Vorschein.

»Hagen wird ganz aus dem Häuschen sein und ich bin es auch. Hab ich dir in letzter Zeit gesagt, wie lieb ich dich hab?«, fragte Mira und stand auf, um zwei Weingläser zu holen.

»Ich kann's ruhig noch mal hören. Dein Bruder macht mich verrückt«, rief Serena ihr hinterher.

Da erzählst du mir nichts Neues. Sie trug die Weingläser hinaus auf die Veranda. »Welcher Bruder?«

»Drake, natürlich. Nein, Rick. Okay, beide.« Serena legte den Kopf zur Seite und lauschte, als sie mehrere Autotüren hörte. »Wer ist das?«

»Keine Ahnung. Ich erwarte niemanden.«

Sie gingen die Stufen der Veranda hinunter, und in dem Moment tauchten Sky, Bella, Jenna, Amy, Leanna, Parker, Jana und Jessica, alle mit bunten Taschen und in Strandkleidern, die sie wie stets über ihrem Bikini trugen, neben dem Haus auf. Sie sahen aus, als kämen sie geradewegs vom Strand.

»Ich glaube, wir brauchen noch mehr Wein«, sagte Serena

leise.

»Da ist sie ja!«, sagte Jenna, als sie die beiden erblickte. »Wir sind hier, um bei dem Genossenschaftskram zu helfen. Die Seaside-Mädels stehen zu Ihren Diensten!«

»Wirklich? Ihr alle?« Mira war überwältigt. »Woher wusstet ihr überhaupt, dass ich Hilfe brauche?«

Die Mädels kamen auf die Veranda und packten ihre Taschen aus – Laptops, Handtücher, Wein und die unvermeidlichen Plastikweingläser, eine große Tüte M&Ms und zwei Packungen mit Keksteig landeten auf dem Tisch.

»Matt hat erzählt, dass du an den Unterlagen für euren Trip arbeitest«, sagte Amy und stellte die Plastikgläser neben die beiden Weingläser. Dann mühte sie sich mit der Weinflasche ab, bis Bella sie ihr schließlich aus der Hand nahm.

Bella öffnete die Flasche und schenkte allen ein. »Wir sind Profis in allem, was mit Präsentationen und auch mit Hochzeiten zu tun hat. Die dreifache Hochzeit ist geplant, das Catering steht und alles ist organisiert.« Sie wandte sich Serena zu, die den ganzen Wirbel amüsiert beobachtete.

»Ich bin Bella, und du musst Serena sein, Miras beste Freundin, über die wir schon alles gehört haben. Du bist ja echt süß. Hast du einen Freund?«

»Ähm …?« Serena hob die Augenbrauen.

»Beachte sie gar nicht.« Parker, Graysons Verlobte, war eine wunderschöne blonde Schauspielerin, die sich zum Glück überhaupt nichts darauf einbildete. Sie trug nur wenig Make-up und ihre Haare waren zu einem hohen Pferdeschwanz zusammengebunden. »Bella ist der Scherzkeks unserer Truppe, und sie hat den Streichen, die sie Theresa, der Verwalterin von Seaside, die auch unsere Trauung vollzieht, abgeschworen, also braucht sie ein anderes Projekt. Das Leben als Mom und Organisatorin eines Arbeits- und Studienprogramms für Highschool-Kids und unsere Gesellschaft reichen ihr einfach nicht aus. Sie ist wie Wonder Woman auf Duracell.«

»In dem Fall kannst du sicherlich einen würdigen Kerl für mich auftreiben«, sagte Serena vollkommen ernst. »Ich hab sie gern groß, dunkelhaarig und gut bestückt.«

»Oh je, dann bist du Bellas Traumprojekt.« Jessica warf ihre langen dunklen Haare zurück und setzte sich auf einen Stuhl. Sie war als Cellistin Mitglied des Boston Symphony Orchestra gewesen, bevor sie und Jamie ihren Sohn Dustin bekommen hatten. Im Gegensatz zu Bella widmete Jessica begeistert all ihre Zeit der Familie.

»Ich könnte dich mit meinem Bruder Brock verkuppeln«, bot Jana an. »Ich hab keine Ahnung, was seine Bestückung angeht – und will es auch gar nicht wissen –, aber die Frauen finden ihn toll. Er besitzt einen Boxclub in Eastham. Er hat mir das Boxen beigebracht.«

»Du boxt? Mira, wo hast du diese erstaunlichen Frauen bisher versteckt?« Serena hob ihr Glas und sagte: »Auf die Suche nach einem Mann für mich. Vielleicht fang ich einfach mal mit Brock an.«

Sie stießen miteinander an und Mira stellte Serena all ihre Freundinnen vor. Dann, als hätte sich der Wind gedreht, wurden alle geschäftig, öffneten ihre Laptops, holten Schreibblöcke und Stifte hervor und redeten über die Genossenschaft.

Amy zeigte mit dem Stift auf Mira. »Erzähl, was du bisher hast.«

»Okay.« Mira atmete tief ein und langsam aus, während sie ihren Blick über die Runde wandern ließ. »Aber zuerst mal muss ich mich bedanken. Ich hab mir total den Stress gemacht, weil ich nicht wusste, wie ich das alles schaffen soll.«

»Mach dir keinen Stress mehr«, sagte Sky. »Das ist schlecht für deine Aura, und mit uns an deiner Seite wirst du dir nie wieder Stress machen müssen.«

Mira hatte ein gutes Verhältnis zu den Frauen, seit sie angefangen hatte, für Neil zu arbeiten. Alle, die irgendwie mit den Lacrouxs in Verbindung standen, waren wie eine große Familie. Aber dass jede einzelne von ihnen auf ihren freien Abend verzichtete, um ihr zu helfen? Sie hatte das Gefühl, in eine Schwesternschaft hineingestolpert zu sein. Die *Helfenden Schwestern*, ging ihr durch den Kopf.

Sie erklärte, was sie präsentieren wollte, und alle machten sich Notizen. »Im Grunde brauche ich alles, aber ein professionell aussehender Businessplan, Listen von Lagerhäusern, einschließlich Preise, Ort und Auflagen, das wäre das Wichtigste. Ich muss auch eine Aufstellung der erwarteten Gewinne machen. Die Zahlen habe ich, aber ich sollte die unterschiedlichen Szenarien darstellen, also mit fünf Investoren und mit sechs oder vier. Ich denke, es wäre auch schlau, Beispiele von anderen Betrieben zu haben, die Genossenschaften gegründet haben. Nichts überzeugt mehr als der Beweis, dass es funktioniert. Ich habe meine anfänglichen Notizen von meinen Recherchen, aber die sind nicht präsentabel.« Niedergeschlagen ließ sie die Schultern hängen. »Es gibt so viel zu tun, aber Matt und ich sind der Meinung, dass wir versuchen sollten, unsere Reise möglichst bald zu machen, damit die, die Interesse haben, es nicht verlieren.«

»Nagel sie fest, bevor sie von der Couch rutschen«, sagte Parker. »Das sagen sie in Hollywood.«

Jana und Sky lachten.

»So meine ich das nicht!«, beschwerte sich Parker und alle

brachen in Gelächter aus. »Ihr denkt auch immer nur an Sex.«

»Guck dir unsere Männer an«, sagte Bella. »Guck dir *deinen* an. Kann man uns das übelnehmen?«

Parker wurde rot. »Stimmt, ich bin tatsächlich verrückt nach meinem Zukünftigen.«

»Meine Damen«, meldete Jenna sich laut zu Wort. »Weniger Sex, mehr Genossenschaft, bitte!«

Sie teilten die Aufgaben auf und bildeten Teams, die sich den einzelnen Punkten widmeten. Sie waren die am besten organisierten Frauen, mit denen Mira je gearbeitet hatte. Als sie fertig waren, legte Jenna eine Liste in die Mitte des Tisches, auf der alles notiert war, was sie besprochen hatten.

»Amy und Mira, ihr kümmert euch um die Finanzdokumente. Sky, Leanna und Bella stellen Nachforschungen zu Lagerhäusern in den in Frage kommenden Gegenden an. Parker und Serena bringen den Businessplan, den du schon grob skizziert hast, ins Reine, und Jana, Jessica und ich überarbeiten deine Recherchen zu bestehenden Genossenschaften und suchen noch nach weiteren, die wir in den Bericht aufnehmen können.« Sie schaute in die Runde. »Bis wann kriegen wir das hin? Nächsten Freitag, schaffen wir das?«

»Pff.« Amy winkte ab. »Kinderspiel.«

»Auf alle Fälle. Und ich frage auch noch den Geschäftsführer meiner Stiftung nach Tipps.« Parker hatte eine sehr erfolgreiche Stiftung für Kinder gegründet, und Mira wusste, dass ihre Erfahrung von unschätzbarem Wert sein würde.

»Ich bin euch allen so dankbar«, sagte Mira. »Ihr könnt euch nicht annähernd vorstellen, wie erleichtert ich über eure Hilfe bin. Ich fühle mich jetzt schon viel besser.«

»Gut!« Sky griff nach dem Keksteig und riss die Verpackung auf. »Und jetzt erzählst du uns, was zwischen dir und meinem

Bruder läuft.«

»Warte! Ich dachte, wir würden jetzt Nacktbaden gehen«, sagte Amy mit schmollendem Gesichtsausdruck.

»Nacktbaden? Hier?« Mira und Serena sahen sich mit großen Augen an. »Das geht nicht. Da kann uns jeder sehen.«

»Ist das kein Privatstrand?«, fragte Jessica. »An einem öffentlichen Strand ziehe ich mich nicht aus.«

Jennas Hand schoss in die Höhe. »Auf zu Parker!«

»Ich hab den Keksteig!« Amy hielt die Packungen hoch.

In einem hektischen Chaos wurden Essen, Handtücher und Laptops eingepackt.

»Jetzt wartet mal!« Mira sah sich verwirrt um. »Warum gehen wir überhaupt nackt baden?«

Parker lächelte verschmitzt. »Erinnerst du dich daran, dass ich dir von dem Initiationsritual erzählt habe?«

»Ich dachte, das wäre ein Witz gewesen«, sagte Mira und erinnerte sich daran, was Parker ihr über den Moment erzählt hatte, als sie mit den Mädels das erste Mal in ihrem Leben im See bei Graysons Haus nackt gebadet hatte.

»Das war kein Witz, meine Süße.« Jenna zwinkerte ihr zu. »Du bist jetzt auch ein Seaside-Mädel. Wir wollten dich im letzten Sommer schon mitnehmen, aber dann sah es so aus, als würdet du und Matt irgendwann zusammenkommen, also dachten wir, wir warten es ab.«

»Yippieh! Ihr seid großartig!«, rief Serena aus und sammelte ihre Sachen zusammen. »Nacktbaden! Das haben wir seit unserer Kindheit nicht mehr gemacht!«

»Ach, dann habt ihr das schon mal gemacht?«, fragte Jana. »Ich wusste doch, dass Mira nicht das brave Mädchen ist, als das sie sich ausgibt.« Sie hob die Hand und Mira schlug sie halbherzig ab.

»Aber ich bin jetzt eine Mutter«, wandte sie ein. »Es fühlt sich falsch an, nackt baden zu gehen.«

»Ach was! Fünf von uns sind Mütter«, widersprach Jenna. »Jetzt pack deine Sachen, damit du eine witzige Mutter mit uns sein kannst.«

Als Mira abgeschlossen hatte und zu den anderen vor ihrem Cottage trat, machte sich die Abenteuerlust in ihr breit. Auf dem Weg zu Graysons und Parkers Haus wurde es langsam dunkel. Christmas, Parkers Mastiff, stürmte durch seine Hundeklappe heraus und begleitete sie durch den Wald zum See, während er sich immer wieder von allen Streicheleinheiten abholte.

Die Frauen ließen diverse Kleidungsstücke schon auf dem Steg fallen und hinterließen so eine Spur aus Strandkleidern und Flipflops. Am Ende des Stegs zogen sie sich ganz aus, hielten sich an der Hand und sprangen kreischend hinein, sodass Christmas bellend und winselnd in das Spektakel einstimmte.

Serena und Mira schrien auf, als die planschenden Mädels ihre Kleidung nassspritzten.

»Kippel!«, rief Jenna, als sie an die Oberfläche kam. »Macht euch auf kalte Nippel gefasst!«

Ein Kopf nach dem anderen tauchte wieder auf und ein Durcheinander von Rufen folgte. *Brr! Eiskalt! Beeilt euch! Kommt rein! Zum Glück sind wir keine Kerle. Unsere besten Stücke wären unsichtbar!* Alle lachten.

»Komm!« Serena zog sich aus. »Beeil dich! Es ist kalt.«

Mira lugte zum haarlosen Körper ihrer besten Freundin, während sie sich auszog und vom Enthusiasmus der Gruppe mitreißen ließ. »Du benutzt ja wirklich die Enthaarungscreme!«

Serena verdrehte die Augen. »Man weiß ja nie, wann der

Richtige auftaucht. Jetzt komm, beeil dich!«

»Ihr müsst euch an den Händen fassen! Das gehört zur Tradition!«, rief Bella.

Mira verdrängte die Verlegenheit darüber, nackt auf dem Steg zu stehen, und ergriff die Hand ihrer Freundin.

»Das ist doch gar keine Tradition«, gab Jenna mit klappernden Zähnen von sich.

»Jetzt schon«, sagte Amy.

»Muss ich irgendetwas Besonderes tun?«, fragte Mira. Immerhin ging es hier ja um ein Initiationsritual.

»Das hast du schon«, sagte Sky. »Du hast meinen Bruder nach Hause geholt.«

»Aber was ist, wenn wir uns trennen?« Die Worte brachen aus ihr heraus – aus Angst, nicht nur Matt zu verlieren, sondern auch diese wunderbaren Freundinnen. »Ihr werdet mich dann nicht mehr ausstehen können, dabei habt ihr dann schon dieses Ritual mit mir durchgezogen. Verstößt das nicht gegen irgendeine Regel oder so?«

»Jetzt komm schon, du alberne Nuss«, sagte Parker mit klappernden Zähnen. »Wenn ein Lacroux sich erst einmal entschieden hat, schaut er nicht mehr zurück.«

»Mach's wie die Lacrouxs!«, drängte Sky sie. »Wag den Sprung ins kalte Wasser.«

Den Sprung ins kalte Wasser. Sie erinnerte sich an das, was Matt gesagt hatte, als sie gefragt hatte, wie sie es schaffen sollten, wenn er nach seiner Auszeit wieder nach Princeton zurückging. *Wir müssen darauf vertrauen, dass wir beide wissen, was das Richtige ist, wenn wir an diesen Punkt kommen.*

Die Mädels im Wasser riefen nun im Chor: »Spring! Spring! Spring!«

Mira hatte in ihrem Leben einen großen Sprung getan – als

sie Hagen bekommen hatte. Sie schaute zu ihren im Wasser strampelnden, lächelnden Freundinnen und hatte das Gefühl, Teil einer neuen, größeren Familie geworden zu sein.

Mach's wie die Lacrouxs! Wag den Sprung ins kalte Wasser!

Sie hatte ihren ersten Sprung ins kalte Wasser nie bereut, und als sie und Serena jetzt vom Steg sprangen und in das kalte Wasser eintauchten, dachte sie an Matt und wusste, dass sie auch diesen nie bereuen würde.

Zweiundzwanzig

Mira war sich sicher, dass sie in den letzten zwei Wochen von Lust und Adrenalin angetrieben worden war. An diesem Samstagnachmittag waren sie bei Pete und Jenna, um Hagens Floß zu bauen. Sie und Jenna entspannten sich mit Bea am Strand, während die Jungs im Garten arbeiteten. Es fühlte sich gut an, etwas Freizeit genießen zu können, nachdem sie den Entschluss gefasst hatten, die Sache mit der Genossenschaft voranzutreiben, und sie Tag und Nacht gearbeitet hatte. Sie konnte kaum glauben, dass sie den ersten Schritt geschafft hatten und sich morgen auf den Weg machten, um mögliche Partner zu treffen.

Unser nächstes Abenteuer.

Die Mädels hatten mit ihr jedes noch so kleine Detail ausgearbeitet und sie mehr unterstützt, als sie sich jemals hätte vorstellen können. Und wie versprochen hatte Matt Hagen zwei Wochen lang jeden Morgen ins Camp gefahren und ihr so die Zeit verschafft, die sie brauchte, um alles vorzubereiten. Am Ende hatte sie vierundfünfzig statt zwölf Telefonate gemacht, aber es hatte sich ausgezahlt. Sie hatte fünf Treffen mit sechs potenziellen Partnern geplant. Zum Glück waren die beiden Firmeninhaber in Boston einverstanden gewesen, sich gleichzeitig mit ihr zu treffen. Matt hatte mit seinen Geschwistern ihre Vertretung im Baumarkt organisiert, und Neil hatte sie beide damit überrascht, dass er sich mit allem einverstanden erklärte. Sie war sich nicht sicher, aber sie hatte das Gefühl, dass es vielleicht daran lag, dass sie und Matt dieses Unterfangen gemeinsam in Angriff nahmen. Sie wusste, wie sehr Neil hoffte, dass Matt sich dafür entscheiden würde, am Cape zu bleiben und den Baumarkt zu führen. Aber sie wusste auch, dass Matt kein Interesse daran hatte, das Geschäft zu übernehmen. Seine Augen funkelten geradezu vor Begeisterung, wenn er vom Schreiben sprach. Dass er das aufgab, konnte sie sich nicht vorstellen, egal was für ein großartiges Team sie abgaben – im Schlafzimmer und außerhalb.

»Die sind schon den ganzen Vormittag am Werkeln«, sagte Jenna. »Glaubst du, dass Hagen durchhält?«

Der Floßbau war ein viel größeres Unterfangen geworden, als Mira es sich vorgestellt hatte. Matt hatte sich dafür eingesetzt, dass Hagen das gesamte Projekt vom Anfang bis zum Ende begleitete, und so war er mit dem Jungen, Neil und Pete gemeinsam am Morgen losgezogen, um Material einzukaufen. Ihr kleiner Mann genoss jede Sekunde, die er in den *Männerkram* einbezogen wurde.

»Auf alle Fälle. Er freut sich auf das Floß ebenso wie auf unsere Reise. Danke übrigens. Ohne euch alle hätte ich das gar nicht geschafft. Und ich kann es noch immer nicht glauben, dass alle von Matts Geschwistern im Laden helfen, während wir weg sind. Das ist eine riesige Erleichterung.«

»Alle freuen sich über eure Reise und das, was es für Neils Geschäft bedeuten könnte. Er hat sein Leben dem Baumarkt gewidmet, und bevor du gekommen bist, sah es nicht so aus, als würde Lacroux Hardware überhaupt bis zu seinem Ruhestand bestehen bleiben«, sagte Jenna.

»Ich kann mir nicht vorstellen, dass es sein Geschäft nicht mehr geben sollte. Er hat so viele schöne Erinnerungen daran, wie seine Frau ihn dort besucht hat, und auch all seine Kinder, als sie noch klein waren. Der Baumarkt und Neil sind ein wichtiger Bestandteil der Gemeinschaft im Ort. Es kommen Männer vorbei, die Neil schon kannten, als sie in Hagens Alter waren. Ich hoffe, dass wir zusammen die Genossenschaft aufbauen können. Diese Reise wird alles entscheiden.«

»Bestimmt hast du alles wunderbar organisiert. Ich hätte an deiner Stelle eine ausgefeilte Liste, alles durchgeplant, von dem Moment, in dem das Flugzeug landet, bis abends zum Schlafengehen. Einschließlich einer Aufstellung der Outfits und Accessoires für jede Gelegenheit.« Jenna seufzte. »Das würde mir so viel Spaß machen.«

»Die Treffen habe ich bis in alle Einzelheiten geplant, aber trotzdem bin ich so nervös, dass ich von Glück sagen kann, wenn ich nicht vor Aufregung umkippe. Wenn ich auch noch alles andere organisieren müsste, würde ich sicher durchdrehen. Zum Glück planen Hagen und Matt gern. Wir haben beschlossen, mit dem Auto zu fahren, weil die Strecken zwischen den Städten nur wenige Stunden dauern. Ich hab sie gebeten, dass wir uns nicht zu viel für die einzelnen Tage vornehmen sollten, denn der Druck würde mich nur noch nervöser machen. Also haben sie die Besuche in den Bibliotheken geplant, die Hotels ausgesucht und Listen mit den Sachen erstellt, die sie sich in jeder Stadt ansehen wollen. Es war so süß, wie sie sich zusammen die Websites angesehen und alles aufgelistet haben. Am Ende mussten sie alles wieder auf ein vernünftiges Maß einschränken. Echt, die beiden sind sich so ähnlich, das ist der Wahnsinn! Wir fangen in Boston an, dann geht's weiter nach

Rhode Island, Connecticut und New York, wobei wir uns drei Bibliotheken von den vieren ansehen, die Hagen und ich auf unserer Liste hatten. Ich hoffe einfach nur, dass ich das gebacken kriege. Ich hab so etwas noch nie gemacht.«

Mira legte die Hand schützend über die Augen und beobachtete, wie die Männer im Garten werkelten. Die Muskeln von Matts freiem schweißbedecktem Oberkörper schimmerten und spannten sich unter dem Gewicht des Holzes an, das er trug. Er klopfte Hagen auf die Schulter, und ihr Sohn, der neben Neil saß und etwas am Boden machte, schaute zu ihm auf. Wie war sie überhaupt auf den Gedanken gekommen, dass sie auf ihre Herzen aufpassen musste, obwohl sie doch diesem Mann schon so lange gehörten?

»Du machst das schon«, sagte Jenna.

Joey trottete zu ihnen herüber und ließ sich neben Bea auf der Decke nieder. Die Kleine kicherte und die Hündin leckte ihr über die Wange.

»Und was Matt angeht ...«, fügte Jenna hinzu. »Du bist genau das, was er brauchte. Ihr beide, du und Hagen, seid es. Pete hat sich auf den heutigen Tag gefreut, seit Matt das Floß das erste Mal erwähnt hat. Es ist Jahre her, dass sie zusammen an einem Projekt gearbeitet haben. Im Ernst, Jahre! Bis zu diesem Jahr hat Matt die Sommer immer mit Kursen und seinen unendlichen Forschungsarbeiten verbracht. Der Mann hat mehr Artikel veröffentlicht als die Hälfte der Professoren in seinem Fachgebiet zusammen.«

»Ich bin froh, dass er sich diese Auszeit genommen hat. Es kommt mir so vor, als hätten wir beide seit der Verlobungsparty von Grayson und Parker versucht, nicht über eine Beziehung nachzudenken.«

»Ich weiß. Wir *alle* wissen das.« Jenna hob die Augenbrauen. »Er hat schon früher mal davon geredet, sich eine Auszeit zu nehmen, hat es aber nie gemacht. Dann habt ihr beide euch kennengelernt und *bäm!* Er ist den Sommer über hier, ihr beide wart auf Nantucket und morgen brecht ihr zu eurer großen Reise auf. Das ist alles so schön, und du sollst wissen, dass wir alle euch die Daumen drücken.«

Mira konnte gar nicht mehr aufhören zu lächeln. »Das klingt nach einem Pferderennen.«

»Es ist ein Liebesrennen«, sagte Jenna verschwörerisch. »Pete hat euch beide vom ersten Tag als Paar gesehen. Aber Matt ist am vorsichtigsten von all seinen Geschwistern. Pete meint, dass er in der Hinsicht ihrer Mutter ähnelt. Matt plant, denkt und grübelt, so wie ich über die Accessoires meiner Outfits nachdenke.« Sie wackelte mit den Zehen und zeigte Mira ihren rosafarbenen Nagellack, der zu ihrem Bikini und den Flipflops passte. »Alles muss sich richtig anfühlen, bevor er etwas in Angriff nimmt.«

Bei dem Gedanken an ihr letztes Liebesspiel musste Mira lächeln. Matt hatte diese Art, die vollkommene Kontrolle zu übernehmen, aber dabei war trotzdem jede Bewegung so leidenschaftlich und so unfassbar gut. Er hatte mit Sicherheit keine Probleme, etwas in Angriff zu nehmen, und alles fühlte sich absolut richtig an. Es fühlte sich *perfekt* an.

»Matt und Hagen verstehen sich wirklich gut. Es muss schön für dich sein, das mitansehen zu können.«

»Unbeschreiblich schön«, sagte Mira. Sie und Serena hatten sich am Abend zuvor eine Stunde lang darüber unterhalten, wie viel sich in nur wenigen Wochen verändert hatte. »Ich hatte Angst, einen Mann in Hagens Leben zu lassen, und Matt hat sich unbemerkt in jeglicher Hinsicht in meines geschlichen. An einem Tag waren wir Freunde, und am nächsten haben wir auf meinem Sofa herumgemacht, während Hagen schlief. Das hab ich noch *nie* gemacht. Niemals!«

»Das zeigt dir, dass es echt ist – wenn man Dinge tut, die man nie für möglich gehalten hätte.«

»Das sagt Serena auch.« Mira lächelte und dachte an ihr Gespräch über Enthaarungscreme, Kondome und Gleitgel. »Ich mache mir aber immer noch Sorgen darüber, was nach seiner Auszeit passieren wird.«

»Du könntest doch mit ihm nach Princeton zurückgehen, oder?« Jenna zupfte an ihrem Bikinioberteil herum, bemüht, ihre Brüste im Zaum zu halten, während sie sich zu Bea hinüberbeugte, um ihr Sand aus dem Gesicht zu wischen.

»Darüber haben wir nicht geredet. Wir haben uns darauf geeinigt, dass wir abwarten und sehen, wo wir stehen, wenn es so weit ist. Also versuche ich, nicht allzu viel darüber nachzudenken. Wenn ich es realistisch betrachte, würde es mir ziemlich schwerfallen, das Cape zu verlassen. Meine Brüder spielen eine wichtige Rolle im Leben von Hagen, und ich könnte Neil niemals so Knall auf Fall im Stich lassen. Vor allem nicht, wenn das mit der Genossenschaft klappt. Aber die Vorstellung einer Fernbeziehung ist auch kaum zu ertragen. Vor allem jetzt, da Hagen so eine Verbindung zu Matt aufgebaut hat. Er vertraut sich ihm sogar mit einigen Dingen an, was mich ehrlich gesagt etwas eifersüchtig macht.«

»Ach, das alles hab ich gar nicht bedacht. Klingt kompliziert. Aber dann ist es auch kein Wunder, dass ihr beschlossen habt, im Moment nicht darüber zu reden. Warum sich so viele Gedanken um etwas machen, das erst in mehreren Wochen zur Debatte steht? Und das mit der Eifersucht verstehe ich vollkommen. Meine Kleine macht das, und sie ist noch nicht einmal alt genug, um große Probleme zu haben. Aber ich weiß, dass sie als Teenager zu mir kommen wird, und nicht zu Daddy, der ihr wahrscheinlich davor schon am liebsten einen Keuschheitsgürtel verpassen würde.«

Sie lachten, doch jetzt musste Mira an Matts Rückkehr nach Princeton denken. Sie ermahnte sich, sich nicht voreilig Kummer aufzuladen und schob diese unangenehmen Gedanken erneut beiseite. Sie schubste sie gleich noch ein wenig heftiger fort und beschwor glücklichere Gedanken herauf.

»Ich glaube, dieser Beschützerinstinkt ist typisch für die Lacroux-Familie. Matt passt immer bedingungslos auf mich und Hagen auf.« Mira wurde bewusst, dass Matt seit ihrer ersten Begegnung so gewesen war. Sogar als sie mit Hagen im Park gewesen waren, bevor sie zusammengekommen waren, hatte er auf Hagen aufgepasst wie ein Luchs. »Ich hätte nie gedacht, dass ich das mal sagen würde, aber ich bin froh, dass er das macht. Es ist ein schönes Gefühl, zu wissen, dass er uns beschützt. Und auch wenn ich ein kleines bisschen eifersüchtig bin, freue ich mich doch darüber, dass Hagen sich ihm gegenüber so öffnet. Hagen hat uns beiden eine Zeit lang Sorgen gemacht, nachdem er gefragt hat, ob wir ihn für einen Nerd halten.«

»Oh nein! Wurde er wieder gehänselt?«, fragte Jenna.

»Das dachten wir, aber als Matt letzte Woche als Begleitperson mit auf Hagens Ausflug gekommen ist, hat ein kleines Mädchen gefragt, ob sie neben Hagen sitzen dürfte. Matt hat erzählt, sie hat Hagen in die Augen geschaut und gesagt: ›Nerds mag ich am liebsten.‹« Mira war so erleichtert gewesen, als Matt ihr die Nachricht geschrieben hatte, dass ihr tatsächlich die Tränen gekommen waren. »Und als Matt Hagen gefragt hat, ob er deswegen hatte wissen wollen, ob wir ihn für einen Nerd halten, hat er Ja gesagt, weil er einer sein *wollte*.«

»Das ist ja soo süß!«, sagte Jenna.

»Ich weiß, aber es ist zu früh. Dafür bin ich noch lange nicht bereit. Allein der Gedanke, von meiner Zeit mit meinem kleinen Jungen etwas abzugeben, für ein Mädchen, das ihm sicher das Herz brechen wird, tut schon weh.«

Jenna erzählte von ihrem ersten gebrochenen Herzen, und während Mira ihr zuhörte und zusah, wie Matt und Hagen Seite an Seite arbeiteten, wurde ihr klar, dass sie mittendrin in ihrer ersten Wahre-Liebe-Geschichte steckte. In der zweiten, wenn sie Hagen mitzählte, aber das war eine ganz andere Art von Liebe.

Matt beobachtete, wie Hagen mit dem Seil die oberen Stämme des Floßes an den im rechten Winkel dazu liegenden Bohlen befestigte, so wie er es ihm beigebracht hatte. Er hatte noch nie ein Kind gesehen, das Anweisungen so perfekt umsetzte und eine so lange Aufmerksamkeitsspanne hatte. Es war Nachmittag und sie arbeiteten schon seit Stunden an dem Floß im Huckleberry-Finn-Stil. Hagen hatte mit ihm die Stämme in einem Holzlager vor Ort ausgesucht. Später hatte er dabei geholfen, die Stämme abzumessen und zu markieren, damit Pete sie auf die gleiche Länge sägen konnte. Nachdem das getan war, hatten sie vier Stämme im Abstand von dreißig Zentimetern ins Gras gelegt, und Hagen hatte extra noch einmal gemessen, um sicherzustellen, dass die Stämme alle in gleicher Entfernung zueinander lagen.

Hagen machte alles sehr akribisch, was Matt sehr gut nachvollziehen konnte. Neil erklärte – wie Matt – die Gründe für jeden einzelnen Schritt. Das alles ließ Matt in angenehmen

Erinnerungen schwelgen. Er dachte daran, an wie vielen Projekten er im Laufe der Jahre mit seinem Vater gearbeitet hatte. Er war mehr an den Recherchen und Vorbereitungen interessiert gewesen als am eigentlichen Bau, aber Hagen schien sich für beides zu begeistern, und Neil genoss es in vollen Zügen. Matt ging das Herz auf, wenn er Hagen so mit seinem Vater und Pete arbeiten sah.

Sorgfältig wickelte Hagen das Seil um die Stämme. »Ist es so richtig?« Er hielt die beiden Seilenden in die Höhe. Seine Augen waren durch die Princeton-Basecap vor der Sonne geschützt.

»Perfekt. Ich glaube, du bist ein Naturtalent im Floßbau.« Matt verknotete die Seilenden, während Pete ein weiteres Stück Seil für Hagen abschnitt.

Hagens Blick hätte stolzer nicht sein können. »Das wird das beste Floß aller Zeiten. Wie das von Huck Finn.«

Pete gab ihm das Seil. »Wenn du so weitermachst, wirst du doch noch ein Boot bauen können.«

»Vielleicht will ich Bootsbauer werden, wenn ich groß bin.« Hagen hockte sich neben Matt und wickelte das Seil um den unteren Stamm, legte dann die beiden Stücke über Kreuz und wickelte sie weiter um den oberen Stamm herum. »Ist ein Bootsbauer ein Nerd?«

Neil legte den Arm um Petes Schulter und lächelte Hagen an. »Sehen Pete und ich aus wie Nerds?«

Hagen schaute grübelnd auf und nahm die beiden in Augenschein. Matt musste sich ein Schmunzeln verkneifen und betrachtete seinerseits seinen Vater und Bruder. Sie waren immer für ihn dagewesen, in guten und in schlechten Zeiten, und er hatte sie in den letzten Jahren ganz gehörig vermisst. Er gewöhnte sich allmählich daran, die Emotionen zuzulassen, die er so lange verleugnet hatte, und er merkte, dass er nun mehr von allem *fühlen* wollte. Er schaute zum Strand, wo Mira und Jenna mit Bea und Joey spielten, und sein Herz war erfüllt von Glück. Nichts konnte mit all dem mithalten – mit der Familie, mit Mira und Hagen und mit dem gemeinsamen Arbeiten an der Seite seines Bruders und seines Vaters.

Nichts.

Weder das Unterrichten noch das Schreiben, noch seine nächtlichen Rettungsaktionen.

Absolut nichts.

»Ja, ich glaube, ihr seid Nerds«, beschloss Hagen und holte Matt wieder zurück zum Gespräch. »Das ist gut, denn ich möchte mal so ein Nerd werden wie Matt.«

Pete lachte, und Neil sah Matt überrascht an, der ebenso verblüfft war wie sein Vater. Er wusste, dass Hagen ein Nerd sein wollte, weil ein gewisses kleines Mädchen mit hüpfenden blonden Zöpfen gesagt hatte, dass sie am liebsten Nerds mochte. Aber zu hören, dass er wie Matt werden wollte, war überwältigend. Es spielte keine Rolle, dass Hagen der Sohn eines anderen Mannes war und Matt keine Ansprüche auf ihn erheben konnte. Jedes Mal, wenn sie Zeit zusammen verbrachten, stahl ihm Hagen, wie auch seine Mutter, ein weiteres Stück seines Herzens.

»Warum möchtest du so ein Nerd werden wie Matt?«, fragte Pete mit einem Grinsen in Richtung seines Bruders.

»Weil meine Mom sagt, schlaue Jungs sind die besten Jungs, und sie liebt Matt. Das heißt, dass er ein schlauer Mann ist, und ich glaube, er ist ein Nerd, weil er manchmal eine schwarze Brille trägt, die alle Nerd-Brille nennen. Und er liest gern, so wie ich.«

Matt starrte Hagen an, der neben dem Floß kniete und das Seil weiter um die Stämme wickelte, als hätte er nicht gerade

Matts ganze Welt auf den Kopf gestellt.

»Du weißt auch, was das heißt, oder?« Neil legte die Hand auf Hagens Schulter, und als der kleine Junge den Kopf schüttelte, sagte er: »Das heißt, dass deine Mommy eine sehr schlaue Frau ist.«

»Stimmt, und deshalb bin ich so schlau.« Hagen konzentrierte sich wieder auf seine Arbeit an dem Floß.

Matt blinzelte gegen die Sonne an und schaute zu Mira, während er die Blicke von Pete und seinem Vater auf sich spürte. *Du liebst mich?* Sicherlich hatte Hagen irgendetwas, das Mira gesagt oder getan hatte, falsch verstanden.

Er hatte diese drei Worte eine scheinbar unendliche Zeit zurückgehalten – immer mit der Angst, ihr und sich seine Gefühle zu gestehen, obwohl seine Zukunft in der Schwebe hing. Er wollte keinen Druck auf Mira ausüben, nachdem sie deutlich gemacht hatte, dass sie es langsam angehen wollte und vorsichtig sein musste. *Langsam* hatten sie wohl vollkommen in den Wind geschossen.

Wir müssen darauf vertrauen, dass wir beide wissen, was das Richtige ist, wenn wir an diesen Punkt kommen.

War das hier dieser Punkt?

Dreiundzwanzig

Der Grund der Rocky Bay fühlte sich vertraut unter Matts Füßen an – wie ein guter alter Freund, der ihn begrüßte. Er und Pete trugen das Floß in das kühle, brusttiefe Wasser. Hinter ihnen wurde Hagen, der eine neue blaue Rettungsweste trug, die Matt ihm gekauft hatte, von Neil getragen. Jenna und Bea standen gemeinsam mit Mira am Ufer, die ihr Handy parat hatte, um Fotos von Hagens großem Moment zu machen. Die vom Wind zerzausten Haare umrahmten ihr Gesicht, die warme Sommerluft wehte einzelne Strähnen über ihre Wangen. Ihre gebräunte Haut schimmerte in der Nachmittagssonne. Sie biss sich auf die Unterlippe, erwiderte seinen Blick und sah in dem blassgrünen Bikini sündhaft sexy aus. Die Aufregung und die Hitze, die er mittlerweile schon erwartete, sobald sie zusammen waren, funkelten in ihren schönen Augen, während sie beobachtete, wie sie das Holzfloß auf die Wasseroberfläche absenkten.

Alle schienen den Atem anzuhalten und verfolgten gebannt *Hagen Savages erstes Floßabenteuer.* Hagen hatte immer wieder betont, dass er ein Buch darüber schreiben würde, und Matt war sich sicher, dass dieser entschlossene kleine Junge alles schaffte, was er sich vornahm.

Matt wusste, dass das Floß nicht untergehen würde. Trotzdem schoss Adrenalin durch seine Adern, als sich das Floß auf den seichten Wellen der Bucht auf und ab bewegte. Er sah, wie Jenna Mira anstupste und auf ihr Handy deutete.

Mira lachte und richtete das Handy in Richtung Floß. »Ich hab ihn nicht angeschmachtet«, sagte sie laut. Sie schlug die Hand vor den Mund und alle lachten.

»Das kannst du dir selbst weismachen«, scherzte Jenna.

»Es schwimmt!«, rief Hagen und zeigte aufgeregt aufs Floß. »Guck mal, Mom! Es schwimmt!«

»Natürlich schwimmt es, Schatz«, sagte sie. »Du hast es gebaut.«

»*Wir* haben es gebaut!«, korrigierte Hagen sie. »Die Männer.«

Hinter ihrem Handy wurde Miras Lächeln sichtbar.

»Erinnerst du dich noch an unsere Floß-Wettkämpfe?«, fragte Pete.

Bilder von Flößen und Wasserwettkämpfen kamen in Matt hoch. »Wie könnte ich die vergessen? Du wolltest unbedingt ein Segel auf deinem haben, und Hunter hat versucht, daran hochzuklettern, bis es einkrachte.«

Beide lachten.

»Ich erinnere mich an die kaputten Flöße und die Raufereien nach jedem dieser Wettstreite«, sagte ihr Vater.

»Sie haben sich gerauft?«, fragte Hagen.

»Wie kleine Affen.« Neil lachte und übergab Hagen an Matt. »Matt und seine Brüder sind immer in irgendwelche Schwierigkeiten geraten. Aber Sky nicht. Sie war zu sehr mit ihren Kunstwerken beschäftigt.«

Sie hatten an jede Ecke des Floßes Seile gebunden, damit sie es durchs Wasser ziehen konnten. Pete stand auf der linken Seite und hatte beide Seilenden in der Hand. Neil watete zu

Pete, der seinem Vater ein Seil übergab.

Hagen hatte die Arme fest um Matts Hals gelegt. »Ich wünschte, ich hätte Brüder. Ich möchte auch wie ein Affe raufen.«

Matts Blick wanderte zu Mira. Sie ließ das Handy sinken, und ein sehnsuchtsvoller Blick in ihren Augen war zu erkennen, den er am ganzen Körper spürte, als hätte sie ihn gestreichelt. Als sie lächelte, wurde er noch mehr in ihren Bann gezogen, so wie es immer geschah, wenn sie lachte und diese zarte Melodie sein Herz unvermittelt einstimmen ließ.

Oh ja, er war an *diesem Punkt* angekommen.

»Vielleicht hast du eines Tages welche«, sagte er und sein Blick löste sich keine Sekunde von der Frau, die sein Herz besaß.

Mira sah ihn mit großen Augen an, und einen Moment lang sagte niemand ein Wort, doch Matt war sich sicher, dass jeder seine stetig wachsende Liebe zu ihr fühlen konnte. Er warf Mira einen Luftkuss zu, der anscheinend eine Punktlandung gemacht hatte, denn sie blinzelte ein paar Mal und legte die Hand aufs Herz.

Jenna sagte etwas zu Mira, deren Wangen erröteten, woraufhin ihn eine Flut von Emotionen erfasste.

»Wo ist denn der Kapitän von diesem Floß?«, fragte Pete laut und brachte Matts Gedanken wieder auf die Spur.

Er stellte Hagen mitten auf das Floß, doch Hagen klammerte sich an ihm fest.

»Bist du sicher, dass es mich hält?« Seine kleinen Finger lagen noch um Matts Nacken.

»Vollkommen sicher«, beruhigte Matt ihn und löste behutsam die Hände von seinem Hals. »Du bist doch ein Floßbaumeister!«

Hagen nickte und griff nervös nach den Seilgriffen, die sie für ihn angebracht hatten. Matt behielt eine Hand an Hagens Rücken und ging neben dem Floß her, während Pete und Neil es über das Wasser zogen.

»Guck mal, Mom!«, rief Hagen und hielt sich an den Seilen fest. »Wir treiben auf dem Wasser! Wir treiben, Matt! Wir haben es geschafft. Ich bin wie Huckleberry Finn!«

»Du bist besser als Huckleberry Finn«, sagte Matt und schaute wieder zu Mira, die parallel zu ihnen mit Joey im Schlepptau am Wasser entlangging. Er nahm an, dass sie den großen Moment mit einem Video festhielt. »Du bist Hagen Savage!«

Hagens erste Floßfahrt war ein Riesenerfolg und dauerte über eineinhalb Stunden. Für die Männer war es das reinste Fitnessprogramm, da sie das Floß auf Geheiß ihres jungen Kapitäns hin und her und auch in tieferes Gewässer zogen. Anschließend verstauten sie das Floß sicher in Petes Boots-schuppen und bereiteten auf einem neuen stählernen Hibachi-Grill, den Grayson für Pete und Jenna angefertigt hatte, ihr Essen zu. Sie aßen am Strand und rösteten auch Marshmallows, die Hagen absolut liebte. Jenna, die Marshmallow-Prinzessin, bat Pete, Hagen zu zeigen, wie man die Marshmallows gold-braun röstete. Nicht golden, nicht braun, *goldbraun*, und Hagen stimmte ihr zu, dass sie so am köstlichsten waren.

Lange nachdem Bea auf der Brust ihres Daddys einge-schlummert war, als der Mond hoch am Himmel stand und die Holzscheite zu Asche zerfallen waren, schlief auch Hagen mitten auf der Decke ein. Matt und Mira verabschiedeten sich und Matt trug den schlafenden Jungen zum Auto. Er genoss das vertraute Gewicht in seinen Armen. Hagen rührte sich nicht einmal, als er ihn auf dem Rücksitz anschnallte.

Matt zog Mira an sich, so wie er es schon den ganzen Abend über zu gern getan hätte. Sie schmiegten sich aneinander, als er den Mund auf ihren senkte und sie mit einer Reihe von langsamen berauschenden Küssen eroberte. Mira zu küssen, war eine Ganzkörpererfahrung. Seine Beine erdeten sie, während ihre Hitze sie verband und sie ihm entgegenschmolz. Sie schmeckte süß und heiß und unfassbar köstlich.

»Den ganzen Tag über habe ich mich danach verzehrt, dich so zu küssen«, gestand er, bevor er ihr einen weiteren tiefen und fordernd intensiven Kuss schenkte, der keinerlei Raum für Missverständnisse ließ und eindeutig offenbarte, wonach er sich noch verzehrt hatte und was er zu tun beabsichtigte, sobald er ihr diesen Hoodie und diesen spärlichen, aufreizenden Bikini ausgezogen hatte.

»Bring mich nach Hause«, flüsterte sie an seinen Lippen.

Matts Hand ruhte auf der Heimfahrt auf Miras Oberschenkel, seinen Daumen ließ er langsam und sinnlich kreisen. Alle paar Minuten glitten seine Finger zwischen ihre Oberschenkel, doch er berührte nicht ihre Mitte, sondern kam ihr nur gerade so nah, dass sie berührt werden wollte. Als sie ihr Cottage erreichten, war sie so erregt und so von Liebe erfüllt, dass sie sich nicht sicher war, ob sie die Worte zurückhalten konnte.

Hagen wachte nicht auf, weder als Matt ihn ins Haus trug, noch als Mira ihm den Pyjama anzog. Der kleine Mann war vollkommen erledigt.

Sie lehnte die Tür zum Kinderzimmer nur an, dann nahm sie Matts Hand und führte ihn schweigend zu ihrem Schlafzimmer. Sie schloss die Tür und legte einen Finger auf die Lippen.

»Bist du sicher?«, fragte er, als er sie so nah an sich zog, dass sie seine Erektion spürte.

»Oh ja!«

Er eroberte ihren Mund, drückte sie fest an sich und beeilte sich, ihr den Hoodie und den Bikini auszuziehen, wobei er es schaffte, ihre Verbindung keine Sekunde zu unterbrechen, selbst als er seine Badeshorts auszog. Die Hitze seines Körpers breitete sich auf ihrem aus, als sie aufs Bett fielen. Er zog die Decke über sie.

»Falls Hagen aufsteht. Ich lausche auf jedes Geräusch von ihm, aber ich bin mir ziemlich sicher, dass mein Gehirn in etwa sieben Sekunden nicht mehr funktionieren wird.«

»Sieben Sekunden ist eine sehr lange Zeit.« Sie wand sich unter ihm und brachte seine Härte an ihre Pforte. Den ganzen Tag hatte sie ihn beobachtet, all diese verlockenden Muskeln hatten sie angemacht, sie so feucht gemacht, dass sie kurz ins Wasser gesprungen war, um ihre Erregung zu verbergen. Ein schmerzhaftes Verlangen danach, dass er sie liebte, körperlich und emotional, brodelte in ihr.

»Es sollte verboten sein, dass du in diesem spärlichen Bikini herumläufst«, sagte er und schenkte ihr noch einen erregenden Kuss. »Ich musste an große, dicke, behaarte Männer denken, um nicht den ganzen Tag mit einer Latte herumzulaufen.«

»Von jetzt an werde ich den immer tragen, wenn du in der Nähe bist.« Sie knabberte an seiner Lippe und er schob die Spitze seiner Länge an ihre Pforte. »Mhm. Mehr.«

Er schaute mit diesem besitzergreifenden, verführerischen Blick auf sie hinab, den er immer hatte, wenn sie sich liebten, und plötzlich wurde er ganz blass und zog sich zurück.

»Kondom«, brummte er. »Es tut mir leid. Ich …«

Sie zog ihn wieder zu sich heran. »Ich nehme die Pille, wenn du dir also keine Sorgen machst, dass du eine Krankheit haben könntest … Ich weiß, dass ich gesund bin.«

»Keine Krankheiten, Sunshine.«

Sie hob die Hüfte und brachte ihre Körper wieder zueinander. »Dann küss mich.«

Sie zog seinen Mund an ihren, nahm seine Hitze, seine Liebe in sich auf, bewegte sich mit ihm im Einklang, bis sie sich so nah waren, wie zwei Menschen es nur sein konnten. Ihre Mitte zog sich um ihn zusammen, ihre Herzen hämmerten im gleichen wilden Takt, dann löste er sich aus ihrem Kuss.

»Komm zurück«, flehte sie.

»Ich muss dich sehen«, stieß er aus.

Er nahm ihr Gesicht zwischen die Hände, und so viel Liebe lag in seinem Blick, dass ihr Herz zu bersten drohte.

»Ich liebe dich«, gestand sie im selben Moment, in dem er sagte: »Ich liebe dich so sehr.«

Ihr stockte der Atem und sie sah ein Lächeln auf seinem wunderschönen Mund. Dem Mund, der gerade seine Liebe beteuert hatte.

»Ich liebe dich, Sunshine. Ich liebe dich und Hagen so sehr, dass ich mir nicht vorstellen kann, euch nicht zu lieben. Ich liebe es, wenn du lächelst, wenn du lachst, wenn du deine süße Nase kräuselst. Ich liebe es, wie du dich um alles sorgst, was Hagen macht, und wie du seinen Wissensdurst stillst. Ich liebe es, wie sehr du dich um meinen Vater kümmerst und wie du deine Familie in Ehren hältst. Ich liebe dein großes Herz, deinen brillanten Verstand und deinen wahnsinnig sexy Körper. Ich liebe es, wie du mich ansiehst, wie du mich berührst.«

Überwältigt von Gefühlen, blieben ihr alle Worte im Hals

stecken. Sie konnte nur seinen Hintern fester packen, da ihre Hände gerade dort lagen.

»Ganz besonders, wenn du mich berührst«, sagte er mit dunklen, lustvoll funkelnden Augen. »Ich will mehr von dir. Mehr von diesen Tagen mit Hagen. Mehr Nächte wie diese.«

Sie hatte so lang darauf gewartet, mit ihm hier zu sein, ihr Herz vollkommen zu öffnen, sich zuzugestehen, die schützenden Mauern einzureißen, die sie um ihr Leben mit Hagen aufgebaut hatte. Eine Träne rann über ihre Wange und er küsste sie fort.

»Ich liebe dich auch«, brachte sie hervor, und nur Sekunden danach kam sein Mund auf ihren und sie bewegten sich. »Aber wenn du wieder gehst …?« *Gehen wir mit dir.*

»Ich werde nicht weggehen, Baby, sondern mir hier ein Leben aufbauen. Ich bin lang genug fort gewesen. Ich will dich, Hagen und meine Familie sehen, will am Cape leben. In Princeton gibt es nichts mehr für mich. Dort habe ich alles erreicht, was möglich ist.«

Ihre Gedanken rasten. Er liebte sie und wollte auf Cape Cod bleiben. Das waren große Neuigkeiten. Größer als groß. *Gigantisch.* »Aber du könntest immer noch den Posten als Dekan bekommen. Wenn nicht jetzt, dann vielleicht in ein paar Jahren.«

Er schüttelte den Kopf und küsste sie sanft. »Das ist unmöglich und ich möchte auch nicht mehr darüber nachdenken.«

Als ihre Münder wieder zueinanderfanden, hatte sie das Gefühl, dass sich all die Puzzleteile ihres Lebens ineinanderfügten. Die unbeantwortete Frage über Matts Zukunft schwebte nicht mehr wie eine Gewitterwolke über ihnen. Der Wind hatte sich gedreht und er blieb am Cape.

Und er liebte sie.

Er liebte sie beide.

Sie schaute zu ihm auf und musste es noch einmal hören. »Du bleibst?«

»Ja, Baby, ich bleibe. Jetzt lass mich dich küssen und die Gedanken in deinem wunderschönen Kopf zur Ruhe bringen.«

Sie liebten sich zunächst behutsam, als hätten ihre Geständnisse neue Türen geöffnet, durch die sie gemeinsam hindurchgehen wollten. Seine Hände glitten über ihre Seiten und Hüften, und ihr Körper schmiegte sich an seinen, wie schon so viele Male zuvor. Doch nun fühlte es sich anders an, intensiver, als würden sie einander mit ihrem Zeichen versehen.

»Ich liebe dich, Baby«, flüsterte er und küsste ihre Mundwinkel, bevor er sie mit einem weiteren aufregenden Kuss eroberte.

Als seine Stöße heftiger wurden, er tiefer in sie eindrang, sie noch mehr erfüllte, setzte die Tiefe seiner Liebe die Oberfläche ihrer Haut in Schwingungen, erhitzte ihr Blut und wurde zu der Luft, die sie atmete. Er schob die Hände unter ihren Hintern, hob sie an, damit er sie noch tiefer lieben konnte, bis ihr ganzes Universum von ihm ausgefüllt war.

»Mira«, keuchte er. »Ich liebe dich, Baby, und ich will es tausend Mal sagen, weil es sich so gut anfühlt, diese Worte endlich auszusprechen.«

Sie wollte es ihm auch sagen, ihm so vieles sagen – wie sehr sie ihn liebte, wie sehr sie auch darauf gewartet hatte, diese Worte auszusprechen, wie viel ihr seine Liebe für ihren Sohn bedeutete –, aber die Wogen der Ekstase packten sie und rissen sie mit, als sie sich ihrer Liebe hingab.

Vierundzwanzig

Mira saß am Montagmorgen in einem Büro im hinteren Bereich von Mr. Sag's Hardware Store in Boston, und ihr Herz hämmerte so heftig, dass die Männer ihr gegenüber es sicher hören konnten. Ken Sagner, der Eigentümer des Baumarkts, hatte ein viel größeres Büro als Neil, mit einem Fenster zur Straße hinter dem Geschäft und modernen bequemen Möbeln. Während Neil alle möglichen vergilbten Familienfotos mit Reißnägeln an der Wand befestigt hatte, waren Kens Bilder alle ordentlich eingerahmt und zeigten ihn und einen älteren Mann mit den gleichen dunkelbraunen Haaren und wachen blauen Augen. Sein Vater, nahm sie an.

Mira fummelte an der Ecke des Ordners herum, in dem sich alle Dokumente befanden, die sie und die Mädels vorbereitet hatten. Sie hoffte, dass sie ausreichen würden, um ihr Ziel zu erreichen. Und wenn diese Männer nun mehr als sie über dieses Thema wussten? Wenn sie irgendetwas falsch kalkuliert hatte?

Sie hatte ihre Präsentation so oft geübt, dass sie sie wahrscheinlich im Schlaf hätte abspulen können, und doch war sie jetzt so nervös, dass sie bestimmt irgendeinen unzusammenhängenden Unsinn von sich gab, sobald sie den Mund aufmachte.

Sie erinnerte sich an das, was Matt gesagt hatte, bevor sie die

Suite des Hotels verlassen hatte. *Diese Männer sind wahrschein-lich genauso wie mein Vater und hoffen, dass dies die Antwort auf ihre Gebete für ihr kleines Unternehmen ist. Du hast das Wissen, das nötig ist, um ihnen zu helfen. Daran musst du immer denken, und lass deine Persönlichkeit und deine Intelligenz durchscheinen, und vielleicht – nur vielleicht – kannst du sie dazu bringen, dass sie sich auf das Geschäftliche konzentrieren und nicht darauf, wie heiß du in diesem sexy kleinen Rock aussiehst. Viel Glück, Sunshine. Ich liebe dich. Und jetzt zeig's ihnen.*

Seit dem ersten Mal hatte er ihr noch hundert Mal gesagt, dass er sie liebte, und doch hatte es sie immer wieder überwältigt. Auch wenn sie sich nicht abgesprochen hatten, ihr Geständnis vor Hagen geheim zu halten, hatte sie doch bemerkt, dass Matt – ebenso wie sie – darum bemüht gewesen war, nicht vor Hagen zu sagen, dass er sie liebte. Sie wusste, dass die Worte zur richtigen Zeit kommen würden, doch als Mutter fragte sie sich, ob sie zuerst mit Hagen über ihre Gefühle reden sollte, oder ob das unnötig war. Ein Handbuch für Eltern wäre jetzt sehr nützlich.

Sie setzte sich aufrechter hin und schaute über den Tisch zu Ken und zu Martin Long, dem Eigentümer von South Side Hardware. Von wegen Elternratgeber, sie brauchte einen Verkaufsratgeber. Ken und Martin waren *nicht* so wie Neil Lacroux. Ken war der Sohn von Arnold Sagner, der das Unternehmen aufgebaut hatte, das Ken zu retten versuchte. Martin war älter, wahrscheinlich an die Fünfzig, wenn die grauen Strähnen an den Schläfen etwas aussagten. Er wirkte skeptisch, was sie verstand, auch wenn es ihr nicht gefiel. Die beiden waren Mira und Matt ähnlicher als Neil. Ihre Gedanken wanderten zu Matt. Er hatte nicht versucht, sich einzumischen, dieses Projekt an sich zu reißen oder die Lorbeeren dafür einzuheimsen, auch wenn er ihr bei allem geholfen hatte. Jetzt gerade war er mit ihrem schiffvernarrten Sohn bei den Boston Tea Party Ships und dem schwimmenden Museum, auf dem sie sie sich eine interaktive Ausstellung und die Nachstellung der historischen Ereignisse anschauen wollten. Es schien ihm überhaupt keine Sorgen zu bereiten, die nächsten Tage rund um die Uhr mit Hagen zu verbringen, und Hagen war außer sich vor Freude darüber gewesen. Matts ganze Familie hatte sich zusammen dafür eingesetzt, dieses Projekt möglich zu machen. Es hing viel davon ab, dass sie das hier zum Erfolg brachte.

Mira öffnete ihren Ordner und räusperte sich, um die aufkommenden Emotionen herunterzuschlucken. Sie hatte ein Kind zur Welt gebracht und einen wunderbaren kleinen Jungen großgezogen. Sie kam mit den beiden Geschäftsleuten schon zurecht, auch wenn sie mehr wussten als sie.

Wo ein Wille ist ...

»Danke, dass Sie sich die Zeit für mich nehmen«, sagte sie selbstbewusst. »Ich glaube, was ich für Sie vorbereitet habe, wird Ihnen gefallen.«

Später am Nachmittag, nachdem sie Matt und Hagen im Hotel getroffen, sich umgezogen, in einem kleinen Restaurant etwas zu Mittag gegessen und Hagen zugehört hatte, der ihr in allen Einzelheiten von seinem Tag berichtete, schwirrte Mira der Kopf noch immer von dem Treffen. Sie wollte vor Hagen nicht allzu sehr ins Detail gehen, also gab sie Matt nur eine Kurzfassung. Sie erzählte ihm, wie nervös sie zu Beginn der Besprechung gewesen war und dass ihr Selbstvertrauen zurückgekehrt war, nachdem sie mit der Präsentation begonnen hatte, an der sie so lang gearbeitet hatte.

»Es war beflügelnd und furchteinflößend zugleich«, gestand sie.

»Die Idee einer Genossenschaft ist alles andere als leicht verkäuflich«, sagte Matt. »Ich bin so stolz auf dich, dass du das auf dich nimmst.«

»Ich hoffe, dass zumindest einer von den beiden dabeibleibt.«

Als sie die Boston Public Library erreichten, stand Hagen mit großen Augen auf den Stufen des imposanten Gebäudes. Miras Reaktion fiel nicht viel anders aus und so war sie eine Zeit lang von ihren vielen Gedanken abgelenkt. Die prachtvollen Rundbogenfenster, die drei gewölbten Eingangstüren mit den gusseisernen Laternen zu beiden Seiten und die in den Granit gearbeiteten Schnitzereien boten ein grandioses Spektakel für die Augen. Das Innere war nicht weniger beeindruckend. Marmor, so weit das Auge reichte, himmlische Wandmalereien und Deckengewölbe mit Kuppeln. Sie hatten all das schon im Internet gesehen, aber diese gewaltige Architektur persönlich zu erleben, war tausend Mal besser. Als sie dann in den eigentlichen Bibliotheksräumen waren, wollte Hagen natürlich am liebsten jeden einzelnen Buchrücken berühren.

Während sie alles betrachteten und auf sich wirken ließen, gab Matt die Kinderversion einer Geschichtsstunde über die beiden Löwen-Skulpturen an der Haupttreppe, über die Wandmalereien und über eine Reihe von anderen Fakten. Hagen hörte gebannt zu und speicherte all dieses Wissen mit Sicherheit in seinem kleinen Kopf ab.

Doch auch Stunden später dachte Mira noch immer an ihre Besprechung.

Sie gingen an einer Wand voller edler dunkler Holzregale entlang. Als Hagen eine Reihe von Büchern im nächsten Gang inspizierte, nutzte Mira die Gelegenheit, um mit Matt über das Treffen zu sprechen. »Ich bin mir ziemlich sicher, dass Ken zumindest neugierig war. Hoffentlich ist er dabei. Er hat immerhin die ganzen Zahlen durchgesehen, ohne sie mir um die Ohren zu hauen. Aber Martin war eindeutig hin- und hergerissen. Er macht sich natürlich Sorgen darüber, mit Leuten zusammenzuarbeiten, die er nicht kennt. Das geht uns allen so, aber es ist vielleicht die einzige Möglichkeit, die Betriebe vor dem Ruin zu retten. Ich hoffe, er überlegt es sich noch anders, doch ich bezweifle es.«

Matt küsste sie auf die Wange und flüsterte: »Hast du überhaupt eine Ahnung, wie sehr ich dich liebe?«

Ihr Herz machte einen Sprung. Sie würde es nie überdrüssig werden, diese Worte von ihm zu hören.

Eine Antwort erwartete er gar nicht. Es war, als müsste er es ihr einfach immer wieder sagen, und davon wurde ihr auf himmlische Weise schwindelig.

»Sie haben deine Präsentation beide gesehen«, erinnerte er sie. »Sie werden wahrscheinlich ausführlich darüber reden, und wenn Ken dabei ist, könnte das dazu beitragen, Martin zu überzeugen. Du kannst in ein oder zwei Tagen per Telefon nachhaken. Du musst bedenken, Sunshine, dass er dich vor heute überhaupt nicht kannte. Gib ihm etwas Zeit, das alles zu verdauen und über dich und die Präsentation nachzudenken. Ich bin mir sicher, dass er auf deinen Vorschlag eingeht, aber wenn nicht, dann sehen wir am Ende der Woche, nachdem du mit allen geredet hast, wo wir stehen.«

Im Laufe des Nachmittags wuchs ihre Angst, dass ihr ganzer Plan nicht funktionieren und sie alle enttäuschen würde. Wie konnte Matt so ruhig bleiben? Er schien nie nervös zu werden.

Als sie und Hagen heute Morgen aufgewacht waren, hatte Matt schon zwei Stunden lang mit dieser sexy Brille auf der Nase geschrieben. Er hatte keinerlei Anzeichen von Ärger erkennen lassen, als Hagen aus dem Schlafzimmer gestürmt und auf seinen Schoß gesprungen war und so die wenige Zeit, die er während ihrer Reise zum Arbeiten hatte, gestört hatte. Er hatte einfach seinen Laptop zur Seite geschoben und ein Gespräch zum Thema »Während Mommy bei ihrem Treffen ist …« angefangen.

So wie ich es getan hätte.

Wie Eltern es taten. Der Gedanke überraschte sie. Ihre Leben waren in jeglicher Hinsicht miteinander verschmolzen. In den letzten Wochen hatten sie jeden Abend zusammen gegessen, hatten gemeinsam Freunde getroffen, Hagen zusammen zu Bett gebracht. Sie waren so übergangslos zu einer Familie geworden, wie sie ein Liebespaar geworden waren.

Sie sah zu den Bücherregalen und ließ den Blick über die Buchrücken wandern, um sich selbst von der Ungeheuerlichkeit dieses Gedankens abzulenken, doch vor Augen hatte sie dennoch nur Hagen in seinem Pyjama auf Matts Schoß im Hotel und das Lächeln, das die Gesichter der beiden erstrahlen ließ. Die Wucht ihrer Emotionen ließ ihr Herz schneller schlagen. Jemanden zu lieben war magisch und wunderbar, aber eine Bindung fürs Leben war etwas ganz anderes. Und wenn aus der Genossenschaft nun nichts wurde und sie alle enttäuschte? Hätte das Auswirkungen auf ihre Beziehung?

Sie rief sich selbst zur Vernunft und verscheuchte solche kindischen Träumereien. Schließlich musste sie das Herz ihres Sohnes schützen, auch wenn das mittlerweile schon Matt gehörte.

»Machst du dir gar keine Sorgen, dass ich das alles vermasseln könnte?«, fragte sie leise, damit Hagen es nicht hörte.

»Nicht im Geringsten. Ich habe ein unerschütterliches Vertrauen in uns.«

Meinte er die Genossenschaft oder ihre Beziehung? »Aber es geht um das Erbe deiner Familie. Was, wenn wir die Genossenschaft nicht aufbauen können?«

»Dann versuchen wir etwas anderes. Ich weiß, wie wichtig das für dich ist, und nachdem ich jetzt endlich meinen A...«, er schaute zu Hagen und dann wieder zu Mira, bevor er leiser weitersprach, »meinen Allerwertesten hochgekriegt und einiges verstanden habe, ist mir auch klar, wie wichtig es für mich und den Rest der Familie ist. Wir schaffen das. Es gibt nichts, was wir nicht schaffen. Wir sind ein Team.«

Noch einmal schaute er zu Hagen. »Ein Dreierteam.«

Er legte eine Hand auf ihren Rücken und nahm Hagens Hand, als sie den Gang betraten. »Bereit für die Kinderbibliothek, Kumpel?«

Hagen nickte begeistert.

So gut es auch tat, zu wissen, dass er an sie und an sie drei glaubte, verspürte sie doch einen enormen Druck. Das Risiko, dass es mit der Genossenschaft nicht klappte, war groß, auch wenn sie vollkommen überzeugt von der Geschäftsidee war. Ken und Martin kamen vielleicht beide zu dem Schluss, dass sie nicht interessiert waren. Vielleicht sogar alle sechs möglichen Partner.

Ihr Blick ruhte auf Matt, der aufmerksam zuhörte, als Hagen ihm erzählte, welche Bücher er in der Kinderbibliothek finden wollte, und die Liebe zu den beiden erfüllte sie vollkommen. Sie liebte Matt von ganzem Herzen, und sie wusste, dass es ihrem kleinen Jungen ganz genauso ging.

Sie waren ein Dreierteam, und das konnte unter Umständen viel mehr erreichen, als alle möglichen sechs Leute es vermochten.

Fünfundzwanzig

Mira stürmte am Freitagnachmittag aus dem Schlafzimmer ihrer Hotelsuite in New York, wo sie das geschäftsmäßige Outfit, das sie zu ihrem letzten Meeting getragen hatte, ausgezogen hatte, und ließ sich mit einem lauten Seufzer auf das Sofa fallen. In dem pfirsichfarbenen Oberteil und dem sexy Sommerrock sah sie einfach unglaublich schön aus.

»Endlich ist es geschafft.« Sie legte den Kopf zurück an das Polster. »Fünf Besprechungen in vier Städten innerhalb von fünf Tagen. Ich hab keine Ahnung, was ich mir dabei gedacht habe. Lass mich bitte nie wieder so etwas Verrücktes tun.«

Sie schaute Matt an, und er fragte sich, ob sie sah, wie sehr er sie vergötterte. Erkannte sie, wenn sie morgens das Hotel verließ, wie stolz er auf sie war, weil sie den Mumm hatte, so ein riesiges Unterfangen auf sich zu nehmen, obwohl sie doch schon so ein ausgefülltes Leben hatte? Ihr Blick fiel auf Hagen, der auf dem Boden saß und mit seinem Roboter spielte, und ihr Gesichtsausdruck wurde ganz warm. Die Liebe, die ihr anzusehen war, wenn sie ihren so klugen Jungen betrachtete, war das Schönste, was er je gesehen hatte. Nun sah sie wieder zu Matt, und er fragte sich, ob ihr bewusst war, dass ihre Art, ihn anzuschauen – als wäre sie hoffnungslos der Liebe zu ihm verfallen –, sein Innerstes zum Schmelzen brachte. Wusste sie, dass er das Gefühl hatte, der glücklichste Mensch auf Erden zu sein, weil er sie und Hagen in seinem Leben hatte?

Er lächelte und berührte ihre Zehen mit seinen. »Dann erzähle ich dir wohl lieber nicht von dem Roadtrip, den Hagen und ich für die Weihnachtsferien planen?«

»Muss ich dabei Leute bequatschen, dass sie mit Fremden Geschäfte machen sollen?«

»Nein«, antwortete er. »Aber du musst vielleicht mit der Space Mountain, dieser Dunkelachterbahn, fahren.«

Ungläubig sah sie ihn an – und kurz darauf schon voller Freude.

»Und in den Themenpark Animal Kingdom!«, fügte Hagen mit begeistertem Grinsen hinzu.

»Animal Kingdom kann ich machen, aber die Space Mountain? Ohne mich! Da hätte ich zu viel Angst.« Lautlos fragte sie Matt: *Disney World?*, und er nickte. Sie schüttelte den Kopf, als gäbe er Versprechen, die er nicht machen sollte, aber das Lächeln in ihrem Gesicht verriet ihm, dass sie nicht wirklich böse war.

»Weißt du noch, wie nervös du warst, als wir das Fallschirmsegeln ausprobiert haben? Und am Ende warst du begeistert. Und in Boston vor deinem Meeting? Als du dann die Präsentation in Connecticut gegeben hast, hattest du nur noch ein leicht flaues Gefühl in der Magengegend. Und heute Morgen warst du wie eine richtige New Yorkerin, voller Elan und bereit, es der Welt zu zeigen. Es gibt nichts, was du nicht schaffen kannst. Du bist eine Naturgewalt.«

Eine unglaublich verlockende Naturgewalt.

In Miras Augen funkelte die positive Haltung, die er so liebte. »Heute habe ich wirklich abgeliefert. Ich hab ein richtig gutes Gefühl, was dieses letzte Treffen angeht. Rhode Island war schwierig und Connecticut war unklar, aber bei dem Meeting heute bin ich mir zu neunundneunzig Prozent sicher, dass ich ihn am Haken hab. Trotzdem, ich will nie, nie wieder so etwas Verrücktes machen.«

Hagen setzte sich auf ihren Schoß und Matt nahm neben ihr auf dem Sofa Platz.

»Aber das hat doch so viel Spaß gemacht!«, rief Hagen. »Wir haben zwei Bibliotheken von unserer Liste gesehen und heute gehen wir zur dritten. Matt hat gesagt, ich darf Karussell fahren und mir das Schloss angucken, und wir haben Karten für *König der Löwen.* Ich liebe den Apple!«

Hagen hatte sich als ein hervorragender Reisebegleiter erwiesen. Er war an allem interessiert, schlief in jedem Hotel gut und schien die Zeit, die er allein mit Matt verbrachte, ebenso zu genießen wie Matt.

»Den *Big Apple*, Kumpel.« Matt hob ihn auf seinen Schoß.

»Das ist ziemlich viel für einen Tag.« Mira legte die Hand auf Hagens. »Bist du sicher, dass du nicht zu müde bist?«

»Ich bin nicht müde«, bekräftigte Hagen. »Heute Morgen waren wir shoppen und ich bin nicht müde geworden, stimmt's, Matt?«

»Kein bisschen«, antwortete er und hoffte, dass Hagen ihr nicht erzählen würde, was sie eingekauft hatten, und so seine Überraschung verdarb. »Bist du erschöpft, Sunshine? Du hattest den zusätzlichen Stress bei deinem Einsatz heute Morgen. Willst du hierbleiben und dich ausruhen, während Hagen und ich losziehen, um die beste Pizza in der Stadt ausfindig zu machen und in die Bibliothek zu gehen? Wir können dich abholen, bevor wir in den Central Park gehen, um uns das Karussell und das Belvedere Castle anzusehen. Ich würde auch gern mit euch beiden an den Times Square gehen, aber wenn es zu viel ist, können wir das auch auslassen.«

»Nein!«, beschwerte sich Hagen. »Ich will den Times Square sehen.«

»Ich will keine Sekunde mit dir und Hagen in New York verpassen«, sagte Mira. »Ich will Hagens Gesicht sehen, wenn er endlich die Löwen draußen vor der Bibliothek sieht und deine Hand hält, während wir über den Times Square schlendern. Ich bin nicht müde. Ich bin einfach nur froh, dass ich keine Präsentationen mehr machen muss.«

»Gut«, sagte Matt und fuhr Hagen durch die Haare. »Uns ist es natürlich auch lieber, wenn du mitkommst. So, und jetzt ... Bist du bereit für eine richtig gute Neuigkeit?«

»Immer.«

»Ich hab heute Morgen mit meinem Vater gesprochen. Er hat erzählt, dass er gestern Nachmittag einen Anruf von Ken Sagner erhalten hat. Sie haben sich zu einer Videokonferenz am Montagnachmittag verabredet, die du leiten sollst.«

»Was?« Der Schock fuhr geradewegs durch sie hindurch. »Dein Ernst?«

»Absolut. Siehst du, Sunshine? Du vollbringst Wundertaten.«

»*Wundertaten*«, wiederholte Hagen grinsend.

»Seit wann ist mein kleiner Mann so ein Scherzbold?« Sie kitzelte Hagen und wurde mit einem entzückenden Kichern belohnt. »Das ist unglaublich. Vielleicht bringen wir die Genossenschaft tatsächlich zustande. Kannst du dir das vorstellen?«

»Kein Mann auf Erden kann dir widerstehen, wenn du den Ton angibst«, sagte Matt mit kaum verhohlener Hitze in der Stimme. Während ihrer Reise hatten sie entweder in Suiten mit zwei Schlafzimmern oder in benachbarten Zimmern übernachtet, und wenn Hagen eingeschlafen war, hatten sie sich in das andere Schlafzimmer geschlichen, um ein paar heimliche sinnliche Stunden miteinander zu verbringen. Die Kunst der lautlosen Orgasmen hatten sie mittlerweile perfektioniert. So sehr Matt Zeit allein mit Mira verbringen und sie ungehemmt lieben wollte, hätte er doch um nichts auf der Welt auf die Momente zu dritt verzichtet. Er genoss jeden Augenblick, und nachdem er so viel Zeit mit Hagen verbracht hatte, war ihm klar geworden, wie sehr er Teil von Miras und Hagens Familie sein wollte.

Sie legte die Hand auf seine Brust. »Ich glaube, das liegt ganz allein an dir, Mr. Lacroux.«

Verdammt, er liebte sie. Wenn nicht der Blick eines Sechsjährigen auf ihnen ruhen würde, hätte er sie sofort ins Schlafzimmer getragen und ihr gezeigt, wie sehr.

»Gute Antwort. Er hat auch gesagt, dass meine Familie sich am Samstagabend bei ihm zum Essen trifft. Ich weiß, dass wir morgen eine lange Heimfahrt haben, aber wenn du und Hagen Lust habt, dann würde ich gern mit euch hingehen.«

»Bitte!«, bettelte Hagen.

Sie tippte ihm auf die Nasenspitze. »Natürlich können wir mitkommen. Wenn Hagen zu müde wird, bleiben wir einfach nicht so lang.«

»Ich werde nicht müde«, versprach Hagen.

»Aber vielleicht wird Mommy zu müde«, scherzte sie. »Oder vielleicht auch Matt.«

Hagen lachte. »Matt wird nie müde. Er steht vor uns auf, um zu arbeiten, und geht nach uns zu Bett.«

»Matt hat ein erstaunliches Durchhaltevermögen«, sagte sie verträumt.

Nur für dich, du sexy Lady.

Sie stand auf und hob Hagen von Matts Schoß. Dann nahm sie Matts Hand und zog ihn vom Sofa. Ihre Körper berührten sich und das Begehren schoss durch ihn hindurch.

»Kommt, Jungs«, sagte sie. »Lasst uns diese Pizza finden.«

»Wir sind Männer, Mom.« Hagen schnappte sich seine Princeton-Basecap und trug den Roboter in das Schlafzimmer. »Ich hoffe, die ist besser als die Pizza in Connecticut. *Würg.*«

Matt legte einen Arm um ihre Taille, zog sie an sich und flüsterte: »Nachdem ein gewisser kleiner Mann eingeschlafen ist, werden wir unsere eigene private Feier abhalten, und ich denke, dann wirst du dich daran erinnern, dass ich voll und ganz Mann bin.«

»Da wirst du meinem Erinnerungsvermögen aber ordentlich auf die Sprünge helfen müssen.«

»Ich werde dich so lang daran erinnern – und so gründlich – , dass du es nie wieder vergisst. Und dann werde ich dich wieder und wieder erinnern, so lang es auch dauern mag, bis jeder deiner Atemzüge Erinnerungen an meine Männlichkeit heraufbeschwört.«

Wenn Mira zuvor gedacht hatte, dass Matt sie und Hagen gut beschützte, dann lief er in New York City zu bester Bodyguard-Form auf. Er hatte beide fest im Griff, ließ den Blick permanent über die dicht gedrängten Massen in den Straßen wandern und passte auf ihrem Weg zum Central Park so auf sie auf, als könnte irgendein Bösewicht sie ihm jeden Moment entreißen. Sie akzeptierte mittlerweile, dass er ebenfalls auf die Sicherheit von anderen achtete und diese Eigenschaft auch in Zukunft nicht ablegen würde. So war Matt, und sie liebte sein fürsorgliches Wesen ebenso, wie sie alles andere an ihm liebte. In den letzten zwei Wochen hatte sie oft über Cindy Feutra nachgedacht. So sehr sie sich auch wünschte, dass er sie ausfindig machen, sich bei ihr entschuldigen und hoffentlich ein Quäntchen inneren Frieden finden könnte, wusste sie doch, dass er recht hatte. Er würde damit nur schreckliche Erinnerungen für Cindy heraufbeschwören. Auch wenn sie befürchtete, dass dieser fehlende Abschluss für ihn bedeutete, bis auf Weiteres mit dieser Schuld weiterleben zu müssen, so liebte sie ihn nur noch mehr dafür, dass er Cindys Wohl an erste Stelle stellte. Dieser Vorfall war eine Last, die er tragen musste, doch zumindest musste er sie nun nicht mehr allein tragen.

»Da!« Hagen zerrte sie zu dem Maine Monument am Eingang zum Central Park. »Mit der Statue wird an die Seefahrer erinnert, die gestorben sind, als das Schlachtschiff *Maine* vor Kuba explodiert ist.«

Mira sah Matt an und seufzte. »Ich schulde dir fünf Dollar.«

Als sie die New York Public Library besichtigt hatten, die ebenso elegant wie die Bibliothek in Boston und so interessant wie die Universitätsbibliothek der Yale University in Connecticut war, hatten Matt und Hagen sich ein Buch über den Central Park ausgeliehen und einiges über die Geschichte der Denkmäler, des Schlosses und des Karussells gelesen. Mira hatte um fünf Dollar gewettet, dass Hagen zu aufgeregt und zu erschöpft war, um sich irgendetwas davon zu merken, auch wenn er für gewöhnlich alles abspeicherte. Ihr schlauer Junge hatte sie eines Besseren belehrt.

»Wir müssen uns eine andere Art der Bezahlung überlegen«, sagte er so, dass nur sie es hörte. »Ich akzeptiere kein Bargeld.«

Matts Hand wanderte abwärts und drückte Miras Hintern. Sie schaute lächelnd zu ihm auf und ein strahlender, erwartungsvoller Ausdruck lag in ihrem Blick. Er konnte gar nicht anders, als ihr einen kurzen Kuss zu geben.

Im Park wimmelte es von Familien, Geschäftsleuten, Joggern und jungen Liebespaaren, die Hand in Hand durch die Anlagen schlenderten. So viel Leben war an Matt vorbeigerauscht, während er seine akademische Leiter hin zu einem unerreichbaren Ziel hinaufgeklettert war. Es war herrlich, endlich wieder festen Boden unter den Füßen zu haben und all diese Eindrücke in sich aufzunehmen. Er dachte, er hätte als Dozent ein ausgefülltes Leben geführt, aber Zeit mit Mira und Hagen zu verbringen und seiner Familie wieder näher zu sein, hatte ihm deutlich gemacht, wie sehr er sich geirrt hatte. Er war intellektuell gefordert gewesen, aber alle anderen Bedürfnisse waren auf der Strecke geblieben.

Das rot-weiß-gestreifte Backsteingebäude, in dem sich das Karussell befand, kam in Sichtweite und Hagen zog Matt dorthin. »Kommt schon! Guckt doch mal!«

Genau wie Mira wollte auch Matt alles mit Hagen erleben, den ersten freudigen Moment, wenn er etwas entdeckte, worüber er viel gelesen hatte, oder wenn er das erste Mal auf einem Karussell saß. Aus dem Gebäude drang melodische Dampforgelmusik. Er ging etwas schneller und drückte Miras Hand etwas fester.

Nachdem sie die Karten gekauft hatten, legte Matt einen Arm um Miras Schulter und sie sahen zu, wie das Karussell sich drehte. Bunte Pferde in verschiedenen munteren Posen trugen lächelnde Reiter im Kreis herum.

»Das ist so schön«, sagte Mira ehrfürchtig. »Ich bin so froh, dass wir diese Reise gemacht haben.«

Sie beobachtete das Karussell mit nachdenklichem Gesicht, und während Matt sich am Anblick ihrer Stupsnase, den süßen Sommersprossen und ihren köstlichen verlockenden Lippen erfreute, wanderten seine Gedanken in ihre Zukunft. Er stellte sich vor, wie sie nächstes Jahr oder in dem Jahr danach mit Hagen und seinem kleinen Bruder oder einer kleinen Schwester wiederkamen. Diesen Gedanken trug er den ganzen Nachmittag mit sich herum, und er erwartete, dass er sich irgendwann verflüchtigte. Doch das tat er nicht. Er setzte sich fest.

Fünf Mal fuhren sie mit dem Karussell, und als sie sich schließlich auf den Weg zum Belvedere Castle machten, war die Öffnungszeit fast schon vorbei. Matt nahm Hagen auf die Schultern, und sie schafften es gerade noch rechtzeitig, um einen kurzen Spaziergang über das Gelände des prächtigen Steinschlosses zu machen. Sie aßen am Times Square zu Abend, und zu Miras und Matts großer Überraschung blieb Hagen während der gesamten Aufführung von *König der Löwen* wach. Doch sobald sie im Taxi Platz genommen hatten, schloss er die Augen.

»Das war der beste Tag seines ganzen Lebens«, flüsterte Mira. »Und er gehört auch zu meinen Top 4.«

»Top 4?«

Sie schaute kurz zum Taxifahrer und flüsterte Matt dann ins Ohr: »Der Tag, an dem Hagen geboren wurde, der Tag, an dem wir uns das erste Mal geküsst haben, und als wir das erste Mal miteinander geschlafen haben.«

»Wie sehr ich dich doch liebe.« Matt hob ihr Kinn an und küsste sie.

»Wir haben dich auch lieb, Matt«, sagte Hagen mit schläfriger Stimme.

Matt ging das Herz auf und er gab Hagen einen Kuss auf den Kopf. Als er Miras überraschten Gesichtsausdruck sah, wurde ihm bewusst, dass Hagen bisher noch nicht gehört hatte, wenn sie sich ihre Liebe gestanden.

»Tut mir leid«, flüsterte er ihr zu.

Sie legte die Hände um seinen Arm, beugte sich zu ihm hinüber und die Überraschung in ihren Augen war nun grenzenloser Liebe gewichen. »Es soll dir niemals leidtun, dass du uns liebst.«

Und er wusste, dass das niemals der Fall sein würde.

Sechsundzwanzig

Matt legte Hagen auf das Bett im Hotelzimmer, das er mit seiner Mutter teilte, und küsste ihn auf die Stirn. »Hab dich lieb, Kumpel. Schlaf gut.« Dann umarmte er Mira und gab ihr einen zärtlichen Kuss. »Soll ich dir helfen, ihm den Pyjama anzuziehen?«

Hab dich lieb, Kumpel. Ahnte Matt überhaupt, wie viel ihr diese Worte bedeuteten? Mira hatte nie wirklich darüber nachgedacht, wie es sich für sie anfühlen würde, wenn ein Mann ihren Sohn liebte, weil sie nie so richtig daran geglaubt hatte, dass sie sich verlieben könnte. Das war nicht Teil ihres Plans, ihrer Mommy-Bucketlist. Aber Matts Liebe zu ihr und ihrem Sohn war so unverfälscht, so real und natürlich, dass sie nahezu greifbar war, und zu hören, wie er Hagen sagte, dass er ihn liebhatte, war sogar noch überwältigender, als wenn er ihr sagte, dass er sie liebte.

Heute Abend würde sie eine neue Liste anlegen. Eine Familien-Bucketlist mit all den Dingen, die sie gern mit Matt machen würde, und den Dingen, die sie mit Matt und Hagen erleben wollte. Vielleicht war sie zu vorschnell. Noch vor wenigen Tagen hatte sie sich selbst davor gewarnt. Aber ihre Leben fügten sich zu einem zusammen und Matt blieb am

Cape. Sie wollte nichts mehr zurückhalten.

»Baby? Brauchst du Hilfe?«, fragte Matt noch einmal und riss sie aus ihren Gedanken.

»Nein«, flüsterte sie. »Er schläft tief und fest.«

Matt nickte. »Ich dusche kurz. Sehen wir uns danach oder bist du auch erledigt?«

»Oh nein, Mr. Lacroux. So leicht kommst du mir nicht davon.« Sie schlang die Arme um seine Taille, ging auf die Zehenspitzen und küsste ihn. »Du wolltest mich doch noch an etwas erinnern. Lass mich auch erst all diesen Schmutz von der Stadt abduschen, und dann komme ich in dein Zimmer.« Als er das Schlafzimmer verließ, flüsterte sie noch: »Und setz deine Brille auf!«

Mira duschte und zog die verführerischen Dessous an, die sie in einer niedlichen Boutique gekauft hatte, als sie in Rhode Island gewesen waren. Das rosa Hemdchen mit hauchzarter Spitze hatte ein Neckholdertop und der fließende Stoff verhüllte ihre Reize kaum. Darüber zog sie den seidenen Kimono an, den sie als besonderes Geschenk für ihren Liebsten gleich mitgekauft hatte. Als sie durch die dunkle Suite zu Matts Schlafzimmer ging, versuchte sie die Schmetterlinge in ihrem Bauch zu ignorieren. Ihren Slip trug sie in der Hand – für den Fall, dass Hagen aufwachte und sie sich bedecken musste. Sie öffnete die Tür und betrat ein schwach beleuchtetes Zimmer, in dem sie Kerzen auf dem Nachttisch entdeckte und mitten auf dem Bett Matt – nur mit Boxershorts bekleidet und mit der Brille, die sie schon jetzt um den Verstand brachte. Leise Musik drang zu ihr, als sie die Tür schloss und zu ihm ging.

Er streckte die Hände nach ihr aus, während er sie verwegen und einladend ansah. Auf allen vieren kletterte sie aufs Bett, und sie fühlte sich unglaublich sexy und unanständig in

Erwartung ihres heimlichen Rendezvous. Sie ließ ihren Slip vor seinen Augen baumeln und warf ihn dann auf den Nachttisch.

»Wie geht's meinem wunderschönen sexy Mädchen?«, flüsterte er, als sie sich rittlings auf seinen Schoß setzte.

Seine Hände glitten unter ihre Wäsche, lagen warm und stark auf ihrer Haut, bevor sie ihre Taille umfassten und seine langen Finger über ihren Hintern strichen. Irgendwie wusste sie, dass selbst wenn sie ein Sweatshirt getragen hätte, die Liebe und Hingabe in seinen Augen ebenso stark gewesen wären. Ihr Herz war bereits im Nimm-mich-Modus, und sie genoss das Gefühl, dass er unter ihr augenblicklich hart wurde. Wenn er von Kopf bis Fuß mit Schlamm bedeckt wäre oder in einer Rüstung stecken würde, ihr Verlangen nach ihm würde nicht schwinden. Er war ihr gegenüber immer so liebevoll, sinnlich und fürsorglich, und stets bereitete er zuerst ihr mehrfach Lustgefühle, bevor er sich selbst gehen ließ. Heute Abend wollte sie ihm diese Aufmerksamkeit schenken und ihn ganz genau wissen lassen, wie sehr sie seine sündigen Talente und seine Großzügigkeit schätzte.

Sie ließ die Finger über seine Brust hinunterwandern und blickte ihm dabei tief in die Augen. »Ich könnte platzen vor Glück.«

Als sie sich vorbeugte, um ihn auf die Lippen zu küssen, spürte sie seine Erektion an ihrer Mitte. Er drückte die Finger in ihre Haut, und als er sprach, hauchte seine Stimme über ihre Lippen.

»Ich auch, Sunshine.« Er holte sich noch einen Kuss und sein Bartschatten kratzte verlockend an ihrer Wange. »Irgendwie habe ich gar keine Lust, zurück in die Realität zu gehen und dich mit allen anderen zu teilen.«

»Ach, was du nicht sagst!« Sie küsste seinen Hals.

Er gab einen tiefen, zustimmenden Laut von sich und motivierte sie weiterzumachen. Sie knabberte an seinem Kinn. »Was von mir möchtest du am wenigsten teilen?«, fragte sie herausfordernd, während ihre Hände sachte über seine Brustmuskeln glitten und sie spürte, wie sie unter ihrer Berührung zuckten.

»Alles.« Seine Hüfte hob sich unter ihr in einem köstlichen Rhythmus, während er sie mit den Händen auf ihren Hüften nach unten drückte und die herrliche Reibung Wogen der Lust in die entlegensten Winkel ihres Körpers fließen ließ. »Deine freche, hartnäckige Persönlichkeit, deinen Charme und deine Intelligenz.«

Eine Hand schob er in ihren Nacken, um sie dann mit einem fordernden Kuss zu erobern.

»Dein wunderschönes Gesicht und deinen umwerfenden Körper.« Seine Finger packten ihre Haare, zogen ihren Kopf zurück, und dann fand er mit dem Mund ihren Hals, er saugte, küsste und raubte ihr ein klein wenig die Entschlossenheit, ihn zu verführen.

Sie schloss die Augen, packte seine Schultern und war kurz davor, seinen Verführungskünsten nachzugeben. Er fuhr mit der Zunge an ihrem Hals hinauf und nahm ihr Ohrläppchen zwischen die Zähne. Schmerz und Lust schossen pfeilartig in ihr Innerstes. Sie vergrub die Finger in seine festen Muskeln und hörte sich stöhnen.

»Das gefällt meinem Mädchen. Aber wir müssen leise bleiben, denk dran.«

Ihr Verstand konnte diese Warnung kaum verarbeiten, als er ihren Mund mit einem drängenden tiefen Kuss eroberte. Seine Zunge strich fest und gierig über ihre, kreiste in ihrem Mund, über ihre Zähne, bis sie jegliche Beherrschung aufgab und die Kiefer entspannte, damit er sich alles nehmen konnte, was er wollte. Und er nahm, liebkoste ihre Wangen, ihren Kiefer, ihren Hals, und als er ihren Kopf weiter nach hinten zog, zeigte sie keinen Widerstand. Seine geschickten Finger lösten den Verschluss ihres Hemdchens im Nacken und es rutschte auf ihre Taille herunter.

»Weg damit, Baby.« Er ließ ihre Haare los, um ihr das Hemdchen über den Kopf zu ziehen, und sie atmete stockend aus. »Wie konnte ich so ein Glück haben, dass du ausgerechnet mich ausgewählt hast?«

Zögerlich öffnete sie die Augen und er verschloss sie wieder mit einem Kuss. »Mach die Augen zu. Lass mich dich lieben.«

Dies unterschied sich so von seiner üblichen Aufforderung, die Augen zu öffnen, dass es sie in den Bann zog, doch sie wollte ihm unbedingt eine unvergessliche Nacht schenken. Sie zwang sich, die Augen wieder zu öffnen. »Aber ich möchte dich heute Abend verwöhnen.«

Sie schob die Hände in seine Haare, doch er hatte anderes vor. Er hob seine Hüften mit ihr darauf hoch und schob die Boxershorts hinunter. Der Ansatz seiner Erregung drückte köstlich gegen ihre Mitte. Dann griff er nach seiner Brille und sie zog einen Schmollmund. Schmunzelnd behielt er sie auf.

»Wer hat denn jetzt schon wieder diese Verführ-den-Professor-Fantasie?« Mit verwegenem Blick sah er sie an und ihre Hitze nahm sie gefangen.

Durch sein Begehren bestärkt, sagte sie: »Ich will nur, dass du mich gut siehst, damit du diese Nacht nie vergisst.«

Sein Lächeln wurde sündhaft, als er die Arme hinter dem Kopf verschränkte und ihr die vollkommene Kontrolle überließ. Hm, wo sollte sie anfangen? Ihr Blick wanderte über seine Brust, über all diese herrlich definierten Bauchmuskeln bis hin zu der Spitze seiner Länge, die unter ihr herauslugte.

Er bewegte seine Hüften, nahm ihre Augen mit seinen gefangen und forderte ihren Körper auf, aktiv zu werden. Sie küsste seine Brust und ihre Finger strichen über seine harten Nippel. Er roch frisch und männlich, und als sie tiefer ging, mit der Zunge über beide harte Nippel glitt, über seinen Bauch hinunter, weiter den verheißungsvollen Pfad abwärts, bis sein Duft sich in den von Liebe und Zuneigung, von Sicherheit und Leidenschaft veränderte.

Sie reizte ihn mit zarten Küssen, die sie um die schwarzen Haare am Ansatz seiner Länge hauchte und auf die Innenseiten seiner Oberschenkel, die sich unter ihren Lippen anspannten. Sie spürte, wie sich sein durchdringender Blick in sie bohrte, sie feucht und hungrig machte, als sie die Finger um seine Länge legte und die Spitze küsste. Sie ließ die Zunge über die Furche gleiten und sah zu ihm auf.

»Schau zu«, sagte sie, wie er es von ihr so fordernd verlangt hatte. Diese Kontrolle auszuüben, war berauschend. Sie wollte ihn losgelöst sehen, wollte, dass all die Hitze in seinem Blick, die Spannung in seinem Körper hemmungslos auf sie losgelassen wurde.

Als sie ihn bis in den hintersten Winkel ihres Mundes aufnahm, ließ er die Hände an die Seiten fallen und krallte sie in die Laken. Sie zog ihn aus ihrem Mund und nahm ihn wieder tief in sich auf, quälend langsam, und wurde mit einem erregenden Stöhnen belohnt.

»Ah, das gefällt meinem Kerl«, scherzte sie, und sie genoss es, dass er inmitten all dieser Leidenschaft ein Lächeln zeigte. »*Meinem*«, flüsterte sie zaghaft. Am liebsten hätte sie es von den Dächern geschrien.

»Deiner, nur deiner, Baby.«
Wie sie diese Worte genoss! Und zu wissen, dass er auf Cape

Cod blieb, machten sie noch realer. Sie liebte ihn mit ihrem Mund und ihren Händen, streichelte und leckte ihn, und dann nahm sie ihn tief auf, bis sie spürte, wie er in ihrer Hand anschwoll. Er ließ den Kopf in den Nacken fallen, die Adern an seinem Hals schimmerten pulsierend durch seine gebräunte Haut hindurch, und seine Fingerknöchel traten weiß hervor, als er sich in die Laken krallte. Oh ja, sie liebte es, all das Feuer für sie lodern zu sehen. Sie ging tiefer und ließ die Zunge über seinen festen Hodensack gleiten.

»Ah, Baby.« Er packte ihren Kopf, hielt ihren Mund genau dort, wo sie beide ihn haben wollten, während sie ihn reizte und lutschte, bis er vor angestautem Verlangen nicht mehr wusste, wohin mit sich.

»Verdammt«, stieß er aus und überraschte sie damit. Er fluchte selten, und in diesem Moment erregte es sie nur noch mehr, denn sie wusste, dass sie ihn an den Rand seiner Beherrschung gebracht hatte.

Im nächsten Moment schon war sie unter ihm, die Arme über ihrem Kopf auf die Matratze gedrückt und mit Matts Körper harmonisch an ihren geschmiegt. Sein Gesicht glich einer Maske aus purem Rausch, als er in sie eindrang, bis sie alles von ihm spürte – seine Liebe, seine Härte, sein Begehren. Mit zittriger Hand nahm sie ihm die Brille ab.

Matt hielt inne, heftig atmend, und sein Körper zitterte ebenso wie ihrer.

»Fühlst du das, Baby?«, fragte er mit heißem Atem. »Der Mond, die Sterne und die Sonne kommen zusammen. Das sind wir. Wie konnten wir so lang auf die Liebe verzichten? Warum konnte ich dich nicht vor zehn Jahren finden?« Bevor sie etwas antworten konnte, sagte er: »Nein, nicht vor zehn Jahren. Vor sechs Jahren.«

Seine Worte trafen sie mitten ins Herz. Er wollte nicht Hagens Abstammung ändern, er wünschte sich nur, er wäre in dieser schwierigen Zeit für sie dagewesen. Als er sie in den Arm nahm und ihre Körper sich in perfektem Einklang bewegten, flüsterte sie: »Der Mond, die Sonne und die Sterne haben darauf gewartet, dass sich alle Teile unseres Lebens zusammenfügten. Sie haben darauf vertraut, dass wir wussten, wann die Zeit gekommen ist.«

Sie liebten sich stundenlang, hastig und hektisch, dann langsam und leidenschaftlich. Lange danach noch lag Mira in Matts Armen, genoss es, seine Beine um ihre zu spüren, sein Herz an ihrer Wange und seine Finger durch ihre Haare streichen zu fühlen. Sie musste in ihr eigenes Schlafzimmer zurückkehren, falls Hagen aufwachte, doch sie lag einfach zu gern in seinen Armen, um aufzustehen. Matt gab ihr einen Kuss auf den Kopf.

Sie schaute hoch und erwiderte seinen gesättigten Blick. »Ich muss zurück in mein Bett.«

Er küsste sie noch einmal, stand auf und zog sie an sich, um ihr dann liebevoll dabei zu helfen, ihr Nachthemd und den Kimono wieder anzuziehen. »Ich bring dich zu deiner Tür.«

»Mmh. Sexy *und* ein Gentleman. Was habe ich doch für ein Glück!«

»Ich möchte einfach nur jede Sekunde mit dir verbringen.«

Nach einem weiteren Kuss legte er den Arm um sie. Das war ihr Lieblingsplatz – jedenfalls in der Senkrechten.

Als sie durch die stille Suite gingen und das Licht der Stadt durch die Vorhänge hereindrang, fragte sie sich, wie sie wohl je wieder in ihr echtes Leben zurückkehren konnten. Ein Leben, in dem sie die Nächte in unterschiedlichen Häusern verbrachten und nicht nur durch einen kurzen Gang durch das Wohnzimmer verbunden waren.

In ihrem Schlafzimmer zog Matt Hagens Decke zurecht, und ihr wurde klar, dass sie keine Single-Frau mehr war, die ihr Leben allein stemmen musste. Sie war Teil eines Dreierteams, das ein Fundament aus Liebe legte.

Siebenundzwanzig

Nach einer langen Fahrt am Samstag hatte Matt Hagen und Mira an ihrem Haus abgesetzt und die nächsten Stunden versucht, sich auf die Arbeit zu konzentrieren. Doch dabei hatte er das Gefühl, irgendeinen Teil von sich verlegt zu haben. Es war zu leise in seinem Ferienhaus. Die energiegeladene Atmosphäre, für die Mira und Hagen jetzt in seinem Leben sorgten, war spürbar abwesend. Matt hatte Wäsche gewaschen, war eine Runde gejoggt, hatte ein paar Seiten geschrieben und nachdem er Mira Zeit gegeben hatte, sich bei ihren Brüdern und Serena zu melden und all die unzähligen Dinge zu erledigen, über die sie auf dem Heimweg geredet hatte, hatte er sie und Hagen – endlich – zum Essen bei seinem Vater abgeholt. Diese wenigen Stunden hatten sich wie eine Ewigkeit angefühlt.

Matt und Pete trugen Teller mit Steaks und Burgern durch den Garten ihres Vaters zu Hunter und Grayson, die für den Grill zuständig waren.

»Ma-att und Pe-ete verliefen sich im Wald, es war so finster und auch so bitterkalt«, sang Sawyer, der auf einem Gartenstuhl saß, Gitarre spielte und sich lustige Lieder für Bea und Hagen ausdachte, die beide lauthals kicherten.

Parker und Jenna standen bei dem großen, Schatten spendenden Baum und bewunderten Janas neue Frisur, die für Matt nicht viel anders aussah als vorher, aber was wusste er denn schon? Er schaute über den Rasen zu Mira, die das Atelier bewunderte, das ihr Vater für Sky gebaut hatte, als sie jünger war. Sie sah in dem hellgrünen Rock und dem weißen Tanktop wunderschön aus. Er hätte schwören können, dass sie mit jedem Tag umwerfender wurde, und er wusste, dass das in einem direkten Zusammenhang mit seiner wachsenden Liebe zu ihr stand.

Sky bemerkte, wie versonnen er zu ihnen hinüberschaute, und sagte etwas zu Mira, die mit einem unfassbaren Lächeln über die Schulter schaute, sodass sein IQ um hundert Punkte einbrach. Er warf ihr einen Luftkuss zu, als er Hunter den Teller gab und ihr Vater sich zu ihnen an den Grill stellte.

»Sie ist schon etwas Besonderes, oder?«, sagte sein Vater und legte den Arm um Matts Schulter.

»Pop, sie ist *alles*. Ich werde meine Kündigung einreichen und wieder ganz hierherziehen. Schon Anfang der Woche hab ich meinem Chef eine Nachricht geschickt.«

Neil traten Tränen in die Augen, und er zog Matt an sich und drückte ihn so fest und lang, wie er es seit Jahren nicht getan hatte. »Danke, mein Junge. Deine Mutter wäre so glücklich darüber, dass die Familie endlich wieder beisammen ist.«

»Hast du gehört, Grayson?«, fragte Hunter. »Matt wurde von Amors Pfeil getroffen. Er zieht wieder hierher.«

»Im Ernst? Das sind ja großartige Neuigkeiten.« Grayson schlug Matt auf den Rücken.

»Ja«, sagte Matt, und sein Blick landete wieder auf Mira, die gerade über den Rasen hin zu den Kindern ging. »Das ist die beste Entscheidung meines Lebens.«

»Sing über Poppi!«, kreischte Bea und machte alle mit ihrer hohen niedlichen Stimme auf sich aufmerksam.

Sawyer sah kurz zu Neil und stimmte mit der Gitarre eine neue Melodie an. »Steigt der Poppi auf den Baum, so hoch hinauf, man sieht ihn kaum!«

Die Kinder hörten gar nicht mehr auf zu lachen.

»Vielleicht kannst du ja auf der Hochzeit singen«, schlug Jana vor, nahm Hunters Hand und tanzte um ihn herum. Hunter, der alles andere als ein begnadeter Tänzer war, zog Jana an sich und wiegte sich im Takt von Sawyers albernem Lied.

Sawyer sang nun einen anderen Refrain. »Pete! Ruder, ruder dein Boot, sanft den Fluss entlang.«

»Heiter, heiter, heiter, heiter«, sang Sky, die sich zu Sawyer stellte. »Sawyer ist ein Traum von Mann!«

Abwechselnd dachten sie sich alberne Lieder aus, und gerade als Matt den Arm um Mira gelegt hatte, klingelte sein Handy. Er holte es aus der Tasche und drückte Miras Hand. »Das ist mein Chef. Entschuldige mich kurz, Sunshine.«

Er ging ins Haus und nahm das Gespräch an. »Hallo, John. Danke für den Rückruf.« John hörte aufmerksam zu, während Matt im Wohnzimmer seines Vaters auf und ab ging und erklärte, warum er seine Kündigung einreichen würde.

»Das ist ein unfassbar verlockender Buchvertrag, Matt, und ich weiß, wie wichtig dir die Familie ist. Aber bevor du irgendwelche voreiligen Entscheidungen triffst, musst du wissen, dass Jacobs Frau gerade eine Krebsdiagnose erhalten hat, Endstadium. Jacob tritt als Dekan der Fakultät Sozialwissenschaften zurück, um für sie da zu sein. Und wir ziehen dich für den Posten in Erwägung.«

»Evan, Bellas Stiefsohn, ist ein aufstrebender Kameramann, und er zeichnet die Hochzeit auf. Lizzie kümmert sich um alle Blumen«, erklärte Sky Mira. »Und ihre Freundin Brandy sorgt für das Catering. Sie ist gerade aus Virginia hierhergezogen, und Lizzie hilft ihr dabei, ihre Firma für Hochzeitsplanung und Catering zum Laufen zu bringen.«

Mira und die Mädels standen auf der Terrasse und redeten über ihre anstehende Hochzeit, und Mira versuchte, sich nicht auf die Tatsache zu konzentrieren, dass Matt schon über eine halbe Stunde mit seinem Chef telefonierte. Sie wusste, dass die Kündigung eine große Entscheidung für ihn war, und sie konnte sich vorstellen, dass sein Chef ihn darum bat, das alles noch einmal zu überdenken. Auf der langen Fahrt von New York nach Hause hatten sie darüber gesprochen, und auch wenn Matt immer wieder betonte, den richtigen Entschluss gefasst zu haben, wusste sie doch, dass es vieles an seiner Tätigkeit gab, was er liebte, und dass er stolz auf das war, was er erreicht hatte. Sie wusste auch, dass er viel aufgab und dass nicht viele Menschen so etwas tun würden.

»Warte nur, bis du die Hochzeitstorte probiert hast«, sagte Parker.

»Zum Niederknien.«

»Ich wünschte, ich könnte so gut kochen wie Brandy«, sagte Parker. »Aber mit der Mikrowelle kann ich gut umgehen.«

Alle lachten.

»Sie überlegt, ob sie Kochkurse geben soll«, sagte Jana. »Wenn sie das anbietet, dann sollten wir es machen.«

»Natürlich *nach* den Flitterwochen«, sagte Sky.

Hagen zupfte an Mira. »Mom? Was sind Flitterwochen?«

Sie hockte sich neben ihn und schob ihm die Haare aus dem Gesicht, was sie daran erinnerte, dass er zum Friseur musste. »Weißt du noch, wie wir darüber geredet haben, dass Leute, die heiraten, in einer Zeremonie getraut werden und dann ein Fest veranstalten?«

Er nickte.

»Tja, und nach dem großen Fest fahren die Braut und der Bräutigam in einen besonderen Urlaub, nur die beiden allein, um die Hochzeit zu feiern. Das nennt man Flitterwochen.« Sie sah, dass Matt aus dem Haus kam. Sein Blick war so ernst, dass ihre Gedanken verrücktspielten.

»Achso«, sagte Hagen. »So wie bei Molly, die eine Woche bei ihrer Oma gewohnt hat, nachdem ihr Vater geheiratet hat?« Molly war ein Mädchen aus Hagens Klasse.

»Ja, genau.« Sie stand auf. Matt legte von hinten die Arme um sie und küsste sie auf die Wange.

»Wie lief's mit deinem Chef?«, fragte Grayson.

Er schaute zu Hagen und sagte: »Jacobs Frau hat sehr schlechte Nachrichten vom Arzt bekommen und er tritt zurück. Sie ziehen mich für den Posten als Dekan der sozialwissenschaftlichen Fakultät in Betracht.«

Miras Herzschlag setzte fast aus. Matts Familie bombardierte ihn mit Fragen, und in Miras Kopf schwirrten die Sorgen und ließen alles andere zu einem einzigen rauschenden Getose werden. Sie war außer sich vor Freude und gleichzeitig beunruhigt. Dies war die Chance, auf die Matt hingearbeitet hatte. Es wäre seine größte Leistung. Die Krönung seiner Karriere, und sie war so stolz auf ihn, freute sich so sehr für ihn. Aber würde das seine Meinung ändern? Würde er doch zurück nach Princeton gehen? Würden sie und Hagen ihr Leben auf den

Kopf stellen und ihn begleiten? Sie wollte bei ihm sein, und ein Blick auf Hagen, der sich an Matts Shorts klammerte, verriet ihr, dass er es auch wollte.

Sie drehte sich in Matts Armen um, und er lächelte, dieses unbeschwerte sexy Lächeln, das so gar nichts gemein hatte mit dem Schwarm Bienen, der in ihr tobte und ihr die Stimme raubte.

»Matt?«, fragte Hagen.

»Ja, Kumpel?«

»Wenn sich zwei Menschen lieben, dann heiraten sie und machen einen besonderen Urlaub.«

Miras Gedanken rasten. Nur ganz vage nahm sie die Stimme ihres Sohnes wahr und Matt, der sich zu ihm hockte. Sie suchte in Matts Gesicht nach einem Hinweis darauf, was er dachte, doch er konzentrierte sich aufmerksam und fürsorglich auf ihren kleinen Jungen. *Wo ist die Sorge?* Sie sah alle anderen um sich herum an, und niemand schien so von dieser Sorge erfasst worden zu sein wie sie. War sie allein in diesem Strudel von Angst? Vielleicht sollte sie sich keine Sorgen machen. Sie hatten verschiedene Möglichkeiten.

Sie schaute zu Neil, dessen Blick voller Stolz auf Matt lag. Sie hatte bereits zwei Zusagen von Baumarkteigentümern erhalten, die die Idee mit der Genossenschaft weiterverfolgen wollten. Das konnte sie nicht einfach auf Neil abladen. Das war nicht fair, und er würde nicht wissen, wie man eine Genossenschaft führte. Sie liebte Matt unendlich, aber sie liebte auch seinen Vater auf eine andere, wenn auch ebenso bedeutende Art. Neil brauchte sie mehr, als Matt sie in Princeton brauchte. Zumindest bis die Genossenschaft gegründet war und sie jemand gefunden hatten, der ihm bei der Leitung helfen konnte.

»Flitterwochen?«, fragte Matt und brachte Miras Gedanken zurück zu seinem Gespräch mit Hagen.

Ich presche viel zu schnell und zu weit vor.

Hagen nickte. »Ich liebe meine Mom, aber ich kann sie nicht heiraten, weil sie meine Mom ist.«

»Das ist richtig, Kumpel«, sagte Matt. »Aber eines Tages, wenn du älter bist, dann wirst du eine Frau treffen und dich unsterblich in sie verlieben. Eine Frau, bei der du dir nicht vorstellen kannst, auch nur einen Tag ohne sie zu verbringen.« Matts Blick, der warm und voller Liebe war, ruhte auf Mira. »Das ist die Frau, die du heiraten wirst.«

»Und?«, fragte Hagen nüchtern. »Wann heiratest du meine Mom?«

»Hagen!« Sie schüttelte den Kopf. »Schatz, so etwas fragt m—«

Matt nahm ihre Hand, stützte sich auf ein Knie und sagte: »Sobald sie Ja sagt.«

Mira wurde schwindelig. »Was …?«

Er öffnete eine Hand und offenbarte eine hellblaue Schmuckschachtel von Tiffany's. Den anderen Arm legte er um ihren Sohn, der Matt anschaute, als wäre er alles für ihn.

Sie griff haltesuchend nach Matts Schulter. Die Nachricht über seinen Traumjob und nun sein Antrag – sie war vollkommen perplex. Alle um sie herum hielten den Atem an, doch Mira hörte nur ihr eigenes hämmerndes Herz.

»Dein Lebenstraum …«, sagte sie mit zittriger Stimme.

»War gar keine Frage«, sagte Matt entschlossen.

Ein Schluchzer brach aus ihr heraus, und als sie die Hand vor den Mund schlagen wollte, ergriff Matt ihre Hand. Das Lächeln, in das sie sich an diesem wunderbaren Tag vor fast einem Jahr auf der Verlobungsparty von Parker und Grayson verliebt hatte, breitete sich auf seinem schönen Gesicht aus.

»Du und Hagen, ihr seid mein Lebenstraum. Die Krönung meines Lebens. Ihr seid mein Ein und Alles geworden. Ich will Hagen auf den Schultern tragen, bis ich nicht mehr dazu in der Lage bin, und seine unendlichen Fragen beantworten, bis er alle Fakten kennt, die es gibt. Ich will wissen, dass er in Sicherheit ist und geliebt wird, und wenn du es zulässt, möchte ich ihn adoptieren, damit er weiß, dass er einen Vater hat, der ihn immer lieben wird, an guten, schlechten und frustrierenden Tagen. Ein Vater, der Boote baut und mit ihm alles liest, was er möchte.«

Tränen liefen über ihre Wangen.

Matt erhob sich. »Und ich möchte seine wunderschöne Mutter lieben, ehren, wertschätzen und vergöttern. Ich will deinen Eingebungen folgen und deinen Träumen hinterherjagen, bis jeder einzelne von ihnen verwirklicht ist – und dann möchte ich noch mehr Träume mit dir finden und sie verfolgen, bis Hagen uns in Rollstühlen durch die Gegend schieben und sie für uns verwirklichen muss. Ich liebe dich, Sunshine. Dich und Hagen. Möchtest du mich heiraten?«

Die Stimme versagte ihr inmitten der Schluchzer, und so riefen die Mädels alle gleichzeitig »Ja!«, während sie nickte.

»Ich heirate nicht die Mädels«, sagte Matt.

»Oh doch!«, murmelte Hunter und alle lachten.

Matt öffnete die Schachtel von Tiffany's und ein atemberaubender gelber Diamantring kam zum Vorschein. »Ich muss deine Antwort hören, Baby.« Matt trat noch näher an sie heran und legte seine Hand um ihre. »Ich möchte diesen Moment für immer in Erinnerung behalten. Bist du bereit, unser nächstes Abenteuer gemeinsam anzugehen, als Familie?«

Ihre Liebe zu ihm wurde noch größer, was sie gar nicht für möglich gehalten hätte.

Hagen zupfte an Miras Rock. »Sag ja, Mommy! Ich hab den Ring mitausgesucht, als wir im Apple waren.«

Noch mehr Schluchzer platzten aus ihr heraus.

»Ich schwöre, dass ich ihn nicht gebeten habe, es für sich zu behalten«, sagte Matt. »Ich weiß, wie du darüber denkst.«

Matt war zu ihrem Anker, ihrem Liebhaber, ihrem Partner geworden, und er war ein Vater für ihren Sohn geworden, doch kein einziges Mal hatte er versucht, ihr Retter zu werden, und sie liebte ihn wie verrückt und leidenschaftlich.

Sie nickte heftig und versuchte, trotz des Kloßes in ihrem Hals, die Worte herauszubringen: »Ja, Matt. Ich heirate dich. *Wir* heiraten dich.«

Er schob den funkelnden Diamantring auf ihren Finger und sie warf sich ihm in die offenen Arme. Ihre Familie und Freunde jubelten, während sie von einer Umarmung in die nächste gereicht wurden.

»Eine Viererhochzeit!«, rief Sky.

»Ja! Bitte!« Jenna sprang auf und ab und nötigte sie liebevoll.

Neil umarmte Mira. »Wie es aussieht, bleibt die Firma wohl doch in Familienbesitz. Du könntest überlegen, ob du Poppi auf Hagen aufpassen lässt, wenn ihr in die Flitterwochen geht?«

Weitere Schluchzer erfassten sie. »Natürlich!« Sie umarmte ihren zukünftigen Schwiegervater, den Mann, der sie und Hagen von dem Tag an, an dem sie sich kennengelernt hatten, wie Familienmitglieder behandelt hatte.

»Darf ich?« Matt löste Mira aus der Umarmung seines Vaters und schaute ihr in die Augen. Ihr ganzer Körper schmolz dahin und vibrierte zugleich. »Bist du bereit für unser nächstes Abenteuer, Sunshine? Möchtest du in die Lacroux-Hochzeitsparty miteinsteigen?«

»Mehr, als du dir jemals vorstellen könntest.«

Achtundzwanzig

Eine leichte Brise wehte von der Bucht herüber, als die Sonne langsam unterging und bunte Schleier am Himmel zurückließ. Die perfekte Kulisse für die vierfache Hochzeit. Matt schob die Brille auf der Nase hoch und ein leichtes Lächeln zuckte auf seinen Lippen, während er darauf wartete, dass seine zukünftige Ehefrau oben auf den Dünen erschien. Er trug die Brille nur, um diesen einen kurzen Überraschungsmoment zu erleben, gefolgt von dem bezaubernden Begehren, das er in den Augen seiner bald Angetrauten sicher entdecken würde. Auf den Tag fünf Wochen genau war es her, seit er Mira gebeten hatte, ihn zu heiraten, und eine Woche seit sie und sein Vater die vorläufigen Papiere mit ihren neuen Geschäftspartnern für die Genossenschaft fertiggestellt hatten. Matt und seine Geschwister hatten zu gleichen Teilen investiert und Anteile am Unternehmen ihres Vaters gekauft, um sicherzustellen, dass es immer in der Familie bleiben würde.

Matt stand kurz davor, Ehemann und Vater zu werden. Wow! Dieser Gedanke traf ihn mitten ins Herz. Als er nun unter dem Pavillon aus Treibholz stand, den Grayson und Hunter für die Hochzeit gebaut hatten, hegte Matt keine Zweifel hinsichtlich seiner Entscheidung, das Leben als

Uniprofessor an den Nagel zu hängen. Er kam mit dem Schreiben gut voran, und sein Lektor sprach von einem zweiten Buch, sollte sich das erste gut verkaufen. Wichtiger jedoch war, dass er wieder von seiner Familie umgeben war und mit der Frau und dem Kind, die er beide abgöttisch liebte, selbst eine Familie gründete. Er hatte sich seinen Lebenstraum und noch viel mehr verwirklicht.

Theresa, die die Trauung vollzog, stand in einem schlichten, eleganten blauen Kleid in der Mitte des Pavillons. Matt hatte sie noch nie in einem Kleid gesehen. Sie war sogar geschminkt und sah sehr schön aus.

Neben ihm standen in hellbraunen, bis zu den Knöcheln hochgekrempelten Leinenhosen und kurzärmeligen Button-down-Hemden in den Farben der Kleider ihrer jeweiligen Braut seine Brüder Grayson und Hunter sowie Sawyer. Alle vier warteten ungeduldig darauf, dass ihre schönen Bräute den von Kerzen beleuchteten Gang entlangschritten. Die Mädels hatten die letzten Abende damit verbracht, Gläser mit Sand zu füllen und sie mit Muscheln und Steinen vom Strand zu dekorieren. In jedem Glas befand sich ein Teelicht, das den Weg von den Dünen bis zum Pavillon erleuchtete. Pete und Neil standen als Trauzeugen von Matt und seinen Brüdern bei ihnen, während Sawyers Vater, der an Parkinson erkrankt war, stolz neben seinem Sohn im Rollstuhl saß. Seine Frau war an seiner Seite.

»Ich wünschte, Mom hätte hier sein können«, sagte Grayson zu Matt.

Matt nickte und die Emotionen packten ihn. Er schaute zu seinem Vater und stellte sich vor, dass er sicher das Gleiche dachte. Dann blickte er zu dem atemberaubenden Sonnenuntergang, der plötzlich noch strahlender und lebendiger zu werden schien.

Ihre Mutter hatte immer nur ein Ziel vor Augen gehabt – ihre Kinder glücklich und geliebt zu sehen. Heute war ihr Geburtstag, und es war nur folgerichtig, dass sie sie mit dem besten aller Geschenke ehrten und alle ihre große Liebe heirateten.

Matt legte eine Hand auf Graysons Rücken und ein nachdenkliches Lächeln trat in das Gesicht seines Bruders. »Ich glaube, sie ist hier, Gray.«

»Ja«, sagte Grayson. »Das denke ich auch.«

»Könnt ihr es fassen, dass wir heiraten?«, fragte Sawyer.

Matt, Grayson und Hunter sahen sich wissend an. »Ja«, sagten sie alle gleichzeitig und lachten.

»Ich hätte nie gedacht, dass ich das erleben würde«, sagte Hunter grinsend. »Aber Jana ist …« Er schüttelte den Kopf. »Sie ist wie keine andere auf Erden.«

»Ich denke, das könnten wir alle über unsere Frau sagen«, sagte Sawyer.

Matt war sich dessen sicher, aber er war nicht in der Stimmung, darüber zu diskutieren, welche Braut heißer, klüger, witziger oder sonst etwas war. Er war bereit, die drei Worte zu sagen, dank derer Mira auf ewig zu ihm gehören würde. Er schaute zu der Gruppe von Familienmitgliedern und Freunden, die gekommen waren, um mit ihnen zu feiern. All ihre Freunde aus der Seaside-Siedlung waren dort, einschließlich Jamies Großmutter Vera, die Matt seit vielen Jahren kannte. Miras Familie, Janas Brüder und Eltern, Parkers Großmutter und ihre anderen Freunde unterhielten sich an den Tischen, während die Seaside-Mädels und die Kinder irgendwo auf der anderen Seite der Dünen bei den Bräuten standen. Matt wünschte, er könnte dort bei ihnen sein. Er konnte es nicht abwarten, Mira in ihrem Hochzeitskleid zu sehen, und Hagen in den auf Matt abgestimmten hellbraunen Leinenhosen und dem zartrosa Leinenhemd.

»Musik an!«, rief Evan vom anderen Ende des kerzenbeleuchteten Weges, wo er mit einer Videokamera in der Hand stand. Serena und Janas Schwester Harper waren bei ihm. Matt hatte gar nicht bemerkt, wie die beiden Frauen über die Dünen gekommen waren.

Sein Herz raste noch schneller, als der Hochzeitsmarsch erklang und Serena und Harper ihre Plätze auf der Seite der Bräute am Pavillon einnahmen. Sie hatten den Brautzug so organisiert, dass es ihrer Gruppe entsprach, und so erschienen zunächst Bea, Summer und Hannah, jede mit einem Korb in der Hand und in ihren hübschen meergrünen Kleidern auf der Kuppe der Düne. Matt hoffte, eines Tages eine kleine Tochter zu haben, die genauso aussehen würde wie Mira. Ihre Mütter tauchten hinter ihnen auf und ergriffen ihre Hände. Jenna, Bella und Amy trugen ähnliche knielange Kleider. Als sie dem Pavillon entgegengingen, warfen die Mädchen Rosenblütenblätter in den Sand.

Sloan und Dustin, beide zwei Jahre alt, erschienen in ihren hellbraunen Hosen und mit weißen Hemden auf der Düne. Leanna und Jessica nahmen ihre Söhne an die Hand und führten sie den Gang entlang. Die beiden kleinen Jungs trugen ebenfalls einen kleinen Korb, den sie für sicherer als ein Kissen mit dem Ring darauf erachtet hatten.

Matt straffte die Schultern und versuchte, seine Atmung zu kontrollieren, während er darauf wartete, dass seine Braut auftauchte. Er vergrub die Zehen in den Sand – die gesamte Hochzeitsgesellschaft war barfuß –, um sich davon abzuhalten, die Düne hinaufzurennen und Mira in die Arme zu schließen. Das Warten schien sich endlos in die Länge zu ziehen. Gerade in dem Moment, als er sicher war, dass er aufgehört hatte zu atmen oder dass er loslaufen würde, um sie zu suchen, erschien sie mit Hagen an ihrer Seite. Der kleine Mann lächelte, als wäre er der glücklichste Junge auf Erden. Er strahlte seine umwerfend schöne Mutter an, hielt ihre Hand ganz fest und umklammerte den Griff eines Korbes, in dem ihre Trauringe waren. Miras bezaubernde dunkle Haare fielen offen in natürlichen Wellen über ihre Schultern, als sie sich nach unten beugte und Hagen einen Kuss auf die Wange gab. Ihr kurzes, zartrosa glänzendes Hochzeitskleid wehte in der Brise. Das Trägerkleid floss in seidenen Lagen über die Taille und betonte ihre weiblichen Kurven. Ein Chiffonschleier tanzte zart und transparent hinter ihr im Wind, und als sie und Hagen die Düne heruntergingen, bemerkte er hübsche weiße Perlenblumen, die sich von ihren Zehen über ihre Fußrücken bis hin zu ihren Knöcheln wanden. Als sie den Sandweg erreichten, der sie zum Pavillon bringen würde, sah sie Matt in die Augen, und sein Herz zerbarst fast in seiner Brust.

Mira wollte sich an jede Sekunde dieses Abends erinnern, vom Duft des Gloxinienstraußes, dem Gefühl von Hagens Hand in ihrer bis hin zum glücklichen Funkeln seiner blauen Augen. Sie atmete den Duft des Meeres – *und unserer Zukunft* – ein und lauschte den *Aahs* und *Oohs* von Familie und Freunden, während sie und die anderen drei Frauen Richtung Pavillon gingen. Sie hatte sich die Aufstellung der hübschen weißen Tische schon eingeprägt, die in meergrüne und pfirsichfarbene Hussen gehüllt und mit Muschel- und Blumengestecken geschmückt waren, die Lizzie gemacht hatte. Und als sie den beeindruckenden Pavillon erreichte, den Matts Brüder angefertigt hatten und den Lizzie mit Tüchern aus weißer, pfirsichfarbener und meergrüner Seide, mit Blumengebinden und einem großen Arrangement in der Mitte dekoriert hatte, da prägte sich nichts von all dem in ihr Gedächtnis ein. Sie nahm nur die Liebe und das endlose Glück wahr, das der Mann ihrer Träume ausstrahlte, der gerade noch diese sexy Brille mit dem schwarzen Gestell getragen hatte, die ihr heiße Lava durch den Körper gejagt hatte. Ihr Herz drängte aus ihrer Brust, als sie sich ihm gegenüberstellten. Matt warf ihr einen Luftkuss zu und sagte lautlos *Ich liebe dich*. Dann zwinkerte er Hagen zu und wiederholte es. Wenn Hagen nicht ihre Hand gehalten hätte, wäre sie vielleicht abgehoben und direkt schwebend auf Wolke sieben gelandet.

Die Bräute trugen alle kurze Sommerkleider aus Chiffon und Seide, keine von ihnen in Weiß. Jana hatte sich für Lavendel entschieden, Sky für Blaugrün. Parkers Kleid war himmelblau, was zu ihren langen blonden Haaren umwerfend aussah. Mira hatte zartrosa gewählt, um darauf zu verweisen, was jedes Mal passierte, wenn sie ihren gutaussehenden Bräutigam ansah.

Serena kam und nahm Hagens Hand, um mit ihm einen Schritt hinter Mira stehen zu bleiben. Miras Herz schlug so schnell. Matts fesselnder Blick hielt sie während der gesamten Trauung fest, bis zu dem Moment, in dem Theresa sagte: »Ihr dürft eure Braut jetzt küssen.«

Matt riss Mira in seine Arme. »Halt dich gut fest, Sunshine. Ich werde dich für den Rest deines Lebens küssen.«

Sie küssten und tanzten und küssten sich erneut. Mira war noch nie so glücklich gewesen, und während sie und Matt zum hundertsten Mal tanzten, spielten Hagen und die anderen Kinder mit Skys Freundin Cree, die angeboten hatte, die Kinder zu bespaßen. Sie entdeckte Rick und Harper, die sich am Buffet mit Theresa und Neil unterhielten. Matts Vater hatte einen neckischen, ja flirtenden Blick an sich. Die Seaside-Mädels tanzten mit ihren Männern und Matts Geschwister waren mittendrin. Dies war ihre neue Familie. Ihre gemeinsame neue Familie.

»Glaubst du, da bahnt sich etwas an?«, fragte Matt und schaute in die andere Richtung, wo Serena und Brandy sich mit Brock, Dean und Deans Bruder Jett unterhielten.

»Welches Paar meinst du?«, fragte Mira.

Neil führte Theresa zu dem Bereich, wo alle tanzten, und sie mischten sich direkt unters Volk.

»Schwer zu sagen.« Matt lächelte und beobachtete seinen Vater, dann nickte er Drake zu, der Serena im Gespräch mit Jett im Auge hatte. Drake sah aus, als drohte er innerlich zu platzen.

Mira lachte. »Wie kommt es nur, dass ihr Männer immer das haben wollt, was ihr nicht bekommen könnt?«

»Keine Ahnung, Sunshine. Ich habe mehr, als ich mir je erträumt habe.«

Während die Musik weiterspielte und sich eine magische Stimmung über den Abend ausbreitete, gesellten sich Pete und Jenna zu Matt und Mira, gefolgt von Bella, Caden, Amy und Tony.

»Sieh dir nur Pop an«, sagte Pete zu Matt.

»Er sieht so glücklich aus wie seit Langem nicht«, sagte Matt. »Wusstest du, dass er tanzen kann?«

Pete zuckte mit den Schultern.

»Also ich freue mich für ihn«, sagte Mira. »Er wirkt so …«

»Entspannt?«, überlegte Bella. »Sieht aus, als hätten sie

schon seit Jahren zusammen getanzt.«

Jenna schlang die Arme um Petes Taille. »Sie sind süß zusammen, findest du nicht, Petey?«

Pete lächelte und küsste sie.

»Sie hat uns erzählt, dass sie nicht tanzen kann, wisst ihr noch?«, sagte Amy. »Als wir sie gefragt haben, ob Jana den Freizeitraum für ihr Tanzstudio benutzen kann.«

»Stimmt«, pflichtete Bella ihr bei. »Jana hat ihr sogar angeboten, es ihr beizubringen.«

Als das Lied zu Ende war, kamen Hunter, Grayson, Sky und ihre frisch Angetrauten ebenfalls zu ihnen.

»Wie lange läuft das schon?«, fragte Hunter Pete.

»Woher weißt du, dass da was läuft?«, wollte Sky wissen.

Pete bedeutete ihnen, leise zu sein, als ihr Vater und Theresa zu ihnen kamen.

»Ihr habt ein tolles Bild auf der Tanzfläche abgegeben«, sagte Mira. »Theresa, du hast mir gar nicht erzählt, dass du Ehen schließen darfst *und* hervorragend tanzen kannst.«

»Ich dachte, du hättest erzählt, dass du nicht tanzen kannst«, sagte Jana zu Theresa.

Theresa hob die Augenbrauen. »Ach, sagte ich das? Hm, vielleicht bin ich ja auch gar nicht amtlich berechtigt, Ehen zu schließen.« Mit einem leichten Grinsen auf den Lippen ging sie davon und ließ die versammelte Mannschaft sprachlos zurück.

»Augenblick mal, was?«, sagte Mira dann. »Sie darf keine Ehen schließen?«

»Du meine Güte! Wir sind gar nicht richtig verheiratet!«, stieß Jenna aus und sah dann Bella wütend an. »Das ist ganz allein deine Schuld. Du musstest ihr all die Jahre ja die Streiche spielen.«

Nicht verheiratet? Nein, nein, nein! Mira rutschte das Herz in die Kniekehlen.

»Ich … aber … Oh mein Gott!« Jegliche Farbe war aus Bellas Gesicht gewichen. »Es tut mir so leid.«

»Leute!« Amy sah sie mit großen Augen an. »Wenn wir nicht verheiratet sind, dann haben wir uneheliche Kinder. Scheibenkleister! Meine Familie wird ausflippen. Tony?« Sie packte ihn am Arm und sah ihn flehend an, damit er den Schlamassel wieder in Ordnung brachte.

Tony nahm sie in den Arm, während sein finsterer Blick in Theresas Richtung ging. »Wir finden schon eine Lösung. Mach dir keine Sorgen.«

»Wir sind nicht richtig verheiratet?« Mira wandte sich zu Matt um, vollkommen ratlos und kurz davor, in Tränen auszubrechen.

»Ich kläre das.« Matt machte einen Schritt auf Theresa zu, doch Theresa drehte sich bereits um und kam wieder zu ihnen zurück. Er legte den Arm um Mira, und sie war froh, denn sie hatte das Gefühl, dass sie jeden Moment in tausende tieftraurige Stücke zerbrechen würde.

»Theresa …?« Jennas Stimme hing in der Luft.

Langsam schlich sich ein Lächeln auf Theresas Lippen. »Reingelegt!«

Alle schrien erleichtert auf.

»Natürlich seid ihr richtig verheiratet!« Theresa legte die Hände auf Bellas Schultern und blickte ihr in die Augen, während alle anderen versuchten, den Schreck aus ihren Gliedern zu verscheuchen.

»Du weißt schon, dass du uns eine Riesenangst eingejagt hast, oder?«, sagte Bella tonlos. »Das war grausam.«

»Bella, mein liebes Mädchen, du hast mir Streiche gespielt, seit du im Teenageralter warst, und dann in diesem Sommer …

nichts!« Ihr Gesichtsausdruck wurde ernst. »Mein Sommer war fürchterlich langweilig, weil ich nicht darauf warten durfte, dass du dir mit deinem schlauen Hirn einen Streich für mich überlegst.«

Neil deutete mit gehobenem Daumen auf Theresa. »Die gefällt mir.« Er nahm Theresas Hand und zog sie zu einem weiteren Tanz in seine Arme.

»Jemand muss die Kids doch ein bisschen auf Trab halten.« Theresa schüttelte den Kopf. »Die jungen Leute heutzutage. Die haben keine Ahnung mehr, wie man anderen Streiche spielt, stimmt's?«

Matt hob die Augenbrauen. »Was war das denn jetzt?«

Pete klopfte ihm auf den Rücken. »Willkommen in Seaside, Bruderherz. Gewöhn dich dran. Es wird nie langweilig.«

Matt zog Mira in seine Arme und endlich konnten beide über Theresas Streich lachen. »Was hättest du getan, wenn wir nicht richtig verheiratet gewesen wären?«

»Geheult und die halbe Torte gegessen. Und du?«

»Mit dir und Hagen den nächsten Flug nach Vegas genommen, um den Bund der Ehe zu schließen. Du gehörst zu mir, Sunshine, und kein Streich auf Erden kann uns trennen.«

Lust auf tiefgründig emotionale Geschichten?
Verlieben Sie sich mit Truman und Gemma in *Tru Blue –*
Im Herzen stark

Stell dir vor, du verliebst dich in einen Mann und findest dann
heraus, dass er jemanden getötet hat … Eine leidenschaftliche,
ungezähmte, unvergessliche Geschichte über Liebe, Verlust,
Familie und Freundschaft.

Bestellen Sie *Tru Blue – Im Herzen stark* bei Ihrem Online-
Buchhändler!

Neu bei »Love in Bloom – Herzen im Aufbruch«?

Ich hoffe, Sie hatten genauso viel Spaß mit den Freunden aus Seaside wie ich! Falls dieser Band Ihr erstes Buch aus der Reihe »Love in Bloom – Herzen im Aufbruch« ist, warten noch jede Menge Geschichten über unsere sexy, selbstbewussten und loyalen Heldinnen und Helden auf Sie.

Seaside Summers ist nur eine der Serien aus meiner großen Sammlung von Liebesromanen mit Tiefgang, Humor und Happy-End-Garantie. In allen Büchern finden Sie eine abgeschlossene Geschichte, die auch für sich allein gelesen werden kann. Figuren aus den einzelnen Serien und Büchern der weitverzweigten »Love in Bloom – Herzen im Aufbruch«-Familien tauchen immer wieder auch in den anderen Bänden auf. So verpassen Sie nie eine Verlobung, eine Hochzeit oder eine Geburt. Wenn Sie mögen, lernen Sie doch auch die anderen Serien der Reihe kennen! Eine vollständige Liste aller auf Deutsch erschienenen und geplanten Bücher gibt es am Ende des Buches und unter dem folgenden Link finden Sie weitere Informationen:

www.MelissaFoster.com/Herzen-im-Aufbruch

Danksagung

Zu meinen größten Vergnügen gehört es, über Cape Cod zu schreiben, und als ich meinem Fanclub mitteilte, dass die Serie *Seaside Summers* nach *Geflüster in Seaside* enden würde, musste ich mich vor der heftigen Reaktion im Schrank verstecken. Also: Die Serie geht *nicht* zu Ende, sondern, meine lieben Leserinnen, ihr könnt euch bei meiner wunderbaren Fanclub-Familie für das *Seaside-Summers*-Spin-off *Bayside Summers* bedanken! *Bayside Summers* verspricht witzig, frech und leidenschaftlich sexy zu werden – und einige der Figuren habt ihr in *Geflüster in Seaside* schon kennengelernt. Und natürlich werdet ihr unsere Freunde aus *Seaside Summers* in der *Bayside*-Serie wiedersehen – immerhin sind sie ja Nachbarn!

Um immer über Neuerscheinungen und exklusive Inhalte auf dem Laufenden zu bleiben, abonnieren Sie am besten meinen Newsletter.
www.MelissaFoster.com/Newsletter_German

Es gibt kaum etwas Aufregenderes für mich, als von meinen Fans zu hören. Hören Sie bitte bloß nicht auf, mich zu kontaktieren! Und falls Sie noch nicht dabei sind, kommen Sie zu uns in den Fanclub auf Facebook, wo wir uns mit witzigen Chats über Bücher vergnügen und wo Sie außerdem als Erste den ein oder anderen Einblick in neue Geschichten bekommen.
www.Facebook.com/groups/MelissaFosterFans
www.Facebook.com/MelissaFosterAuthor

Ich bin meinem sorgfältigen und talentierten Redaktionsteam zu tiefem Dank verpflichtet: Kristen Weber, Penina Lopez, Jenna Bagnini, Juliette Hill, Marlene Engel, Lynn Mullan, Justinn Harrison sowie Janet König, Stephanie Schottenhamel und Judith Zimmer für alles, was ihr für mich und unsere Leserinnen tut.

Die Bradens (Peaceful Harbor)

Geheilte Herzen
Voller Einsatz für die Liebe
Liebe gegen den Strom
Vereinte Herzen
Melodie der Liebe
Sieg für die Liebe
Endlich Liebe – ein Braden-Flirt

Die Bradens & Montgomerys
(Pleasant Hill – Oak Falls)

Von der Liebe umarmt
Alles für die Liebe
Pfade der Liebe
Wilde Herzen
Schenk mir dein Herz
Der Liebe auf der Spur
Verrückt nach Liebe
Liebe süß und sündig
Und dann kam die Liebe
Eine unerwartete Liebe
Verliebt in Mr. Bad

Die Remingtons

Spiel der Herzen
Im Dschungel der Liebe
Herzen in Flammen
Herzen im Schnee
Liebe zwischen den Zeilen
Von der Liebe berührt

Seaside Summers

Träume in Seaside
Herzen in Seaside
Hoffnung in Seaside
Geheimnisse in Seaside
Nächte in Seaside
Herzklopfen in Seaside
Sehnsucht in Seaside
Geflüster in Seaside
Sternenhimmel über Seaside

Bayside Summers

Sommernächte in Bayside
Verführung in Bayside
Sommerhitze in Bayside
Neuanfang in Bayside
Mondschein in Bayside
Versuchung in Bayside

Die Ryders

Von der Liebe bestimmt
Von der Liebe erobert
Von der Liebe verführt
Von der Liebe gerettet
Von der Liebe gefunden

Die Whiskeys: Dark Knights aus Peaceful Harbor

Tru Blue – Im Herzen stark

Truly, Madly, Whiskey – Für immer und ganz
Driving Whiskey Wild – Herz über Kopf
Wicked Whiskey Love – Ganz und gar Liebe
Mad About Moon – Verrückt nach dir
Taming My Whiskey – Im Herzen wild
The Gritty Truth – Kein Blick zurück
In For A Penny – Süßes Glück
Running on Diesel – Harte Zeiten für die Liebe

Die Whiskeys: Dark Knights von der Redemption Ranch

Immer Ärger mit Whiskey
Sullys Befreiung
Um Whiskeys willen

…

Entdecken Sie Melissa Fosters Bücher auch auf:
www.MelissaFoster.com/Herzen-im-Aufbruch